C000128287

TESTAMENT

PHILOSOPHIQUE ET LITTÉRAIRE.

TOME I.

DE L'IMPRIMERIE DE CRAPELET,

RUE DE VAUGIRARD, N° 9.

TESTAMENT

PHILOSOPHIQUE ET LITTERAIRE,

PAR

M. CH. LACRETELLE,

MEMBRE DE L'ACADÉMIE FRANÇAISE, ET PROFESSEUR D'HISTOIRE
A LA FACULTÉ DES LETTRES.

TOME PREMIER.

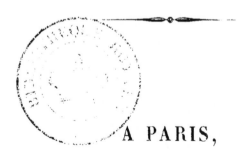

A PARIS,

LIBRAIRIE DE P. DUFART,

RUE DES SAINTS-PÈRES, N° 1.

1840.

TESTAMENT

PHILOSOPHIQUE ET LITTÉRAIRE.

—◦—

PHILOSOPHIE.

———

CHAPITRE PREMIER

SERVANT DE PRÉFACE.

Peinture des jouissances de la campagne au printemps, pour
la vieillesse et la convalescence. — Le professeur s'entretient encore avec les jeunes auditeurs qu'il quitte ; mais
ce n'est plus d'histoire, c'est de philosophie religieuse et
pratique. — Il jette un dernier coup d'œil sur ses travaux
historiques.

———

RETOUR A LA CAMPAGNE.

20 avril 1838.

MA douce retraite s'embellit pour moi, cette
année, du printemps que j'y viens saluer pour la
première fois ; mais ce qui lui donne un attrait
plus touchant, c'est que ma femme, le second
de mes fils et moi, nous venons y jouir d'une

triple convalescence. Il y a quinze jours nous nous disions tout bas et dans le secret de notre cœur : « Reverrons-nous bientôt, reverrons-« nous jamais cette campagne si pleine de doux « souvenirs et de pures jouissances? — Partez, « nous a dit un médecin célèbre [1], un médecin « ami ; allez renaître avec la verdure et les fleurs ; » et Dieu a béni un voyage de cent lieues que la santé de ma femme rendait encore inquiétant, et dont le bienfait s'est prononcé dès le premier jour.

Je visite mes anciennes et récentes plantations comme un père satisfait; je foule avec l'orgueil d'un roi le tapis violet et velouté de la pervenche ; je souris à l'audace de ces jolies tribus de primevères qui percent la neige pour prendre possession du règne des fleurs. Mes nombreux lilas fleurissent pour la première fois sous mes yeux avec un parfum que n'ont pas pour moi ceux des Tuileries ou de Versailles, le parfum de la propriété. Il y a quelques jours mes amandiers, mes pêchers étaient parés de leur pourpre printanière. Bientôt je vais voir le cytise étaler ses grappes d'or et l'arbre de Judée montrer par son vif éclat qu'il est un digne produit de l'Orient. Salut à mes

---

[1] M. le docteur Jules Cloquet, à qui nous ne pouvons trop exprimer notre reconnaissance.

arbres fruitiers, ils ont aussi leurs jours de coquetterie. Le cerisier, si agréablement fécond, riva-
lise maintenant par l'éclat argenté de ses couleurs avec la boule de neige. Tandis que partout
la verdure se renouvelle et fait effort dans les
vieux chênes pour supplanter des feuilles flétries
qui s'obstinent à rester sur leurs rameaux, les
géants de mon jardin, les pins, les picéa, le cy-
près pyramidal et jusqu'à mon petit cèdre du
mont Liban montrent avec orgueil leur robe
toujours verte, qui a bravé courageusement une
cruelle température.

Tout est pour nous, pour deux âmes habituées
à se confondre, un sujet de joie naïve et d'une
reconnaissance religieuse. Moi, que la vieillesse
avertit bien plus sévèrement que ne l'a fait une
maladie peut-être passagère, je compte mettre
à profit chacun des jours qui me sont réservés,
pour bénir le Créateur dans ses œuvres. Elle renaît, la douce compagne de mes jours, celle qui
en est depuis vingt-cinq ans et le guide et le
charme. Il me semble que tout ce que je vois re-
flète mon bonheur. Il est vrai que les zéphyrs
sont encore en retard et que Borée usurpe trop
souvent leur place; il est vrai qu'une neige im-
portune couvre trop souvent le vert tendre des

arbrisseaux, et qu'un cruel hiver a beaucoup di-
minué la somme de mes jouissances champêtres
et humilié la vanité d'un horticulteur fier de ses
plantes exotiques; il est dur de les voir punies de
s'être confiées à notre climat, mais je suis heureux
et reconnaissant de tout ce qui me reste. Il me
semble qu'à la saison nouvelle je m'essaye à des
ailes comme la chrysalide. Toute ma philosophie
se convertit en hymne.

Cette propriété modeste est le prix de mes travaux historiques, et pourtant elle m'en a distrait
depuis bien des années. J'y arrive avec un cœur
trop plein, avec une imagination trop rajeunie
par la campagne pour gâter ma joie par le récit
des grandes catastrophes de l'histoire. Ne faut-il
pas quelque repos à celui qui a tracé l'histoire
de la révolution française et celle des guerres de
religion? Je suis, je l'avouerai, saturé d'histoire,
moi qui l'enseigne depuis trente ans dans un
cours public, et qui en ai parcouru presque toutes les époques; et puis j'ai pris une habitude
dont le bon Rollin a laissé le plus parfait modèle,
c'est d'entremêler à mes leçons historiques des
digressions morales et quelquefois des conseils
d'une prudence sévère, car nous avons eu à traverser plus d'une grande commotion. Peu d'an-

nées se sont écoulées sans que l'orage grondât sur
quelques points de l'horizon , et combien de fois
n'a-t-il pas éclaté sur nos places publiques? Il
s'agissait de diriger, sans l'étouffer, dans la jeunesse , un enthousiasme généreux qui offre trop
de prise à des hommes de parti rusés et violents.
Je ne craignais pas d'évoquer les souvenirs les
plus terribles que puisse présenter l'histoire,
ceux des phases les plus sanglantes de notre révolution , ceux dont le cœur se détourne avec effroi
et voudrait se détourner avec incrédulité. Plus
souvent j'ai glissé dans des généralités philosophiques le mot qui avertit, qu'on recueille en
silence , qu'on s'applique en secret, qu'on médite
encore la nuit et dont on se souvient dans les
jours où le tumulte éclate, où l'arme à feu , pla-
cée en embuscade , menace les jours des courageux amis de l'ordre public et des vrais amis de la
liberté. Voilà les désordres que j'ai voulu combattre ou prévenir, surtout depuis 1830.

Il régnait une sorte d'intimité dans ces entretiens que les murmures ou les rires moqueurs ne
troublèrent jamais, succès que je n'aurais pas obtenu si mon amour pour la liberté avait paru
équivoque. La douceur de ces conférences était
telle pour moi que je croyais les continuer en-

core pendant les vacances et dans ma solitude. Mon imagination plaçait autour de moi ou faisait circuler sous mes ombrages ceux des élèves dont le cœur avait le plus répondu au mien, ceux-là surtout qui m'avaient confessé que mes avis les avaient détournés d'une pente fatale.

Pour développer la philosophie de l'histoire, je sentais le besoin de me fortifier dans l'étude de la philosophie même. Quoique assez avancé dans l'âge mûr, je ne l'avais encore étudiée que superficiellement et trop peu à ses véritables sources ; la révolution m'avait arrêté tout court dans l'essor d'une jeunesse paisible, studieuse, livrée aux douces rêveries, aux espérances illimitées. Depuis il m'avait fallu soutenir les épreuves de fer de la révolution, supporter les exils et une longue captivité, passer de l'enthousiasme le plus vif à tout ce que la pitié a de plus déchirant, à tout ce que l'indignation a de plus sombre. Pour obéir à ces deux sentiments qui remplissaient mon âme, j'écrivis l'histoire de cette révolution, en présence de tous ceux de ses acteurs qu'elle avait pu épargner, et sous les verroux même des hommes puissants que j'avais irrités et qui me montraient le Sinamari en perspective.

Je viens de faire des adieux momentanés à

l'histoire. Gibbon, dans ses Mémoires, exprime avec feu le mouvement de joie qu'il ressentit après avoir écrit la dernière ligne de son *Histoire de la décadence et de la chute de l'empire romain.* Il venait de parcourir, avec un labeur immense, et souvent même avec génie, les temps les plus obscurs et les plus maudits des annales du monde. Que de déserts, que de ruines n'avait-il pas eu à franchir pour retrouver l'origine des monarchies et pour montrer comment de ces ours du Nord, de ces tigres tartares, de ces lions arabes naquirent des nations qui devaient retrouver et porter beaucoup plus loin la civilisation grecque, romaine et orientale!

Il y a peu d'années qu'une satisfaction moins exaltée, et qui ne pouvait être mêlée d'orgueil, vint me pénétrer. Je venais d'écrire la dernière ligne d'une histoire qui commence aux dernières années de Louis XIV et finit à la chute de la Restauration [1]. Sans avoir eu, comme Gibbon, à m'enfoncer dans l'abîme des âges, j'ai remonté comme lui à la source d'un torrent qui entraîna bien des trônes, engloutit encore plus de répu-

---

[1] Il est vrai qu'il me reste à remplir une grande lacune dans cet ouvrage historique ; j'ai écrit en grande partie, mais je n'ai point encore publié l'histoire du Consulat et de l'Empire.

bliques, fit périr des millions d'hommes, éleva
bien haut la puissance du crime, renouvela celle
des vertus, donna des proportions gigantesques
à la gloire militaire, produisit un grand homme
qu'elle éleva sur le trône pour le jeter ensuite sur
un rocher, et un grand peuple qui, après avoir
perdu ses immenses conquêtes, devient plus que
jamais l'un des deux rois de la civilisation.

Je n'ai connu que dans ma jeunesse ces jours
si riches d'illusions et d'espérances qui permet-
taient au solitaire de Lausanne un profond recueillement, et lui facilitaient un brillant coloris. La révolution marchait toujours devant moi,
s'avançait par des bonds furieux, ou rétrogradait
par lassitude et par épuisement, mais non sans
un reste d'agitation convulsive, tandis que j'en
écrivais l'histoire. C'est sous les coups de la tempête que j'en ai commencé le tableau; combien
de fois mes tablettes, mes feuilles éphémères
n'ont-elles pas été emportées par de nouveaux
coups de vent!

Sans être infidèle à la liberté, je n'ai point été
timide envers le crime. D'un autre côté, l'on ne
m'a point vu un accusateur aigre ou furieux des
erreurs dont j'avais à exposer les funestes résultats. Je n'ai connu, je crois, de partialité que

pour l'infortune; ma plus douce mission a été de consacrer d'admirables dévouements dont la gloire ne fut pas le mobile, et dont elle doit être la récompense. Si j'ai réveillé l'indignation chez mes lecteurs, je ne les ai point conduits à la misanthropie; j'ai ouvert la route, et ceux qui m'y ont suivi et surpassé, à ce que j'entends dire, n'ont pas eu à se défendre de souvenirs aussi déchirants; ils ont pu envisager d'un coup d'œil plus calme et plus politique, des événements qui ne les ont point fait passer de prisons en prisons, de deuils en deuils, de frémissements en frémissements; mais, d'un autre côté, ils ont plus faiblement fait entendre le cri de nos souffrances. Placés à une certaine distance des événements, ils en ont développé les vastes résultats; pour moi, j'ai dû examiner de plus près et condamner avec plus de force les mauvaises passions et les détestables moyens qui ont pu amener et prolonger ces terribles catastrophes. L'histoire bien présentée est le certificat de la morale. Sur de tels événements, il est bon d'entendre les témoins et ceux qui ont failli de si près en être les victimes.

Il est temps de faire trêve à cet épanchement de satisfaction : je commence à craindre que l'on

n'y voie la prétention d'un *exegi monumentum*,
prétention qu'on ne peut pardonner qu'à l'audace lyrique, et surtout qu'au génie; et combien ne serait-elle pas ridicule dans un écrivain
qui a touché le prix de ses longs travaux, plutôt
en estime qu'en gloire. Mais il est bon qu'en
commençant un essai philosophique, j'aborde
mes lecteurs sans contrainte, et que je les initie
au calme de ma retraite, comme à la sérénité de
ma vieillesse; ils peuvent se figurer un vétéran
de l'instruction publique, un professeur en vacances, confiné par ses goûts bien plus que par
le sort dans les honneurs obscurs de cet utile
emploi. Il me semble que d'ici je puis rendre
encore mes entretiens plus intimes, avec des élèves auprès desquels j'ai fait un usage assez fré-
quent et quelquefois hardi du franc parler. A
ceux que j'ai quittés tout à l'heure, je joins dans
ma pensée ceux auxquels ma voix s'est adressée
dans le long espace de trente ans. Je renoue avec
eux une vieille amitié; je les aborde familière-
ment, soit dans les postes plus ou moins éminents
auxquels plusieurs sont parvenus, soit dans la
gloire où ils se sont élevés, soit dans une condition plus humble et plus rapprochée de la
mienne.

Mais voilà que ma voix affaiblie et par l'âge
et par une maladie qui donne des avertissements
sévères, ne pourra plus se faire entendre à des
élèves si chéris, et qui m'ont donné plus d'un
témoignage d'une vive et candide affection. Pourquoi ne continuerais-je pas de les entretenir à
l'aide de ces mêmes écrits dont ils m'ont inspiré
la pensée? Qu'ils en reçoivent aujourd'hui la dédicace, comme le testament, comme le faible legs
de leur vieux professeur. Mon auditoire va s'élar-
gir : les femmes s'intéressent volontiers à ce qui
a pu intéresser les jeunes gens. Je ne sais quel
rigorisme, qui m'a toujours semblé un peu puri-
tain, les avait exclues de mon cours. Je puis maintenant m'entretenir avec les mères et les sœurs
de mes élèves.

Je dois prévenir mes lecteurs, et ils peuvent
voir dès les premiers chapitres que je me ménage
beaucoup de liberté dans mes excursions, et un
peu de fantaisie dans mes cadres. Comme j'aurai
souvent recours, soit à mes impressions présentes, soit à mes souvenirs, je crains d'être accusé de laisser couler de l'égoïsme dans un
ouvrage même où je fais des efforts pour le
combattre. Je pourrais me retrancher derrière
l'exemple de Montaigne; il a su, ce que je ne

pourrais faire, rendre son égoïsme aimable, et
son secret a été de le purger de toute vanité.
Dans le portrait qu'il fait de lui-même, il se
blesse peu, mais il est loin de se flatter. Il se rend
si peu de justice, quand il dit de la gloire : *nous
ne pouvons y atteindre, vengeons-nous par en
médire,* qu'on croirait voir dans ce joli mot un
artifice, une coquetterie d'un philosophe gascon.
Je veux lui emprunter quelque chose de sa libre
allure, si je ne puis lui emprunter la grâce et
l'originalité pittoresque de son style. Mais il est
sceptique et je ne le suis pas, aussi ne l'ai-je point
rangé parmi les patrons de mon optimisme.
Il n'y a pas pour moi un oreiller plus incommode
que le doute, dès qu'il s'agit des vérités qui doivent le plus assurer notre marche dans cette vie.

Les pieux et grands solitaires de Port-Royal
ont interdit le *moi* aux auteurs, et l'ont presque
frappé d'anathème. Ce rigorisme n'est plus à la
mode aujourd'hui. De tout temps les poëtes, mais
surtout ceux de nos jours, ont été affranchis de
ce scrupule, et nous y avons gagné de délicieux
fragments, et ceux peut-être qui se gravent le
mieux dans la mémoire. Les orateurs et les philosophes, à commencer par Cicéron, pour finir
à Chateaubriand, n'ont pas connu cette pusilla-

nimité. Au fait, le lecteur aime à connaître qui lui parle et qui s'ingère à lui donner des leçons de morale. Le grand point, c'est que le *moi* ne soit pas emphatique.

Je balançais, il y a quelque temps, pour savoir si je continuerais des mémoires déjà commencés de mon humble vie, ou si je terminerais ma carrière par un ouvrage de philosophie. J'étais sûr d'agacer libraires et lecteurs par le premier, et de les trouver très-froids pour le second. Un auteur de mémoires fait toujours espérer quelque peu de scandale; on lui pardonne sa vanité en faveur de ses médisances. Le lecteur, qui n'est pas dupe, lui fait ensuite sa part à lui-même comme il l'a faite aux autres, et presque toujours on se fait estimer un peu moins en voulant se faire estimer un peu trop. Prend-on le parti de s'exécuter franchement comme l'a fait J.-J. Rousseau, en trois ou quatre endroits de ses Confessions, c'est jouer un peu le rôle d'un fakir qui amuse les passants de ses flagellations. Pour J.-J. Rousseau, il a bien pris ses précautions quand il fait sonner la trompette du jugement dernier, et défie un seul homme de dire : *je fus meilleur que cet homme-là*. Je n'aime ni tant de faste ni tant d'humilté. Quelque plaisir que je trouve à lire ses *Confessions*, elles ne m'ont jamais donné le goût d'en faire.

Il est bon d'être pourvu d'une gloire éclatante pour écrire des mémoires; on vient y épier les secrets du génie ou ceux d'un grand caractère, et plus d'un jeune Prométhée espère y dérober le feu du ciel. Que voulez-vous qu'ils apprennent de moi? J'ai pourtant quelques secrets utiles à leur communiquer pour savoir supporter de longues persécutions, et, certes, un peu plus dures que celles qui ont fait pousser tant de cris aux philosophes du dernier siècle et aux jeunes mélancoliques de nos jours. On trouvera peut-être quelque intérêt, et, si j'ose le dire, quelques leçons dans le récit de mes aventures de proscrit et de prisonnier : ce que je voudrais surtout apprendre aux jeunes gens, c'est l'art de se contenter d'un genre de bonheur qui excite peu l'envie. Cette dernière partie, je puis la remplir dans les chapitres que j'ébauche aujourd'hui; or, l'un des secrets de ma philosophie casanière, de ma philosophie de vieillard, c'est de faire un choix entre mes souvenirs et d'en former un bouquet. Je me garderai bien de m'appesantir sur des péchés ou des peccadilles qui me causeraient plus de confusion que de remords; il faudra bien en compter avec Dieu, mais je ne serai point assez sot pour en compter avec des hommes qui ne me rendent point confidence pour confidence. Un souvenir touchant m'entretient encore mieux qu'un souvenir de fête ; c'est une évocation familière des êtres qu'on a tendrement chéris et honorés. Mon jardin me fait l'effet de champs Élysées où je les appelle, et d'où ils m'appellent eux-mêmes vers un autre séjour plus vaste, plus serein.

Pourquoi ferais-je, en écrivant d'un ton dogmatique, la guerre à ces rêveries qui sont mes plus douces inspirations? Soit que je m'abandonne à mes souvenirs avec une faiblesse de vieillard, soit que je prenne mon point de départ dans des impressions présentes, soit que je ne craigne point les hasards d'une rêverie aventureuse, soit que j'essaie de fortifier mes armes pour combattre les vieux ou les derniers athlètes de doctrines sombres, désespérantes, abrutissantes, j'espère donner à ces essais le lien commun d'une philosophie accorte, familière, qui aille au cœur. Vous n'avez rien fait en morale ni même en métaphysique par les démonstrations les plus puissantes, si le cœur n'est pas ému, si la volonté ne se sent pas entraînée et prête à l'action. C'est sans le moindre scrupule

que j'insérerai quelques pièces de vers dans ces
excursions philosophiques. Elles vont à un même
but, émanent d'un même sentiment, et j'avouerai que souvent je me sens plus à l'aise dans ce
mode d'exprimer mes pensées. J'écris pour des
jeunes gens et j'ai pu, pendant trente ans, faire
une étude sérieuse, et des épreuves répétées des
impressions qu'on reçoit le mieux à cet âge.
J'écris aussi pour ceux qui, comme moi, sentent
le besoin de se rajeunir par la pensée en revenant
à leurs impressions les plus pures. Rien ne vieillit
avec la pensée de Dieu. On marche vers la mort
sinon en habit de fête, du moins avec un cœur
serein, et l'espérance rayonne plus que jamais
sur un front chauve.

CHAPITRE II.

L'optimisme religieux est la base de cet ouvrage, et doit lui
donner unité de conception. — Ce mot est assez moderne,
mais cette doctrine est ancienne; elle se confond avec le
théisme; elle a inspiré tous les philosophes adorateurs de
Dieu; c'est la base de toutes les religions qui ne s'abandonnent point à des dogmes sombres et fantastiques et à
des pratiques sanguinaires. — Il y a un optimisme chrétien; c'est chez les mystiques qu'il se manifeste avec le plus
de douceur et d'évidence. — Le matérialisme est incompatible avec cette doctrine. — La grande erreur de plusieurs
philosophes du xviiie siècle, c'est d'avoir confiné sur la
terre leur prétendu optimisme. — Réponse à diverses
objections tirées de l'existence du mal. — La liberté de
l'homme l'élève à Dieu, et pourtant elle crée des maux
divers dont la Providence divine ne doit point être accusée.
— Les fléaux de la nature sont des épreuves. — Examen
des effets moraux qu'a produits parmi nous le choléra-
morbus.

DE L'OPTIMISME RELIGIEUX

CE n'est pas sans témérité que je ressuscite le
vieux mot d'*optimisme*, qui n'a jamais été plus
décrié, plus anathématisé que depuis les jours où
nous avons vu se réaliser plus de bien que n'o-
saient s'en promettre nos pères dans leurs plus

I.   2

présomptueuses espérances. Les chagrins artifi-
ciels sont à la mode; ils aiment surtout à planer
sur les jeunes fronts.

Il pourra se mêler un peu de vague et de caprice à mes méditations; on me permettra cet
abandon, et peut-être même quelque teinte poétique : j'écris sous l'inspiration du bonheur con-
jugal, du bonheur de famille, près des bords
charmants de la Saône, et près de Lamartine.
Ma témérité ira encore plus loin, car j'insérerai dans cet ouvrage plusieurs discours en
vers, enfants de ma vieillesse et de ma retraite. Ils feront diversion au ton dogmatique
où la philosophie, quelque humble qu'elle
soit, se laisse facilement entraîner. Ils sont
d'ailleurs des compléments naturels des idées
que je puis exprimer dans des chapitres où j'aurais voulu que le sentiment servît toujours d'escorte à la raison.

Je suis perdu si je ne justifie d'abord ce mot
d'*optimisme*, qui sonne si mal aux oreilles de
nos mécontents politiques, lorsqu'eux-mêmes se
forment pour l'avenir un optimisme à leur manière, auquel j'ai peu de foi.

L'optimisme, tel que je l'entends, est un mot
assez moderne appliqué à un système très-ancien :

c'est le théisme dans sa pureté, dans ses sublimes
espérances. Il résulte de l'adoration continue et
fervente du Dieu très-grand et très-bon que re-
connaissait le polythéisme même. C'est en quelque sorte la paraphrase de ce mot répété dans
l'Écriture sainte : *Et Dieu vit que ce qu'il avait
fait était bon.*

Sans doute le mot d'optimisme serait ambitieux
et d'une cruauté dérisoire, s'il fallait l'appliquer
à la condition de l'homme sur la terre. Mais appliqué à l'ouvrage de Dieu dont il ose concevoir
un complément caché à l'infirmité de nos sens,
c'est le port le plus large et le plus magnifique
qu'ait pu creuser la philosophie, ou plutôt qui
nous ait été ouvert par la religion.

L'optimiste, quand il répond à la plus pres-
sante objection de l'athéisme, ne nie point le mal
qui nous est infligé par le créateur et l'ordonna-
teur de l'univers; mais il le considère comme une
épreuve, comme l'occasion d'un noble combat
et la condition d'une conquête. Il en tire dès aujourd'hui le meilleur des biens, la vertu, exercice laborieux, mais doux triomphe de cette
liberté morale que l'homme ne partage qu'avec
les anges, qu'avec Dieu même.

L'optimisme ainsi confondu avec le théisme

est le commun ralliement de toutes les écoles
philosophiques de l'antiquité, moins celle d'Épicure et celle des sceptiques. On s'en ferait une
bien fausse idée si on le considérait comme hos-
tile à la révélation chrétienne. Toutes ces écoles
si fières, si bruyantes, se sont senties successivement terrassées par la grandeur et le charme populaire de l'Évangile. Elles lui ont reconnu un
pouvoir conquérant qui n'était point leur partage. Bientôt il est sorti de ces écoles, et surtout
de l'Académie, de sublimes transfuges qui sont
devenus des pères de l'Église. Au lieu de faire
subir de nouvelles variations, de nouvelles tortures soit à l'ancien, soit au nouveau platonisme,
ils se sont chargés de régénérer le monde, glacé
par le souffle du scepticisme. Dans cette glorieuse
et sainte entreprise ils ont été contrariés par le
despotisme cruel de ceux mêmes des Césars qui
se déclaraient protecteurs de la foi, par les inva-
sions des barbares, et peut-être plus encore par
les discordes sanglantes élevées au sein même
du christianisme : et pourtant au milieu de ces
fléaux réunis, ils ont achevé la conquête et du
monde romain et du monde barbare.

L'optimisme même, quand il s'emporte un
peu au delà des croyances les plus sévères de

l'Église, lui emprunte pourtant ses trois princi-
pales bases : foi, espérance et charité. Il reconnaît que le christianisme a gravé avec bien plus
de profondeur et d'universalité que l'éloquent
Platon n'a pu le faire, la croyance dans la vie
éternelle. Quoique la bienveillance pour ses semblables soit un principe et un ciment nécessaire
de toute société, elle n'était qu'une lueur bien
éphémère auprès du vaste foyer allumé par le
Christ. Dieu a voulu que la philosophie parût
pour préparer le monde au christianisme : Dieu
veut sans doute qu'aujourd'hui , aidée de la
science, elle en développe, elle en étende au loin
les bienfaits; elle en est l'auxiliaire , mais elle
mêle à ses respects, à son amour quelque indépendance ou du moins quelque libre interprétation. En prenant pour point d'appui le mysticisme chrétien , l'optimiste insiste beaucoup plus
sur l'amour que sur la terreur; il croit ces deux
principes peu conciliables , et doute que le cœur
humain puisse les concevoir en même temps, à
moins qu'il ne s'agisse de la tendre crainte de déplaire à l'être, principe de tout amour; il croirait aller jusqu'au blasphème s'il prenait dans un
sens littéral et rigoureux ces métaphores, ces hy-
perboles orientales qui représentent Dieu en co-

lère, car la colère est aussi antipathique à sa
nature que la justice et la miséricorde y sont in-
hérentes; quant aux châtiments qui punissent le
coupable et le pécheur, il admet plus facilement
des peines morales que des supplices atroces et
prolongés dans l'éternité; profitant d'un des
dogmes les plus doux de l'Église catholique, il
conçoit des expiations successives, et même il est
enclin à supposer qu'elles ont lieu dans un séjour
où règne encore un exercice pour la volonté, des
occasions pour la vertu; il croit qu'on plaît plus
à Dieu par les actes d'une bienveillance expansive, par une pitié toujours secourable, par l'indulgence, par le pardon évangélique, par des
dévouements héroïques modestement exécutés,
que par des macérations, des flagellations et les
rigueurs fantasques d'une stérile pénitence ou
d'un lent suicide. Son plus sûr recours contre
l'orgueil, c'est la pensée aussi douce que continue
d'un Dieu devant qui tout orgueil est réduit en
poudre. A force d'aimer ses semblables, il perd
toute idée d'une vaine supériorité sur eux. Il
s'aime en eux et s'admire beaucoup plus dans les
plus nobles représentants de la nature humaine,
qu'il ne peut s'aimer et s'admirer en lui-même.
Sa foi est immuable et pose sur les mêmes fonde-

ments que l'univers. L'exaltation de l'amour le
fait bouillonner d'espérance. Il remonte sans
effort à la source de toutes les lumières, au principe de toute félicité, au créateur de toutes les
merveilles, et ne dût-il y arriver que d'épreuves
en épreuves, de séjours en séjours, tout est sublime dans sa destinée s'il sait la faire.

L'optimiste, sans donner dans un grand luxe
de pénitence, porte de son mieux les croix qui
lui sont imposées sur la route, et même s'y
prépare de temps en temps par des exercices virils; il respecte et se garde bien d'offenser la foi
humble et soumise qui regarde les sentiers escar-
pés et les cailloux tranchants comme la voie la
plus sûre du ciel. De là sont nées des vertus nouvelles dans le monde, telles que celles de Saint-
Louis. Mais il se dirige surtout vers les vertus les
plus abordables à la faiblesse humaine. Le v⁵ siècle fut sans doute plus fécond en saints que tout
autre; de plus, il produisit, dans les pères de
l'Église, des hommes éloquents, inspirés par le
génie du christianisme; et cependant la société
humaine fut livrée à un supplice qu'on ne peut
comparer qu'à celui de la roue et de l'écartèlement.

La religion chrétienne offre seule ce divin caractère d'être à la fois la garantie et le complément de la religion naturelle; l'islamisme, quoique fortement théiste, n'ajoute rien et retranche beaucoup à la sublimité de la morale évangélique; la loi de Moïse n'était qu'une pierre d'attente, l'immortalité de l'âme n'en est pas la base, et puis elle sépare un peuple de tous les autres. Je ne vois ailleurs que des cultes fantasques, grossièrement superstitieux et surtout inhumains, plus ou moins corrigés par la philosophie des sages de la Grèce et de Rome, par celle des deux Zoroastres, de Confucius et des bramines. Il n'y a pas une étincelle d'optimisme à tirer d'autres religions qui ont commencé par arroser leurs autels de sang humain; le génie du mal et souvent le génie du despotisme, surtout celui de la tyrannie et de la fourbe sacerdotale, y dominent.

Ce que l'optimisme combat avec le plus de ferveur, c'est le manichéisme ou la coexistence éternelle d'un génie du bien et d'un génie du mal. Il admet des puissances intellectuelles vouées au mal par la suite d'un premier crime, mais il les range dans un ordre secondaire, et Dieu doit prévaloir sur ces anges rebelles.

Le matérialisme, au XVIIIe siècle, a voulu s'emparer de ce besoin d'espérance qui vit toujours

dans nos âmes ; et tout en nous confinant sur la
terre, où il ne peut prolonger ni embellir notre
séjour, il nous a parlé d'une perfectibilité humaine indéfinie dont les effets et les prodiges
pourront être accomplis dans quelque vingt
mille ans. L'optimiste est certes bien loin de nier
cette perfectibilité ; mais quand il dirige ses pensées, ses actes, ses efforts les plus courageux vers
le bien-être et surtout vers l'amélioration morale
des sociétés humaines, il croit accomplir un des-
sein de Dieu qui sourit à son ouvrage et lui en
destine une récompense qu'il est trop peu assuré
d'obtenir sur la terre, et dont le prix ne peut se
comparer à aucune de nos plus belles jouissances.

Appliquer l'optimisme à la matière, c'est appliquer du fard sur les joues d'un cadavre. Il y
a une sérénité d'âme, une disposition bienveillante, un riche et frais coloris d'imagination, je
ne sais quel art d'embellir les objets présents ou
éloignés que l'on peut appeler l'optimisme pratique ; il peut fort bien se passer de raisonnements abstraits, et même ne rien comprendre au
langage scientifique, mais il ne peut se passer du
sentiment religieux : c'est une disposition naturelle au jeune âge ; c'est la plus belle fleur du printemps de la vie ; mais aujourd'hui on fait effort

de toute part pour la faner et en couper la racine.
Cet optimisme du jeune homme ne doit point se
nourrir de rêveries vagues et molles, d'illusions
factices qui coûtent un misérable travail à l'esprit
quand il s'agit de les reproduire. Il veut de l'action, car, après tout, il n'est rien autre chose
qu'une conscience satisfaite qui aime à se refléter
dans les autres. Il veut une surveillance active de
soi-même, car c'est le moyen le plus facile et le
plus honnête de surveiller les bons ou les mauvais penchants de ses compagnons. C'est ainsi que
s'acquiert un tact délicat pour éviter toute liai-
son, tout entretien, toute lecture qui blesse la
pureté de l'âme.

Plus les devoirs sont simples, faciles, et fidèlement remplis, plus cette satisfaction expansive,
cette communication sympathique orne et fortifie le caractère. L'optimisme n'est nulle part ad-
missible sans une mâle et sainte résignation; je
l'ai plus souvent rencontré chez des artisans, chez
des laboureurs, et même des vignerons, que chez
les hommes les plus favorisés des dons de la fortune, les plus ornés des dons de l'esprit : tous les
ans j'en viens prendre leçon à la campagne.

Il est un certain optimisme de tempérament
pour lequel je ne me sens nul attrait, nulle

estime; c'est une indolence plus ou moins spirituelle qui sait se caresser par d'agréables rêveries, ou c'est une exaltation juvénile qui n'agit
pas et diffère toujours l'heure de l'action. On
croit servir la société, sa patrie, ses amis en leur
voulant beaucoup de bien, et tout reste renfermé
dans de stériles vœux; d'autres fois, c'est une
bienveillance calculée, comme celle d'Atticus, qui
sait rester également ami de Cicéron et de Marc-
Antoine, ou bien c'est une crédulité de bon
homme égoïste qui croit fermement tout ce qu'elle
a intérêt à croire, qui adhère aux mensonges
officiels d'un parti, et puis aux mensonges du
parti opposé dès qu'il triomphe, et qui, par ce
moyen, met à l'aise une conscience équivoque.
Plus la civilisation se raffine sans se perfectionner,
plus ce genre d'optimisme pullule; il affadit la
société aussi bien que la vie intime; il y jette des
flocons de neige, qui, quelquefois, peuvent présenter l'apparence de cristaux assez brillants,
mais qu'une chaude haleine fait évaporer, ou
qu'un vent ennemi disperse.

Je me fie peu à l'optimisme de circonstance;
c'est la joie aveugle ou insolente d'un parti
qui triomphe et que le premier dépit peut transformer en un aigre mécontentement. Je prie

instamment qu'on ne cherche point un optimisme de ce genre dans cet ouvrage. Il me m'arrive guère de lire un journal sans être plus ou
moins infidèle à mon optimisme, quoiqu'il soit
d'assez forte complexion; mais un peu de philosophie m'y ramène facilement.

J'espère avoir ainsi évité tout malentendu sur
le mot *optimisme* que je rends aussi étranger aux
passions égoïstes qu'aux passions malveillantes.
Toutefois, qu'arrivera-t-il, si cet ouvrage vient
à paraître au milieu d'une crise terrible, après
quelque attentat monstrueux, ou à travers les
nuages précurseurs des guerres civiles; ne va-
t-on pas s'écrier : Oh ! quelle imprévoyance
dans ce vieux enfant du xviii⁰ siècle! quelle mo-
nomanie d'espérance! Je répondrai que j'ai fait
tout ce qui était en moi pour détourner d'une
épreuve si furieuse et si funeste tous ceux auxquels ma faible voix peut se faire entendre; tombe
sur moi une nouvelle révolution, brillent sur ma
tête les glaives d'une nouvelle terreur, je tâcherai
de me rendre plus digne du refuge où j'aspire!

L'optimisme religieux et métaphysique ne reste
longtemps déconcerté ni par les intrigues des
cours, ni par celles des assemblées délibérantes,
ni par les conspirations des tavernes et des clubs,

ni par les erreurs et même les crimes des peuples
qui se trompent de route pour arriver à la liberté,
ni par les passions petites ou haineuses qui la
compromettent chez ceux qui l'ont péniblement
acquise. Il résiste à ce fiel misanthropique dont
voudraient le gorger tous les matins des partis
mécontents qui s'écrient : Dieu merci, tout va le
plus mal possible! Je ne veux pas, au profit de
mon système, calomnier mon caractère, et me
faire supposer une insensibilité honteuse et coupable. Je connais peu de personnes qui prennent
une part plus large que moi dans les chagrins pu-
blics ; mais tous les bouleversements politiques,
toutes les guerres désastreuses, tous les crimes
que j'ai vu s'accumuler dans une proportion presque inconnue à l'histoire, ni ceux qui, de temps
en temps, nous glacent d'épouvante et d'horreur, ne me feraient jamais proférer un blasphème contre la Providence. La sagesse divine n'est point compromise par les erreurs de
l'homme. Si Dieu nous avait créés des êtres tout
passifs, nous n'aurions plus de rapports avec lui,
et l'idée même de son existence aurait été inabordable pour nous, car c'est notre activité seule
qui nous le révèle.

Pourquoi l'optimisme religieux serait-il plus

déconcerté par les fléaux de la nature? Je ne me plaindrais pas d'être arraché violemment d'un gîte plus ou moins commode auquel je me serais habitué, pour être conduit dans un meilleur séjour. Supprimez la crainte dans votre cœur, vous y faites mourir l'espérance; car ce sont deux choses aussi corrélatives que colline et vallon. Or, je demande qui domine le plus dans le cœur de l'homme, de la crainte ou de l'espérance. Interrogez, je le veux bien, les malades, les prisonniers, les exilés, et vous verrez quelle est la force du câble de l'espérance.

Voltaire triomphe du désastre de Lisbonne pour l'opposer aux optimistes; mais ici ses reproches, ses accusations remontent jusqu'à Dieu; et cependant on le voit presque toujours repousser l'athéisme. Il laisse quarante mille victimes enterrées sous ces débris fumants, comme si ce désastre finissait tout pour elle. Un cœur religieux assigne un séjour de bonheur et de gloire à la mère qui s'est dévouée pour son fils, aux vierges pures, enfin à tous ceux qui par leur piété, leurs vertus ou leur seule innocence, ont mérité les récompenses promises par Dieu même.

Si le mal n'existait point, pourrions-nous concevoir l'idée de vertu? le plus noble sentiment

dont puisse s'enrichir le cœur de l'homme lui
serait étranger ; point d'exercice pour la pitié,
la constance, le courage.

Que le plus terrible des voyageurs, et le plus
inexorable des fléaux, le choléra-morbus, traverse
les mers, les déserts, les montagnes pour venir des
profondeurs de l'Asie visiter nos cités florissantes ;
qu'il vienne les frapper sous un ciel serein et
froid, soit au milieu des plus nobles plaisirs ou du
fracas des orgies, soit au milieu des méditations
de l'étude ou des fureurs de l'émeute déchaînée
sur nos places publiques ; qu'il vienne entasser
dans les longs chariots de la mort et niveler dans
le sépulcre richesses et misère, gloire et obscurité,
vertus et vices, voilà l'un des grands épouvante-
ments dont parle Bossuet. Le ciel semblait l'avoir
réservé pour complément d'une révolution terrible dont la guerre la plus sanglante ne fut
qu'un épisode. Il semble qu'il faille un optimisme d'une bien forte complexion pour résister
à une telle réunion de fléaux. Ici, tout afflige,
mais rien n'ébranle l'optimiste religieux, et j'entends par là surtout l'optimiste chrétien. C'est en
effet le christianisme qui a converti les fléaux en
épreuves. Les stoïciens approchaient de cette solution, mais leur résignation avait quelque chose

de trop superbe; celle des chrétiens est plus modeste et plus tendre. Le chrétien pleure, le stoïcien affecte de ne pas pleurer; il craint une pitié
trop vive qui désordonnerait la rectitude et la
noblesse de ses pensées; elle peut être active et
secourable; mais elle manque du baume le plus
sûr, celui d'une sympathie profonde. Le chrétien
tire du libre épanchement et des faiblesses même
de sa commisération un dévouement plus ingénieux dans ses soins, plus vigilant, plus héroïque.

Cette dernière et fatale épreuve dont nous sor-
tons à peine nous a présenté souvent l'une des
plus douces consolations qui puissent s'offrir au
cœur de l'homme : le bonheur d'estimer nos
semblables. Parmi nous, du moins, les lâchetés
de l'égoïsme ont été beaucoup moins communes
que les actes de courage. Peu d'hommes se sont
tenus étroitement resserrés dans les limites des
devoirs ordinaires. La science se divisait pour
savoir si la contagion n'était pas jointe au mal
endémique; le cœur n'a pas balancé, il n'a pas
même voulu admettre la contagion comme une
excuse, pour se dispenser de soins périlleux. Les
hôpitaux encombrés de morts et de mourants,
les asiles du pauvre ont-ils été désertés par les
médecins, les chirurgiens, les prêtres, les sœurs

de la charité, et par les fonctionnaires? Ces lieux
n'ont-ils pas reçu des visites inaccoutumées, illustres ou touchantes? Tout ne se convertissait-il pas
en bureaux de charité devenus des lieux de conciliation, hélas! trop momentanée entre les partis? Y jeter de l'or n'eût été que faiblement mé-
ritoire; mais il fallait le donner, le porter à ceux
dont le souffle pouvait être mortel. Ah! pourquoi
les hommes ne savent-ils pas s'unir contre les
maux qui troublent l'ordre social avec la même
harmonie qu'ils le font contre les fléaux de la nature? Des hommes trop enclins aux doctrines du
matérialisme ont concouru sans doute à ces soins
généreux; mais en s'obstinant dans une morne
incrédulité, ils se sont privés de leur meilleure
récompense. Ils ont fait le bien; ils ont bravé la
mort, sans profit pour leur cœur et même pour
leur raison. Ils nous ont fourni contre eux-mêmes
des arguments qui ne les ont pas convaincus.
Quand tout leur dit qu'ils ont cédé à des mobiles
généreux, ils ne veulent avoir agi que comme
des machines bien montées, ou comme de bons
calculateurs. Ils mentent pour s'avilir; l'honneur
de leur système leur tient plus à cœur que l'honneur de l'espèce humaine.

CHAPITRE III.

Fruits d'une légère étude de botanique. — Révélation de
Dieu dans l'organisation des plantes et dans la multiplicité infinie de leurs germes. — L'homme seul sait conduire le règne végétal. — Usages divers que son intelligence en tire. — Causes finales, la première démonstration
de l'existence de Dieu. — Comment se fait-il que quelques
philosophes l'aient négligée ou dédaignée? — Par le moyen
des causes finales, la plus haute philosophie se trouve en
contact avec l'intelligence la plus vulgaire. — C'est l'échelle
la plus commode pour monter à Dieu. — L'homme est son
ministre pour gouverner la terre sous sa tutelle. — Effet
merveilleux de la domination immense et progressive qu'il
exerce sur les trois règnes et sur lui-même, sur tous ses
sentiments moraux et religieux.

MÉDITATION DU MATIN.

Tous les ans je prends quelques leçons de botanique, en maudissant une mémoire vieillie que
rebute une nomenclature difficile. Je suis tout à
fait incapable, et par l'âge et par ma paresse, des
courses et des voyages que demande cette étude.

C'est sur un amphithéâtre embaumé que je
fais mes études d'anatomie et de physiologie vé-

gétale. La pointe de mon canif me fait découvrir des merveilles d'une prévoyance et d'une
bonté qui s'épanchent sur tout ce qui respire.
L'infini m'apparait jusque dans la graine qui ne
révèle sa savante et puissante organisation qu'à
mon microscope. J'y vois des provisions faites
pour plusieurs siècles, et pour l'éternité même,
si l'éternité pouvait appartenir à notre globe;
rien n'y est oublié pour tout ce qui a vie et sensation, mais tout s'y adresse plus directement à
l'homme qui jouit du règne végétal non-seulement par chacun de ses cinq sens, mais par le
sentiment de curiosité et d'admiration, son plus
noble partage; car l'homme est le seul confident,
le seul ministre, le seul prêtre de Dieu sur la
terre. Je me joue avec les amours de ce peuple
hermaphrodite auquel la nature semble avoir
accordé un instant pour aimer, avec les amours
pour nous plus sympathiques et plus merveilleux
de ces plantes séparées par le sexe, et qui dans
leurs désirs se voient servis par les vents et par
les oiseaux, quand les soins de l'homme n'y ont
pas pourvu.

Comment nous défendre de l'idée d'une souveraineté que la nature nous présente partout!
L'abeille me rendra en miel exquis le suc qu'elle

dérobe au nectaire de mes fleurs ; cette herbe in-
sipide ou rebutante pour mon palais, broyée par
la vache, par la chèvre, me fournira un lait délectable, dont je saurai ménager et consolider le
trésor pour lui faire braver la rigueur des hivers
et l'éloignement des climats. Voyez quel privilége est attaché aux plantes qui nous nourrissent,
quelle vigueur dans ces graminées, dans ces
tuyaux flexibles, pour résister à de cruelles intempéries ! De quelle longévité a été doué le grain
qui reste incorrompu un quart, une moitié de
siècle, et même un siècle entier !

Mais ce qui me frappe le plus, c'est la docilité
de toute cette partie de la création pour se prêter
aux lois, aux caprices, aux voluptés, aux plus
prévoyantes pensées de l'homme. Outre des aliments salubres, qu'il n'obtient souvent des végétaux qu'avec un opiniâtre labeur et une savante
industrie, il en tire avec non moins d'art des
liqueurs qui raniment ses forces abattues, et lui
font sentir plus vivement, plus gaîment son existence. Le roseau rend sous ses doigts des sons
harmonieux; le bois le plus grossier, travaillé
par ses mains, fournira au génie musical d'admirables accords. Le ciseau dispose à son gré, et
souvent avec un art maudit, de la taille et de la

forme des arbres. Par l'ingénieuse insertion d'un rameau, d'un bouton étranger, l'homme leur fait produire des fruits nouveaux, plus conformes à ses goûts. Par un feu prudemment entretenu, il supplée au soleil de leur patrie. C'est ainsi qu'il fait passer jusque sous le cercle polaire les enfants des tropiques, et leur ménage au moins quelque vie sous un ciel de fer. Il dispose de leur sève, de leurs différents sucs, de leur moelle, sans les voir, et leur fait traverser les canaux qu'il indique. Muni des pouvoirs de Dieu, il dit aux végétaux : *Croissez* et *multipliez* suivant mes ordres et les calculs de ma prévoyance ; mais lui-même, agent de cette reproduction, il sait ce que le grain doit lui rendre avec le concours de Dieu. Si les semences des arbres ne répondent pas à ses vœux hâtifs, il s'en procure une multiplication ou une croissance plus rapide par des rejetons, des boutures, des drageons et des marcottes, par la division des racines, des vulves et des tubercules ; il diversifie les fleurs, les appelle de l'un à l'autre hémisphère, accroît le charme de leurs couleurs, les délices qu'elles présentent à l'odorat, transforme les étamines en pétales pour créer des monstres botaniques qui n'en sont pas moins des types ravissants de grâce et de beauté.

Avec les végétaux, il allume son foyer, ses forges et ses fourneaux, et chasse les ténèbres ; car l'homme est sur la terre le véritable dieu du feu. Il leur emprunte par des soins ingénieux et d'habiles mécaniques, des vêtements délicats et sains, des remèdes faciles et sûrs. Avec eux il a formé les premières armes qui lui ont donné l'empire sur les animaux ; il s'en sert pour sa cabane, son toit, sa maison, ses palais, ses temples, ses ponts, ses canaux, ses bateaux et ses magnifiques flottes.

Je demande maintenant ce que font du règne végétal les animaux, même les plus sagaces, les plus intelligents ? Si j'en excepte le castor et l'abeille, et les nids des oiseaux, cet usage se borne à une nourriture toujours préparée pour eux, sur une table succulente, et à un abri momentané. Les quadrupèdes les plus puissants renversent les arbres sans en tirer aucun avantage, d'autres les écorcent et broutent leur première espérance ; les reptiles les infectent, les insectes les rongent et les couvrent de plaies. Si les oiseaux servent à leur reproduction, à leur transport d'un lieu à un autre, c'est à leur insu, non par prévoyance pour leurs besoins futurs, mais parce que leur appétit satisfait les rejette. Eh bien ! les tribus les plus sauvages connaissent, au moins grossièrement, la plupart des usages que je viens d'indiquer ; plusieurs sont bien plus versées que nous dans la connaissance de leurs propriétés médicales, il faut bien ajouter de leurs propriétés vénéneuses. Sans l'emploi du fer ni d'aucun métal, elles ont su façonner les arbres en canot, en digue, en pont, en radeau. Ne sont-elles pas plus ingénieuses que nous pour en fabriquer leurs armes, leurs instruments de guerre, de chasse ou de pêche? Voyez l'usage que des tribus enfoncées dans le Nord, et réduites à une indigente végétation, savent tirer du triste bouleau et de l'ortie.

Qu'on ne me dise pas que les besoins bornés des animaux ne les provoquent pas à chercher les ressources si variées que nous trouvons dans le règne végétal, ou qu'ils soient dépourvus de tout moyen de les exploiter. Est-ce qu'ils ne souffrent pas comme nous et bien plus que nous, par l'effet de leur incurie, des intempéries des saisons, de la faim, de la soif et des maladies? Plusieurs ne l'emportent-ils pas infiniment sur nous par leurs facultés locomotives, par leur masse, par leurs armes, par la puissance de leur vue, la finesse de leur odorat, la portée de leur voix, et quelques-uns par la flexibilité de leur gosier? D'où vient que l'oiseau dont le bec maçonne un nid avec tant d'habileté, l'abandonne dès que la nature ne lui en fait plus une loi pour la propagation de son espèce? Ne pourrait-il pas, pour l'hiver, s'il est de ceux qui n'émigrent pas, se construire une plus chaude retraite? Nombre d'animaux ne se trouvent-ils pas à merveille des gîtes commodes que nous leur préparons et que nous leur faisons acheter soit par un rude travail, soit aux dépens de leur liberté, de leur vie?

Je ne vois parmi les quadrupèdes d'habile constructeur que le castor; mais qu'on dérange, qu'on renverse son ouvrage hydraulique qui semble fait avec tant de soin et même d'art, il se décourage, son industrie est morte, il rentre dans la classe commune des animaux qui n'ont de talent que pour la fuite. Il est plusieurs insectes tels que les fourmis, les abeilles et différentes sortes de guêpes qui savent aussi construire leurs cellules et leurs spacieuses galeries, avec un art qui a droit de nous étonner; mais il ne faut pas toujours admirer leur prévoyance, puisque les abeilles domestiques forment un miel qui ne sera pas pour elles, et que les fourmis qui dorment

tout l'hiver, n'ont pas besoin d'un grand luxe de
provisions.

Le plus grand nombre des quadrupèdes est né
pour la chasse, pour la guerre, et n'est pas dénué
d'un instinct de ruse; d'où vient que ces malheureux stimulants de l'esprit d'invention ne
produisent rien de nouveau chez eux? D'autres,
sans être privés d'armes défensives, ne peuvent
vivre que sous notre protection et s'abandonnent
indolemment à des soins dont nous touchons un
prix usuraire. Et c'est là ce qui ajoute à notre
domination intelligente et presque absolue sur
le règne végétal, une domination plus superbe
et bien plus difficile, surtout plus courageuse,
sur un certain nombre d'animaux, qui, tels que
l'éléphant, le taureau et le dromadaire, devraient
être pour nous des objets de terreur, et dont un
faible enfant s'établit le tuteur et le vigilant
gardien.

Plusieurs espèces de puissants quadrupèdes vivent en troupe sans vivre en société. Ils ne tirent
de leur union qu'un faible parti pour leur dé-
fense. Presque toujours ils se séparent et se dis-
persent quand l'homme les attaque. Si on les voit
quelquefois se réunir pour procéder à une attaque commune, c'est pour faire l'assaut de quelque

bergerie, qu'un seul aurait pu tenter avec le même succès. L'homme aurait-il pu leur résister, s'ils étaient animés de l'esprit de société, des nouveaux besoins, des passions et des ressources qu'il enfante? Nous ne connaissons pas encore les limites de cette domination ; pour moi, je pense qu'elle n'en a d'autres que les services que nous pouvons tirer d'eux. L'art de dompter et d'apprivoiser les animaux les plus fiers et les plus farouches n'opère-t-il pas sous nos yeux des merveilles qui jadis auraient fait placer les Van Amburg et les Carter au nombre des Hercule et des Thésée ; et cet art n'est peut-être encore qu'à son berceau ; car l'homme a d'autres ressorts à manier auprès des animaux que ceux de la violence, de la crainte et des cruelles privations : il peut leur faire subir quelque réaction de son sentiment moral.

Tandis que je promène ainsi au hasard mes méditations, je me trouve enlacé dans un invincible réseau de causes finales qui ne me permettent plus d'autre issue que vers Dieu ; ces causes finales, objet de dérision pour une philosophie impertinente qui par malice fait la stupide, voilà ce qui met en quelque sorte de niveau toutes les intelligences, pour élever la plus vulgaire comme la

plus sublime vers un même et premier principe ;
ce raisonnement n'a pas besoin d'être construit
sur une savante échelle de syllogismes et de so-
rites : c'est l'enthymème dans sa rapidité convaincante ; c'est le degré commode qui fait monter l'être fini jusqu'au Créateur. L'athée lui-
même est obligé sans cesse de mettre le pied sur
cette échelle ; mais il craint tant de s'élever, qu'à
peine a-t-il fait quelques pas qu'il rétrograde vers
la terre.

Je ne puis dire avec quel chagrin , avec quelle
révolte intérieure j'entends un faux savoir per-
sifler l'argument des causes finales. Voltaire, la
grande autorité du xviiie siècle, quel que fût
son penchant à retomber dans un scepticisme
moqueur, avait pourtant insisté sur les causes
finales avec l'accent d'une croyance intime , et
J.-J. Rousseau, son puissant rival, les avait dé-
veloppées avec tout le feu de son éloquence.
Locke, dont la logique un peu rétrécie gouver-
nait et bridait ce siècle, n'avait pas été infidèle
aux causes finales. Et par qui cette doctrine avait-
elle été illustrée ? c'était par Platon et Xénophon,
ces deux interprètes, d'ailleurs si divers, des paroles de Socrate, et par Cicéron, qui fut en quelque sorte son troisième disciple. Je ne parle ici

ni des Entretiens de Job, l'un des deux premiers
et des plus admirables livres du monde, ni des
sublimes prophètes, ni des éloquents philosophes du christianisme; je me perdrais dans cette
énumération d'autorités si imposantes qui me feraient voyager jusque dans les Indes et dans la
Chine.

A mon arrivée à Paris, j'entendais les sarcasmes des savants, de quelques gens de lettres et
de quelques hommes du monde pleuvoir sur les
Études de la Nature de Bernardin de Saint-
Pierre, qui, à la vérité, avait un peu abusé des
causes finales, pour en créer quelques-unes de
fantaisie, mais dont l'ouvrage plein de charmes
semblait tendre à rapprocher la philosophie de
J.-J. Rousseau de celle de Fénelon.

Il est vrai qu'antérieurement à ce siècle, Descartes d'un côté et Bacon de l'autre avaient écarté
les causes finales de leurs méditations, sans toutefois les mépriser ni les rejeter. Bacon avait reconnu que, substituées à l'observation, elles
nuisaient au progrès des sciences physiques, et
Descartes voulait armer la raison humaine d'arguments qu'il jugeait plus irrésistibles aux attaques de l'athéisme. C'est sans doute un sublime
effort du génie métaphysique que sa démonstra-

tion de l'existence de Dieu par l'idée de Dieu
même; mais après l'avoir présentée sous une forme
abstraite et qui peut paraître trop subtile, il a
fini par la réduire à une exposition plus simple,
et qui rentre dans les causes finales; de l'effet il a
remonté à la cause, de l'empreinte et de l'image
du suprême ouvrier à ce grand Être; et c'est en
effet à quoi il a recours avec infiniment de justesse
et de sagacité, quand il répond aux objections
railleuses et superficielles de Gassendi. Mais sa
première démonstration est trop transcendante
et trop raffinée pour convenir à un enseignement
familier. Dieu a voulu, pour se manifester à l'être
fini, frapper son intelligence d'une manière plus
directe et plus simple.

Une chose m'a toujours étonné, c'est que Buffon, qui, dans son discours sur l'homme, pousse
le spiritualisme jusqu'à ses dernières limites, et
semble tout prêt à nier l'existence de la matière,
ait pu rejeter les causes finales dans un ouvrage
qui les rend toujours présentes à mon esprit, et
qui n'aurait ni éloquence ni vie si elles n'eussent
appuyé sa raison et fourni des couleurs à son
génie.

Est-ce bien Buffon qui trouve assez ridicule de
dire que la lumière ait été faite pour l'œil et l'œil

pour la lumière? Convient-il à ce puissant con-
templateur de l'œuvre de Dieu de dire avec Épicure et Lucrèce : « L'animal a eu deux yeux et il
« a vu; le poisson, des nageoires et il a pu habiter
« l'eau; l'oiseau, des ailes et il a volé », comme s'il
ne fallait pas une correspondance admirablement
établie entre l'œil et les rayons lumineux, entre
les nageoires et l'élément liquide, entre les ailes
et les fluides aériens; comme si le phénomène de
la vue ne se répétait pas dans une série d'êtres si
diversement constitués, depuis la baleine jusqu'à
de chétifs et presque imperceptibles insectes.
Est-il donc une partie de l'œil qui ne joue pour
sa fin? Il y avait quelques milliards de chances
pour qu'un seul œil ne parvînt pas à se former
dans toute la nature, et bien plus encore, pour
qu'il ne pût convenir à des êtres qui lui appor-
taient pour aliments des humeurs de si différente
espèce. *L'homme a eu deux yeux et il a vu* : mais
ces yeux, de qui l'homme, de qui tous les animaux
les tiennent-ils? Est-ce d'une cause intelligente ou
d'une cause matérielle, aveugle et brute? voilà
toute la question. Pour la résoudre, examinez
l'ouvrage : tout n'y est-il pas à sa place, tout n'y
répond-il pas à sa destination? L'observation la
plus minutieuse, l'analyse la plus savante ne vous

y font-elles pas découvrir un ordre infini de com-
binaisons admirables? Eh bien! est-ce une raison
pour vous de prononcer que le phénomène de la
vue, accordé à tant d'êtres, est le produit d'une
cause qui opère au hasard et ne peut rien com-
biner? Ce qu'il y a de certain, c'est que je ne
puis concevoir ni la lumière qui ne serait pas
faite pour être vue, ni des yeux qui ne seraient
pas faits pour voir. Et le cerveau, ce rendez-vous
de tous les sens, ce moteur de tous les organes,
ne sera-t-il que la production fortuite d'un être
non pensant? Et pourtant son merveilleux méca-
nisme vous arrache souvent des cris d'admiration. Je n'en vois pas le constructeur, dites-vous;
moi, je le vois partout : je le vois dans l'herbe,
dans l'insecte aussi bien que dans l'ordre de l'univers. L'intelligence me poursuit partout, elle est
en moi, hors de moi ; l'intelligence ne peut être
le produit que d'un être intelligent.

En métaphysique comme en géométrie, la ligne
droite est la plus courte : Dieu n'a pas fait de la
pensée qui nous le révèle le prix des tours de force
et le partage exclusif de vingt ou trente grands
penseurs qui se succèdent à la distance de plusieurs siècles. Il a ordonné le monde, et a dit à
tout homme : « Vois! »

Seulement je conviens qu'il ne faut pas en philosophie, en théologie, et surtout en science naturelle, rechercher les causes finales au delà du point où elles frappent par leur évidence.

Il n'y a pas de lieux communs, je ne dirai pas seulement pour le génie, mais encore pour une sensibilité vraie. Chacun de nous peut, par la vivacité et surtout par la sincérité de ses impressions, se créer une province dans le domaine de tous. Le sens commun est émané de Dieu. Lorsque sur des impressions, qui ne sont point physiques, tous les hommes conçoivent une même pensée, c'est Dieu qui dirige leur entendement. Pourquoi Spinosa et sa moderne école ne seront-ils jamais compris? C'est que par des abstractions inabordables ils tournent le dos au sens commun. Mais aujourd'hui l'art d'être sublime est quelquefois de se rendre inintelligible. Tel philosophe germanique se gonfle dès qu'il obtient ce facile succès. Il me semble que j'entends ce dialogue : « M'avez- « vous compris? — Non vraiment. — Et vous? — « Ni moi. — Tant mieux; je ne croyais pas m'être « élevé si haut. Restez en chemin; je ne me sens « pas en humeur de redescendre pour le vulgaire. » Après cette excursion, je rentre dans mon jardin et reviens à ma botanique religieuse.

1.

Cette plante a des organes : ou le mot d'organe est vide de sens, ou il indique nécessairement à mon esprit une destination, un but, une correspondance, une proportion des moyens avec la fin. Est-ce que la matière inorganisée, à force de rouler sur elle-même, a pu créer les organes d'un végétal, leur communiquer la vie qui lui manque? car les végétaux vivent, quoique sans apparentes sensations, et la vie est absente du règne minéral; point de vie matérielle sans organes. Est-ce que cette matière morte a pu, par les seules lois du mouvement, mettre en harmonie les divers organes d'une plante, prendre pour l'embryon naissant des précautions qui confondent l'humaine sagesse, lui donner un ou deux cotylédons, tuteurs qui protégeront son enfance, le nourriront de leur lait, et doivent disparaître ou se métamorphoser quand la plante pourra s'en passer? Est-ce que la matière aura pourvu de suite, et sans perdre haleine, aux soins de sa génération et d'une postérité immense? Il faut de plus que, dans cet embryon à peine perceptible à la loupe, cette matière morte ait creusé le réservoir, disposé les canaux, les vaisseaux, les trachées, ces espèces d'artères nécessaires à sa vie, et qui distingueront sa famille, son genre et

son espèce. Il faut qu'elle prépare pour la plante
un long appareil de tuniques, de membranes,
de vêtements et d'armures, qui doivent la défendre contre une saison ennemie ; que sous la terre
elle la dispose et la ménage pour le grand jour auquel elle va être exposée. D'où vient que cette
matière brute a respecté l'organisation qu'elle
vient de créer, et qu'elle a prescrit des limites à
la force aveugle qui la porte à détruire ? d'où vient
qu'il ne se passe pas un moment sans qu'elle ré-
pète sur la terre, un nombre infini de fois, une
opération si difficile, et toujours avec la même
sûreté ? d'où vient qu'elle ne fait guère que reproduire sans s'exercer à des productions nouvelles et purement originales ?

Le plus grand bienfait que l'homme puisse
tirer du règne végétal est celui que j'obtiens
dans ce moment même : je n'ai qu'à me baisser
et cueillir une plante dans les champs comme
J.-J. Rousseau, ou observer un fraisier sur ma
fenêtre comme Bernardin de Saint-Pierre, pour
être transporté des merveilles d'une prévoyance
et d'une bonté infinies. Est-ce que le spectacle du
reste de l'univers pourrait faire tomber ce transport ? mais il ne va cesser de l'exalter.

Si je passe du règne végétal, qui ne m'offre

qu'une ébauche de la vie, à cet autre règne où la
vie se produit avec la sensation, s'allume et se
maintient par une organisation plus déliée, plus
compliquée et plus harmonieuse encore, mon
étude sera plus difficile sans doute, et le théâtre
des observations savantes où je serai conduit
n'aura plus le même charme et sera loin d'enivrer
mes sens; car la mort sera chargée de m'expliquer
les mystères de la vie; mais je verrai avec un ravissement philosophique et religieux cette correspondance admirable des moyens avec la fin, dans
l'œuvre du Créateur; et quand tout ce règne animal s'élancera, bondira sous mes yeux, rampera
sous mes pieds, planera sur ma tête, m'enchan-
tera par ses couleurs, m'étonnera par les nobles
proportions ou la fine délicatesse de sa taille, par
sa force colossale, ou m'imposera, par sa fierté,
quand je passerai de ses amours aux scènes plus
touchantes et plus admirables du sentiment maternel, quand je verrai tout ce que l'industrie de
l'homme emprunte aux animaux, à quel point il
les assujettit et les fait servir à la sienne, comme
il peut modifier leur nature, donner, sinon d'autres lois, du moins une autre direction à leurs
instincts, leur commander à son gré ou l'amour
ou la crainte, ma vanité fera bientôt place à un

profond sentiment de reconnaissance pour Dieu, qui a donné à l'homme cette royauté. Si l'on me dit qu'elle est inquiète et troublée, exposée à des combats, à des rébellions, je répondrai qu'elle ressemble à celle des monarques de l'ordre politique; et trouvez-vous beaucoup de rois qui s'ennuient de l'être?

Eh! ne voyons-nous pas que l'homme exerce cet empire jusque sur la nature morte, inintelligente, inorganisée. Sans doute il s'en faut beaucoup qu'il obtienne des victoires continues et décisives sur les éléments, mais lui seul enfin, entre tous les êtres créés sur ce globe, ose tenter cette lutte. Délégué de Dieu, mais à qui Dieu n'a donné qu'un pouvoir temporaire et borné, voyez ce qu'il obtient tantôt de ses longs travaux, de ses patientes observations, tantôt de ses éclairs de génie. Il désarme la foudre et la fait ruisseler à ses pieds en filets inoffensifs; il met un frein aux ravages de la mer, et lui oppose des digues, sous la protection desquelles il élèvera sa maison, ses temples, fera fleurir ses moissons et ses jardins. Il combat par la culture l'invasion des sables du désert, celle des monticules dont la mer le menace. Cet Océan qui, par son immensité, par ses tempêtes, semblait devoir le confiner

tremblant sur ses rivages, le porte avec docilité,
avec une rapidité que l'art ne cesse d'accroître,
que l'observation des astres et la boussole dirigent,
qui n'a plus seulement les vents pour ministres,
mais qui est encore accélérée par la force prodigieuse de vapeurs bouillonnantes et condensées.
C'est ainsi qu'il peut reconnaître, exploiter la
vaste étendue de son domaine; il joint les fleuves,
et centuple leurs bienfaits par des fleuves artifi-
ciels; il dispose de leurs lits qu'il resserre ou
élargit suivant ses besoins, profite de leurs allu-
vions pour y déployer la végétation la plus riche.
Il profite même des fureurs du volcan; il va demander la santé à des sources qui lui révèlent un
feu central. La terre lui livre les métaux avec lesquels il doit déchirer salutairement son sein et
pénétrer dans ses entrailles; il perfectionne chacun des sens et des organes qu'il a reçus du Créateur; il augmente jusqu'à douze cents fois le pouvoir de sa vue, et parvient à plonger dans deux
ordres d'infini; l'un terrassant par sa grandeur,
et l'autre plus accablant encore par sa petitesse.
Il fait plus, il réforme les erreurs de ses sens,
contredit leur témoignage, et voit comme la raison veut qu'il voie; il s'empare des images les plus
fugitives, les plus diversifiées; il en conserve

l'empreinte par le pouvoir de l'optique, combinée avec les secrets de la chimie. Les corps invisibles eux-mêmes sont soumis à ses lois, à ses
analyses, à ses usages. L'air a été forcé de porter
ce voyageur intrépide; il ne cesse d'exercer son
génie inventif pour se jouer de l'espace. Et je n'ai
rien dit encore de ce qu'il a de plus sublime; la
pensée qui lui trace des devoirs, lui prescrit des
sacrifices, lui permet de vivre avec une société qui
n'est plus, lui en fait bénir et continuer les travaux, l'associe à ceux d'un âge qu'il ne verra pas,
et quelquefois le fait se dévouer pour d'autres
générations; la pensée dont il grave les images
fugitives par des signes abstraits, par des caractères solides, permanents, qui volent d'un hémisphère à un autre, et bravent les ravages du
temps, de la guerre et des incendies, par la multiplicité de ses reproductions.

Mais j'entends d'ici le peuple des matérialistes
et des sceptiques qui accueille mes paroles et insulte à mon orgueil avec un rire amer. Il n'y a
pas de flatterie qu'ils ne prodiguent aux animaux
pour ravaler leurs semblables, et malheureusement mon aimable Montaigne s'est essayé à ce jeu
cruel dans son apologie de Raimond de Sebonde.
Voilà mon sceptique qui ne doute plus de rien,

dès qu'il s'agit d'honorer les animaux à nos dépens, qui admet les fables les plus grossières,
les plus superstitieuses, et les traditions les plus
discréditées. C'est là, tranchons le mot, c'est là
de l'abjection et non de l'humilité chrétienne.
Celle-ci m'élève à Dieu, l'humilité matérialiste
me roule dans la fange. Oui, tout orgueil fléchit
et demeure écrasé quand nous remontons au
grand Être; mais tout orgueil se relève quand nous
nous comparons aux animaux. L'histoire naturelle, mieux étudiée, a fait justice d'une admiration si follement prodiguée aux rares phénomènes
de leur intelligence. Elle n'y voit qu'un résultat
direct de leurs besoins matériels, des instruments
et des armes dont ils sont doués, et de la position
qu'ils occupent. Leur intelligence bornée à
quelques points, y reste strictement enfermée;
elle est stationnaire; pas un d'eux n'élèvera la
sienne au-dessus de celle du premier auteur de sa
race, à moins que l'intelligence de l'homme
n'intervienne. Elle leur suggère en quelque sorte
une nature morale artificielle, mais qui n'est que
pour son usage, et dont leur espèce ne profitera
pas.

C'est en observant les animaux que l'on peut
voir l'intervalle immense qui sépare la sensation

de la pensée. La sensation ! philosophes qui voulez construire avec elle toute l'œuvre de l'intelligence, je vous abandonne volontiers tous les
animaux, et même ce qui, dans l'homme, se
rapporte évidemment à la nature animale et à
des facultés instinctives. Faites jouer ici, suivant
votre plaisir, les rouages que vous avez fabri-
qués et que Condillac a polis avec tant de soin.
Montrez-nous, je le veux bien, des sensations
qui deviennent des images, des idées, puis des
besoins, des appétits, des désirs et enfin une certaine puissance pour les satisfaire suivant l'organisation de l'animal et les instruments dont il
est doué; mais ne prétendez pas expliquer ainsi
la pensée qui se replie sur elle-même, qui a la
conscience de ses actes, de ses délibérations, de
ses volontés. Elle s'abstrait, se généralise, et par
là invente le langage; elle rectifie le témoignage
des sens, se rectifie elle-même; elle donne la
force de l'unité à un groupe innombrable d'idées,
de connaissances, de faits ou de conjectures
classés avec méthode et rédigés en système; inquiète et curieuse autant que patiente, elle cherche une cause dans chaque effet, ne se contente
pas de la première cause apparente, en cherche
d'autres sans se lasser, et remonte jusqu'à une

cause et une intelligence suprême; enfin dans son sublime essor et comme portée par un pouvoir mystérieux, elle s'élève de monde en monde, rase les bords de l'infini, et montre à l'homme un monde spirituel fort au-dessus de celui qu'il contemple.

Kant et nos philosophes français du xix⁰ siècle ont puissamment démontré que le don de remonter de cause en cause, ce qu'ils appellent la causalité, est inhérent à l'intelligence humaine. Voilà notre plus glorieux privilége et notre point de communication avec Dieu.

Je conviens que dans cette méditation j'ai suivi le chemin battu; mais il a été ouvert, affermi, élargi par les sages. Les poëtes avant eux l'avaient deviné, mais ils l'ont couvert de tant de fleurs, ils se sont livrés à tant d'incursions aventureuses, qu'il est difficile avec eux de reconnaître le tracé de la route. Les prophètes, et surtout le sublime Psalmiste, y ont volé plutôt que marché. Leurs accents inspirés se gravent mieux dans le cœur que des arguments.

Ce qu'il y a de plus difficile dans une démonstration de Dieu, c'est de la faire avec la froideur d'un théorème géométrique; c'est d'appliquer l'analyse au seul être indécomposable, à cette immuable synthèse; c'est d'observer l'ordre rigide des raisonnements, quand le cœur a besoin pour se soulager d'un cri d'admiration. C'est de supprimer le sentiment dans l'ordre des preuves, lorsqu'il est lui-même une preuve immédiate et saisissante, enfin de marcher terre à terre lorsqu'on se sent ravi. Si David excite en moi un transport sans cesse renaissant, c'est que jamais homme n'a parlé plus intimement à Dieu; il m'en fait une pensée ardente, continue et presque familière; les cieux s'abaissent pour lui, il me fait voler sur un char de feu, et les brûlantes interjections, les tendres apostrophes s'échappent à la fois de son cœur et du mien.

CHAPITRE IV.

Pourquoi la campagne nous rend-elle le cœur plus religieux? — Point de religion sans culte, et le culte catholique est mieux ordonné pour tous les besoins, tous les devoirs et tous les tendres sentiments de l'homme. — Misère et sombre désespoir d'un jeune homme dont l'imagination a été pervertie et le cœur glacé par le matérialisme. — Tableau de la touchante sérénité de la vieillesse d'un paysan religieux qui, entouré de sa famille, rappelle l'âge des patriarches. — Ce tableau est mis en opposition avec celui d'un vieux Sybarite qui demande en vain des jouissances à ses sens éteints. — Je m'exalte dans mes espérances religieuses. — L'amour ne me parle que de la bonté et de la miséricorde de Dieu. — Quelques mots sur les menaces terribles prononcées contre les pécheurs et contre ceux à qui la loi du Christ n'a point été révélée. — L'amour est la cause première et permanente des grandes conquêtes qu'a faites l'Évangile. — Une excessive terreur pourrait en diminuer l'effet.

MÉDITATION DU SOIR.

JE ne sais quelle paix, quel doux enthousiasme me remplit dès que je touche le seuil de ma retraite champêtre, ou plutôt dès que le coup de fouet du départ m'annonce le retour des délices annuelles que je viens chercher à cent

lieues. Je suis loin de m'écrier avec J.-J. Rousseau : *Adieu, ville de bruit, de boue et de fumée!*
Ce n'est jamais avec un sentiment amer ou ingrat
que je prends congé de la ville qui tient, avec
une seule rivale, les rênes de la civilisation humaine. Je cède de bonne grâce à tous les enchantements que mon âge peut encore admettre et
que mon imagination n'est pas tout à fait inhabile à rajeunir. Son charme pour moi le mieux
senti est dans des amitiés qui ont acquis à la fois
une vigueur nouvelle et un lustre nouveau par
les années et par des malheurs longtemps supportés ensemble ; mais enfin mes pensées ne sont
à Paris ni assez libres, ni assez calmes, ni assez
religieuses. Je tremble à chaque instant qu'elles
ne s'y engloutissent dans ce qu'on appelle *le positif de la vie,* dans les soucis politiques, dans des
diversions sans profondeur et sans recueillement.
Il me semble que je ne sais prier et bénir que
dans les champs.

Le culte est le plus fort lien de sympathie qui
existe entre les hommes, puisque la religion est le
ciment nécessaire des plus vives et des plus tendres affections ; point de lien social sans religion,
point de religion sans culte! Eh! lequel surpasse
le culte catholique en splendeur? lequel donne

mieux l'empreinte religieuse à la joie comme à la
tristesse? lequel sait mieux sanctifier tous les devoirs, soulager toutes les misères, élever plus
haut les espérances, embrasser l'homme tout entier? et pourtant, s'il m'est permis de confesser
des impressions qui révèlent toute ma faiblesse,
je conviendrai que souvent je jouis mieux d'une
subite extase qui vient me surprendre dans les
champs. Je n'aime pas à me sentir coudoyé, oppressé, enlevé par la foule; je n'aime pas à me
défier des fripons dans le lieu saint. Est-ce bien là
David? est-ce bien là Isaïe dont j'entends les accents sublimes? Tout à l'heure ils me transpor-
taient dans ma lecture solitaire; maintenant, au
milieu de cette gêne universelle, de ces regards
distraits, curieux, sans flamme, ces accents tombent sur moi sans effet, sans pouvoir.

Heureux le cœur profondément religieux qui,
par la force de ses méditations, triomphe de ces
importunités. Pour moi, je n'y échappe pas facilement; et je regrette l'église du village, telle
surtout qu'elle s'offrait à moi dans mes jeunes
années. Les voix y étaient discordantes et grossières, mais on y chantait de si bon cœur! La
piété y brillait sur toutes les figures et prêtait
à celles des vieillards quelque chose d'inspiré, à

celles des jeunes filles quelque chose d'angélique;
j'y trouvais enfin la plus belle des harmonies,
celle qui existe dans les âmes.

Ici je n'attends pas que la cloche m'appelle;
mon extase est de tous les moments. Qu'est-ce
qu'un dôme de Soufflot, de Paul Jones, de Michel-Ange, auprès de la voûte céleste? A quel
spectacle la nuit me convie, quelle magnifique
illumination répandue sur les ténèbres qui m'at-
tristaient! L'absence d'un soleil multiplie pour
moi les soleils et les mondes; je les vois avec
certitude par les yeux de la science; je les vois
avec ravissement par les yeux de l'amour; me
voilà plongé dans l'infini, et je me sens soulevé
sur cet océan lumineux par un secours céleste;
quand ma faible intelligence est terrassée, l'a-
mour me reste. Oh! comme je me sens élevé
par l'amour au-dessus de ces tristes Lalande qui
s'aveuglent avec un télescope! A des lois sublimes,
je reconnais le seul être sublime; c'est beaucoup sans doute que le don de l'entrevoir ou du
moins de le conclure; le don de l'aimer est
mille fois plus précieux encore. J'avais commencé mon cantique du matin en observant le
système d'une plante, et j'achève mon cantique
du soir en contemplant le système du monde.

Ce n'est plus avec un petit nombre de fidèles que je suis en communication, c'est avec tous les hommes. Oui, ce charme mystique, auquel les mots ne peuvent suffire, m'est commun avec tous ceux qui ne sont point agités par des passions malveillantes ou de sombres superstitions, et que d'insipides voluptés n'éloignent pas de la volupté céleste. Cette chaîne d'amour, qui descend du ciel à la terre, m'unit plus intimement à mes semblables; chacun en tient, en serre un anneau comme son plus ferme soutien. Les cultes les plus farouches s'oublient dans cette commune adoration; les voiles mythologiques tombent devant tant de splendeur. Sous des noms différents l'invocation s'adresse au même être. L'Éternel apparaît partout, remplit tout. Les dieux subalternes, que la superstition craintive ou l'imagination, dans son plus agréable délire, a pu forger, sont mis à l'écart comme des intermédiaires importuns. Le soleil perd sa souveraineté pour le parsis, s'il peut comprendre qu'il voit des milliers de soleils, et que son dieu n'est peut-être que l'humble satellite de l'un de ces astres qu'il voit dans les profondeurs du ciel scintiller faiblement; et peut-être reconnaîtra-t-il que le véritable soleil est celui de l'intelligence; les anges, les démons, les génies ne deviennent plus que le peuple du monde intellectuel. Mahomet disparaît devant Allah ; toutes les pensées s'élèvent vers leur centre commun, toutes les intelligences remontent à leur source. Ce n'est pas nous qui sommes écrasés par cette masse lumineuse, c'est cette masse elle-même qui reste écrasée devant moi à l'intelligence de qui Dieu se manifeste. Cet être immense, infini, quel est-il après tout ? c'est un père, suivant la sublime et naïve invocation qui nous est dictée par le Christ ; un père miséricordieux qui nous prescrit la miséricorde. O pensée délectable ! c'est un père qui me surveille et qui dit à ma faiblesse : Monte, monte jusqu'à moi. Jusqu'à toi, ô mon Dieu ! mais quelles ailes peuvent me soutenir ? qui me montrera la route ? C'est toi-même, et voici la loi que tu me prescris : « Fais du bien à tes sem-« blables ; essaie sur eux l'amour qui doit s'élever « jusqu'à moi. » Oh ! comme tu me les fais aimer ! nous sommes donc quelque chose à tes yeux ?

Quoi ! dans ton éternelle félicité, tu ne perds pas de vue le spectacle souvent si triste, si affli-geant, si désespérant pour nous de la société hu-maine ! C'est donc m'associer à ton œuvre que de suivre le penchant des plus douces, des plus nobles affections que tu aies gravées dans mon

âme. Ces affections, tu les animes, tu les fécondes, tu les dores d'un rayon de ta divinité.
L'amour, l'amitié, les tendres liens de la famille,
l'amour de la patrie, la charité universelle n'ont
de prix, de charme et de durée que parce que ta
pensée les pénètre. Qu'elle s'éloigne, tout languit, tout s'éteint, tout se rompt.

Je me figure un jeune homme qui, soit dans
les leçons données avec flegme par un savoir faux
et corrupteur, soit dans un amphithéâtre d'anatomie qui lui étale, pourtant sous un aspect sévère, les merveilles de notre organisation, soit
dans des entretiens où tantôt la licence, tantôt
un esprit de révolte effréné prend le ton dogmatique, s'est senti tout à coup piqué du ver de
l'athéisme. Quel changement dans son âme et sur
ses traits qu'animaient tout à l'heure le coloris de la
jeunesse, le feu des belles espérances, des nobles
sentiments ! Que m'annoncent ce regard vague,
et plutôt sombre que mélancolique, ce ton amer,
plein d'un regret involontaire pour ce qu'il appelle la perte de ses illusions, ces décisions tranchantes, cet ennui qui le poursuit jusque dans
la vie domestique qui lui offrait tant de scènes
riantes, et où il portait un enjouement si pur ?
Je le vois qui cherche des consolations dans des

livres qui ont versé dans son âme ce froid poison ;
tout à la fois rebuté et persuadé des tristes dogmes
de la philosophie de la sensation, il se dit tristement :

« Je vais où va mon intérêt du moment ;
« dans mon âme matérialisée, perdue à travers
« mes organes, il ne se trouve plus que des ap-
« pétits, et mon cœur ne sait plus qu'obéir à de
« mornes calculs. Je ne tiens plus à personne,
« personne ne tient plus à moi que par fiction,
« que par un mensonge convenu, ou bien je
« trompe quiconque est encore assez aveugle pour
« m'aimer ; j'ai perdu mon plus doux asile, celui
« de ma conscience ; tu n'es plus, ô grand Être,
« mon juge, mon censeur, mon appui, mon
« confident intime, mon consolateur. J'ai formé
« un désert au dedans de moi ; je n'ai plus à te
« consulter sur la loi de mes devoirs ; je n'aurai
« plus cette force d'âme qui me les faisait bénir,
« même dans leur sévérité, puisqu'ils émanent de
« toi. Si les hommes méconnaissent ce que j'ai
« pu faire pour eux, s'ils me punissent, si je suis
« livré à la prison, à l'exil, si je suis en présence
« de l'échafaud, je ne pourrai plus me dire : la
« mémoire de Dieu est plus fidèle que celle des
« hommes, son discernement plus sûr, sa justice

« plus miséricordieuse; le grain que j'ai inutile-
« ment déposé sur la terre a germé à ses yeux.
« Je suppose qu'après cette destruction de mes
« sentiments moraux, il me reste encore des af-
« fections vives et passionnées; quand les êtres
« qui me les inspirent me seront arrachés, il me
« faudra, dans le néant où mon esprit les plonge,
« dévorer le néant auquel je me condamne. Oh!
« qui me rendra Dieu? qui me rendra l'amour?
« qui me rendra la vie? » Jeunes adeptes du matérialisme (il en est encore, mais, je crois, en
petit nombre), jeunes gens au front chagrin, à
l'œil cave, au rire amer, vous prétendez marcher librement vers le plaisir, vous marchez vers
le spleen, vers tous les crimes qu'il suggère; car,
de nos jours, il prétend relever le suicide par
les attentats les plus monstrueux. Comprenez
donc la vie, comprenez donc le bonheur en vous
rapprochant du seul être qui donne l'un et
l'autre.

Je me souviens d'une impression qui pourra
paraître vulgaire, mais qui fit une profonde sensation sur mon âme. Il y a dix ou douze ans
que, dans un vignoble du Mâconnais, je liai conversation avec un vieux vigneron qui lisait la
Bible au livre de Tobie. Comme le patriarche, il

reposait à l'ombre de sa treille et de son figuier ;
un rayon du soleil couchant versait une teinte
de pourpre sur ses cheveux blancs ; quand la cloche du village vint à sonner l'Angelus, je vis
un spectacle touchant, et qui reporta ma pensée
vers le temps dont le vieillard relisait l'histoire.
Un groupe encore assez nombreux, composé de
ses fils, de leurs femmes, de ses petits-fils et
arrière-petits-enfants, vint des champs ou des
maisons voisines répéter en commun le salut à la
Vierge et recevoir sa bénédiction ; mais il y avait
là des veuves et des orphelins. Que de tombes
n'avait-il pas vu s'ouvrir pour les siens ! Combien
de fois n'avait-il pas vu périr le labeur d'une
année et de plusieurs années peut-être ! Quels
jours d'horreur et d'impiété forcenée il avait tra-
versés, lui si fidèle et si pieux ! et puis les années
de disette, les années d'invasion ! Jamais la bénédiction du soir n'avait manqué, et sans doute dans
les mauvais jours elle avait toujours porté quelque soulagement, quelque espérance au cœur de
la famille. Quand tout se fut éloigné, je vou-
lais reprendre l'entretien. « Attendez, me dit-il,
« je n'ai point encore prié pour ma pauvre dé-
« funte (elle était morte depuis vingt-cinq ans) ;
« c'est pour moi le meilleur moment de la jour-

« née, car lorsque je prie pour elle, qui n'en a
« guère besoin, tant elle était bonne chrétienne,
« je crois l'entendre là-haut qui prie pour moi. »

Couchez le vieux matérialiste sur l'édredon le
plus fin, dans une chambre toute remplie de tableaux voluptueux; brûlez pour lui les plus purs
parfums de l'Arabie; que de la chambre voisine des
artistes d'élite fassent parvenir à son oreille délicate des sons mélodieux; que près de lui une ou
plusieurs jeunes beautés, dont les charmes égalent
la complaisance, le bercent mollement pour pro-
voquer un sommeil difficile; je veux savoir si ses
pensées auront le calme et l'exaltation facile de
celles de mon vieux vigneron. Ses regards éteints
ou sombres, ses impatiences querelleuses tra-
hissent ses chagrins, ses ennuis; une note fausse,
ou qu'il prétend telle, le met au supplice. Son
insomnie qui se prolonge accuse les femmes qu'il
avilit par des soins abjects. Qu'une toux impor-
tune survienne, il ne sent plus que le froid de la
tombe; il éprouve à la fois la satiété de la vie et
l'horreur de la mort.

Mais laissons de tels tableaux pour revenir à ce
beau ciel qui m'illumine. Ma prière du soir vient
s'unir à la prière du matin qui s'élève de l'hémisphère du Sud; la pensée de Dieu unit les anti-

podes, et sans doute elle est aussi la chaîne de toutes les sphères, l'union de toutes les intelligences. La philosophie regarde en pitié et voudrait prendre sous sa tutelle les religions grossières; et se détournant avec horreur de leurs usages barbares, de leurs festins atroces, elle voit un puissant moyen de communication avec les tribus les plus sauvages dans l'*adoration du grand Esprit,* devant lequel elles se prosternent. Mais ce n'est point à la philosophie même la plus sublime à tenter ce genre de conquêtes. La religion positive, la religion révélée en a seule la noble soif, la puissance et l'héroïsme. Toutefois la philosophie doit aujourd'hui marcher sur ses pas, car elle sait tout ce que le zèle religieux, transformé en fanatisme et couvert du bandeau de l'ignorance, a fait ruisseler de sang, et tout ce qu'il a élevé de bûchers nouveaux jusque dans les contrées où il venait éteindre les bûchers de l'anthropophagie et arracher des victimes humaines aux couteaux des prêtres mexicains. On est venu nous dire au XIXe siècle que la tolérance glace d'un souffle mortel le zèle religieux, et j'ai entendu regretter, même par des esprits élevés, mais tranchants, jusqu'à des temps d'une foi ardente où l'on égorgeait par milliers, par centaines de milliers, ariens, albigeois, protestants, anabaptistes, mahométans dans la Syrie, indiens de la presqu'île du Malabar, juifs dans toutes les contrées, mais surtout en Espagne et en Portugal, maures et moriques, enfin la population presque entière du nouveau monde, sans compter une foule d'imbéciles, de fous, de savants malencontreux que l'on croyait ou qui se croyaient magiciens ou sorciers. Sans doute les ariens, les anabaptistes, les mahométans et les protestants eux-mêmes ont trop souvent procédé de leur côté par le brigandage, les supplices et les massacres; mais ceci ne fait que redoubler l'accusation contre les emportements du zèle religieux.

Pour moi, je sens avec délices combien la liberté des cultes, loi de mon pays, et qui va devenir la loi du monde, sort de l'Évangile même, aide à sa propagation, et ajoute un calme pur, un vaste épanchement de bienveillance au sentiment le plus exalté, le plus impérissable qui puisse remplir le cœur de l'homme. On le croyait mort dans les plus terribles années de la révolution, et on l'a vu se réveiller de lui-même avec un faible concours de l'autorité politique, et depuis se maintenir ou se réveiller encore malgré l'appui très-inconsidéré que lui prêta un gouvernement qui rétrogradait jusqu'à la vieillesse de Louis XIV.

Que si quelque esprit austère ne voulait voir dans cette effusion de mes pensées qu'un théisme vague, sans foi, sans consistance, de molles rêveries qui viennent moins du cœur que de l'imagination ou des réminiscences poétiques, enfin un optimisme suspect de penchants égoïstes et qui se ressentent d'un vieux levain du xviiie siècle, je leur demande en quel chapitre de l'Évangile ils ont appris à dénaturer ainsi les intentions, les sentiments les plus prononcés du prochain, à lui donner de si amers démentis, et si je ne serais pas en droit à mon tour de les accuser d'un zèle quelque peu pharisien? L'irréligion turbulente, railleuse et que la révolution a rendue homicide, a fait place, disent-ils, à l'indifférence et au scepticisme, qui sont une autre mort de l'âme. Il y a sans doute de l'exagération dans leurs plaintes, et eux-mêmes les démentent quand ils s'applaudissent de voir aux grandes solennités la foule se porter vers des églises trop petites et trop rares; mais enfin il est trop vrai que l'indifférence, soit religieuse, soit philosophique, attiédit nos sentiments, et que le scepticisme glace encore un trop grand nombre d'esprits. Eh bien, ce sont précisément cette indifférence et ce scepticisme que je viens combattre, non avec la mission d'un interprète de la parole sacrée, mission qu'il est dangereux d'usurper, mais avec la conviction de toutes les vérités primordiales sur lesquelles repose la foi. N'est-ce pas ainsi qu'ont procédé Fénelon et Bossuet dans leurs admirables traités, l'un sur l'*Existence de Dieu,* l'autre sur la *Connaissance de Dieu et de soi-même?* Il faut bien se garder d'imiter ce zèle moins religieux que politique qui, dans les dernières années de la Restauration, semblait substituer les pratiques aux croyances, qui se repaissait de conversions multipliées, apparentes et quelquefois scandaleuses, et qui envoyait par peloton, par régiment, des soldats qui ne songeaient guère qu'à l'emploi profane ou libertin de leur salaire. Quand l'édifice est miné, n'est-ce pas des fondements qu'il faut s'occuper d'abord?

Faut-il, pour ramener des fidèles au temple, border les avenues de fantômes effrayants, et en faire jaillir des flammes souterraines? frapper de terreur les habitants des campagnes ou du moins leurs femmes et leurs filles, tandis qu'on enseigne à la bonne compagnie les chemins les plus commodes pour faire son salut dans l'autre

vie et son chemin dans celle-ci ? Une terreur exa-
gérée qui vous poursuit par l'atrocité et par
l'éternité des supplices, et qui est illimitée par
l'étendue des condamnations, finit par amortir,
par éteindre la crainte même la plus légitime et
la plus salutaire. L'homme gangrené de tous les
vices, le despote et le tribun sanguinaires sourient quand on leur parle des chaudières bouil-
lantes de l'enfer, et disent : « N'y condamnez-
« vous pas l'enfant non baptisé coupable d'un
« crime qu'il n'a point commis, d'un péché ori-
« ginel vainement racheté par le sang de Jésus-
« Christ? Mon sort ne sera que celui d'un grand
« nombre des païens les plus sages qui ont donné
« l'exemple de toutes les vertus : je vais m'unir à
« Platon, à Marc-Aurèle. »

Il me suffit à moi de la crainte du Seigneur,
d'une crainte qui se ressent encore du trouble de
l'amour, de la crainte de lui déplaire, d'être repoussé pour un temps indéfini de son sein pater-
nel. Déjà la théologie incline vers des interprétations moins sévères de l'Évangile contenues
surtout dans une parabole. Ce n'est qu'à ce prix,
j'en suis convaincu, que l'Église ou plutôt toutes
les églises chrétiennes peuvent réparer les pertes
immenses qu'elles ont faites depuis le xviiie siè-

cle. Quoi! la justice humaine serait-elle devenue
plus miséricordieuse que la justice de ce Dieu qui
nous prescrit le pardon des offenses? Laissera-
t-on à la philosophie, à la jurisprudence, le privilége de dire : c'est moi qui suis charitable? Nos
codes admettent-ils d'autres fautes que les fautes
personnelles, souffrent-ils la rétroactivité des
peines? Punissent-ils les transgressions faites à
une loi qui n'a point été promulguée et qui n'a
pu être connue par la longue distance des climats
et même des siècles où elle a été rendue? N'ont-
ils pas rejeté les supplices atroces? la justice de la
peine de mort n'est-elle pas elle-même mise en
problème? c'est à la sûreté et non à la vengeance
de la société que l'on pourvoit. Ce que l'on dé-
sire, ce que l'on veut amener avant tout, c'est la
réforme du coupable. Le législateur, quand il
adoucit des lois cruelles, n'est-il pas convaincu
qu'il se conforme à la justice divine? Regrettera-
t-on les législations pieusement barbares qui pu-
nissaient, d'après des procédures monstrueuse-
ment iniques, des erreurs ou des péchés contre
l'Église ou contre les mœurs, par des bûchers,
imitation anticipée des flammes de l'enfer?

Non, ce n'est ni éteindre ni affaiblir la foi que
de la rendre plus facile et plus abordable et que

d'en faire une sœur plus tendre de l'espérance et de la charité. Plus je médite, plus je jouis délicieusement de mon optimisme comme de l'hommage le plus religieux, le plus chrétien même que l'on puisse rendre à la Divinité, car c'est la loi d'amour qui est mon point de départ.

Ma petite théodicée, c'est-à-dire mes conjectures sur la justice de Dieu, peuvent paraître téméraires et peu canoniques; mais un fils n'est pas coupable s'il exagère la bonté de son père, et peut-on exagérer celle du Créateur, celle de l'Être infini en perfection? Les idées que nous nous formons de la magnanimité humaine sont-elles suffisantes pour représenter la clémence divine? Mais on conçoit que l'Évangile ait laissé un voile mystérieux sur les peines et les récompenses de l'autre vie, car il s'agissait d'opposer un frein puissant non-seulement au crime, mais à la corruption profonde, inhérente au polythéisme, puisqu'elle descendait de son ciel même. L'Église catholique a dû prendre à la lettre des paroles menaçantes qui se trouvent cinq ou six fois obscurément jetées dans un livre où l'amour de Dieu et des hommes fait la parole de vie, et pourtant elle s'en est montrée un libre, judicieux et bienveillant interprète en détachant de l'enfer un séjour d'expiation, un purgatoire où l'espérance et même l'amour vivent encore, liberté que les protestants lui ont amèrement reprochée. Pour moi, j'aime à penser que le purgatoire fera désormais bien des conquêtes sur l'enfer et en resserrera de beaucoup les limites. L'Église grondera, mais ne détournera que faiblement la raison et le cœur d'une interprétation qu'ils sont forcés de suivre. Si c'est une erreur, je connais bien peu d'âmes tendres parmi les chrétiens et surtout parmi les chrétiennes qui n'en soient complices par leurs vœux. Est-il rien de plus beau, de plus touchant, de plus sublime que cette communication établie par la prière entre le séjour d'une pure félicité, celui des expiations et celui où nous-mêmes nous avons à supporter de si rudes épreuves!

Ce beau précepte de la prière pour les morts forme un des plus divins caractères de notre religion; on ne voit ce précepte dans aucune autre, pas même dans l'islamisme qui, pourtant, se pose avec tant de fermeté sur l'unité de Dieu. Le Coran, si formidable dans les menaces qu'il ne cesse de répéter, tandis que l'Évangile y appuie peu et ne les présente guère qu'en termes figurés, le Coran ne veut pas que ceux qui ont glissé sur le pont fatal pour tomber dans l'abîme, puissent s'en relever jamais.

Il me semble que rien n'a été fait pour nos sens, que rien n'est abordable à notre imagination soit dans les promesses, soit dans les menaces de l'Évangile. Pour nous les faire comprendre d'une manière positive, Dieu eût été forcé de changer notre nature. Il les tient sous un voile devant lequel nous devons baisser un œil respectueux.

Pythagore, Platon et Virgile, qui ont conçu le système des expiations, n'y ont pas fait intervenir le secours de ces prières compatissantes, fraternelles, et qui renouent toutes les affections que la mort semblait avoir brisées. Quelle plus belle récompense ici-bas de la piété que de la faire profiter même à ceux qui ne sont plus! Les anges y viennent prendre part avec les saints. Intercédés par nous, ils deviennent intercesseurs auprès de Dieu. Voyez-vous cette vaste échelle tendue du ciel à la terre, et qui traverse peut-être plusieurs globes intermédiaires? Ceux qui en ont atteint les plus hauts degrés redescendent sur les ailes de l'amour pour venir en aide à ceux qui trébuchent. Mais il faut que chacun s'aide soi-même. Celui qui a créé, qui fait mouvoir l'univers et qui, peut-être en ce moment, crée ou ordonne quelque univers nouveau; ce Dieu qui ne peut être en repos puisque l'activité est son essence, veut de l'action dans ses créatures, et ne peut être satisfait d'une contemplation stérile. Dieu ne nous a pas donné un bonheur tout fait, mais un bonheur à faire, et un bonheur plus grand à mériter. L'action, aussi bien que l'amour et l'espérance, règne donc encore dans des lieux d'expiation ou d'épreuves nouvelles qui peut-être flottent sur nos têtes soit comme des astres où se réfléchissent les rayons du soleil, soit comme des soleils eux-mêmes. L'action n'y peut être gênée par des supplices physiques qui ne conduiraient qu'à un désespoir impuissant et tenteraient l'âme pour le blasphème. Peut-être aussi une félicité graduelle règne-t-elle dans ces astres étincelants; peut-être est-il aussi un état de transition pour les bienheureux; Jésus-Christ n'a-t-il pas dit : *Il y a plusieurs demeures dans la maison de mon père.*

Mais ce n'est pas le moment de me livrer à cette méditation vague où l'esprit veut se jouer, mais en marchant sur le bord des abîmes. J'avoue que ce n'est pas pour moi un scrupule que de spiritualiser trop l'Évangile, le principe le plus

I.   6

lumineux de la plus haute spiritualité. Il m'est
presque impossible de ne pas remplacer par le
remords, par des regrets cuisants, tous les supplices imaginés ou même modifiés par le Dante.
On conçoit difficilement toutes ces flammes matérielles qui brûlent des âmes privées d'un corps et
qui ne l'attendent qu'à la résurrection pour le
voir sans cesse consumer et renaître. A la place
du poëte florentin, je n'aurais pas eu le courage
de laisser dans les enfers Virgile, mon guide et
mon bienfaiteur, Virgile, le poëte de la pitié
chez les cruels Romains, et qui semblait venir
préluder à la charité chrétienne. Je n'aurais pu
même y laisser sans espoir ces deux amants dont
la tendresse constante adoucit l'horreur de ces
sombres lieux.

Pour rendre la félicité des justes et des saints
plus complète, je ne craindrais pas d'en augmenter un peu le nombre et de donner un plus grand
pouvoir à leur intercession; puisque leurs affections les suivent encore dans un séjour d'où ils
veillent sur nous, leur cœur ne doit-il pas être
perpétuellement déchiré par la multiplicité de condamnations terribles et sans appel? Figurez-vous
une mère qui, admise au ciel, entendrait successivement condamner aux flammes éternelles ses

fils, victimes peut-être de leur fidélité à notre faux point d'honneur, et ses filles victimes d'un amour malheureux qu'elles n'ont pu arracher de leur cœur. Il me semble que je la vois pétrifiée à chacun de ces arrêts terribles : il y aurait donc une Niobé dans le ciel des chrétiens, ou plutôt il y aurait plus d'une Rachel pleurant ses enfants, non pas parce qu'ils ne sont plus, mais parce qu'ils sont condamnés à des peines éternelles.

Dites-moi si un système d'expiations plus ou moins rigoureuses, plus ou moins longues, ne vous paraît pas plus conforme, je ne dirai pas seulement à la miséricorde, mais même à la justice du Dieu qui dispose de toute l'éternité. Les jugements *ab irato* ne partent pas du ciel.

Saint Augustin et Pascal sont pleins d'effusion dans leur amour de Dieu ; ils l'expriment avec la grandeur de leur génie ; ils en font une condition indispensable du salut ; et cependant je me trouble, je sens mon amour de Dieu ébranlé quand je les vois se servir du péché originel pour damner une immense partie du genre humain et presque toute celle qui a existé avant l'avénement du Christ. Même désespoir me poursuit quand le grand Bossuet lui-même replonge dans l'enfer les enfants non baptisés que le cardinal Sfrondate avait voulu en tirer pour les placer dans les limbes, et quand il s'indigne contre la molle pitié du prélat. Massillon lui-même, malgré l'onction pénétrante de sa parole, me glace d'un stérile effroi dans son sermon du *mauvais riche* et dans celui du *petit nombre des élus*, qui augmente si terriblement la population déjà surchargée de l'enfer.

Pour moi, je suis convaincu que le christianisme n'a plus et même n'a jamais eu besoin d'une terreur qui désordonne l'âme ; qu'il est appelé à faire encore plus de bien à la société humaine qu'il n'en a fait encore ; que s'il est nécessaire pour diriger une civilisation naissante, il l'est encore plus pour contenir une civilisation superbe qui affecte de méconnaître tout ce qu'elle nourrit encore de barbarie et s'en trouve bientôt victime. C'est de nos jours que le christianisme a le mieux montré combien sa puissance est indestructible. Les sarcasmes de Voltaire, qui venaient le frapper dans ses jours de mollesse et de tiédeur, étaient pour lui d'un effet plus funeste que les supplices atroces ordonnés contre lui par les Césars, dans ses jours d'enthousiasme et de ferveur. Dieu a voulu que des malheurs et des crimes effroyables suivissent de bien près la prédication matérialiste. Le christianisme est redevenu le port des belles âmes comme il l'avait été sous Néron, sous Domitien, sous Galère.

Le malheur a préparé les voies à ce nouvel apostolat. Ce ne sont pas les lévites seuls qui ont aidé à rebâtir le temple. Les plus utiles secours, ceux du moins qui ont eu le plus d'éclat, sont venus du dehors. La théologie a été moins consultée que le sentiment. L'imagination, qui ne jetait plus que de pâles étincelles et ne vivait plus que de métaphores abjectes et banales sous le règne et sous la dictée du matérialisme, a repris son vol d'aigle et en même temps ses couleurs brillantes et virginales. La raison contenue, mais non écrasée par la foi, est rentrée en possession de ses découvertes les plus sublimes en revenant aux données premières qu'elle tient de Dieu même. Les sarcasmes ont été émoussés, broyés, réduits en poudre dans les faibles mains qui essayaient encore de les lancer. Ceux mêmes de Voltaire ont causé de la tristesse aux esprits qu'ils avaient longtemps remplis d'une joie licencieuse. La charité s'est réveillée sans être épouvantée ni du nombre des malheureux que la révolution avait faits, ni des vices de ceux qu'elle avait pervertis. Les femmes ont repris avec sérénité, avec courage, la mission des Hélène, des Clotilde, des Élisabeth, et, victorieuses du matérialisme, non-seulement par les impulsions généreuses de leur cœur, mais par les grandes actions que la révolution leur avait vu accomplir, elles ont marché sur la tête du serpent. L'éloquence et la poésie n'ont plus eu de pensée, n'ont plus eu de vie que pour seconder cette régénération ouverte par Chateaubriand et continuée par Lamartine. La liberté se plaçait sous l'invocation du Christ, ce patient destructeur des tyrannies qui avaient pesé sur l'univers romain.

Je le demande maintenant, est-ce la terreur, est-ce l'amour qui a produit cette glorieuse et sainte renaissance? La terreur! étions-nous pressés de l'aller chercher au ciel, au tribunal de Dieu même, lorsque nous avions tant de raisons d'en abhorrer le règne sur la terre? C'était en qualité d'affligés que le divin auteur du *sermon sur la montagne* nous appelait à lui et que nous nous précipitions dans ses bras miséricordieux. Nous osions croire que le sang qui avait coulé par torrents aux pieds de la hideuse statue de la liberté, avait été pour les objets de notre deuil le baptème du martyre. Les ministres de Dieu se gardaient bien de repousser notre espoir : quelque part que nous eussions à les rencontrer, soit dans leur retraite obscure, soit dans nos temples seulement entr'ouverts, nous n'entendions de leur bouche que ces mots : *Venez à moi vous qui pleurez. L'Imitation de Jésus-Christ,* les œuvres de saint François de Sales, de Fénelon ou de sainte Thérèse nous étaient indiquées comme nos guides spirituels; nous recherchions avec avidité, nous goûtions avec délices ce pain céleste qui nous paraissait avoir été pétri par la main des anges.

Dans les dernières années de la Restauration, le zèle religieux suivit d'autres voies, des voies d'un autre âge, et ne fut ni prudent dans sa direction ni heureux dans ses efforts. Cependant cette cause était alors servie par des hommes auxquels on ne peut s'empêcher de reconnaître une grande puissance de talent. Qui ne vient nommer ici MM. de Bonald, de Maistre et l'abbé de La Mennais? Le premier, écrivain plein de goût et d'une noble élégance, et qui a laissé quelques traces lumineuses dans la région de la métaphysique, compromit trop la religion dans les intérêts d'une politique absolutiste, et fit un anachronisme de trois ou quatre mille ans en voulant

nous replacer sous le régime patriarcal. Je ne
reprocherai pas seulement à M. de Maistre de
s'être souvent abandonné à la colère la moins
évangélique; mais c'est le fond même de sa doctrine qui jette une profonde désolation dans
l'âme. Sans parler du bourreau qu'il donne pour
dernier arbitre à la société, il me semble que la
fatalité du polythéisme grec n'offre rien de plus
révoltant que le dogme de la réversibilité des
peines qui poursuit de génération en génération
les descendants du coupable. Quant à M. l'abbé
de La Mennais, il est difficile de le réfuter aussi
puissamment qu'il s'est réfuté lui-même, surtout
pour ses dogmes ultramontains. Son génie ressemble à une comète égarée qui court d'un système solaire à un autre. Je me disais en lisant
son *Traité sur l'Indifférence religieuse* : que devenir? où nous cacher lorsque je vois ce prêtre
éloquent me laisser en doute sur le salut du grand
Bossuet, défenseur des libertés de l'église gallicane, et sur celui du janséniste Pascal? Comme
M. de La Mennais est allé depuis, dans ses *Paroles d'un croyant* beaucoup plus loin que Bossuet et Pascal, je suis complétement rassuré sur
le sort de ces deux pères de l'Église; mais un tel
exemple doit avertir les chrétiens et les frères de

ne pas se damner réciproquement avec tant de
facilité.

Après cette dissertation où j'ai été conduit à
regret, mais qui m'a paru nécessaire pour expliquer et justifier mon optimisme religieux, je le
laisse voguer à pleines voiles. Ma rêverie, même
en se promenant dans des climats et des âges lointains, semble participer du calme de cette nuit
étoilée. Tout à l'heure j'entendais encore les
bruits mourants de la ville voisine mêlés à des
sons rustiques pleins de joie; maintenant tout se
tait, tout est recueilli dans l'admiration, excepté
ceux qu'un sommeil délectable soulage des fati-
gues du jour, et ceux qui s'enfoncent dans les
calculs de l'avarice ou méditent la fraude et le
crime. Je n'entends plus que le chant du rossignol qui tantôt me fait soupirer et tantôt me
réjouit et m'exalte, tandis qu'il ne veut qu'amuser sa compagne et ses petits; mais je suis encore
plus ému en écoutant à quelque cent pas la voix
de ma femme et de mes deux fils. A leur paisible
joie, au silence qui succède, je reconnais que les
magnificences du ciel leur inspirent le même
ravissement; et moi je sens mes yeux humectés
de douces larmes en pensant qu'après avoir admiré Dieu dans la splendeur de ses ouvrages et

des mondes, je l'admirerai encore dans un cœur pénétré de toutes les vertus tendres et religieuses, et dans de jeunes cœurs qui leur sont tout ouverts comme le calice des fleurs l'est à la rosée bienfaisante d'une belle matinée.

CHAPITRE V.

L'auteur combat le matérialisme. — Il examine les prétentions des philosophes de cette école à l'ordre, à la clarté,
à une langue bien faite, au calme philosophique, au
mépris de toute hypothèse, à une certitude appuyée sur
des faits positifs et sur des sciences physiques. — Il ré-
fute successivement toutes ces prétentions. — Il relève la
confusion qu'ils font sur le mot *exister*. — Existe-t-on
réellement quand on ne sent pas qu'on existe? — Les forces
occultes auxquelles ils ont recours ne sont autre chose que
le hasard. — Tout leur effort d'invention consiste à res-
suciter les atomes de Démocrite et d'Épicure. — Le mot
d'atome est une absurdité logique. — Excessif ridicule de
la manière dont Diderot fait voyager, à travers l'espace,
les organes, ou plutôt les parties d'organes, pour se joindre
et former une organisation complète. — Examen d'une
autre hypothèse des athées, c'est-à-dire des métamorphoses
successives qui font passer tel madrépore, tel poisson, tel
amphibie, tel singe à l'état d'homme. — Les matérialistes
ont-ils raison de se prévaloir de la certitude de leurs connaissances physiques? — Réfutation de cette hypothèse par
le système et les procédés de Cuvier pour la recomposition
des animaux perdus. — Mêmes absurdités suivent le panthéisme. — Le dieu de Spinosa est tout aussi passif que les
dieux d'Épicure; il est encore plus sourd et plus aveugle.
— Il veut être tout et n'est rien. — Considérations morales sur les effets de l'athéisme.

PREMIÈRE EXCURSION CONTRE LES MATÉRIALISTES.

Le véritable antagoniste de l'optimisme religieux, c'est le matérialisme moderne; je dis mo-

derne, car celui des anciens marchait moins droit
à l'athéisme, si j'en excepte Épicure et son école.
Voyons si c'est un adversaire dangereux. Voici
ses prétentions; j'examinerai jusqu'à quel point
il les justifie.

Le matérialisme se pique de clarté. Ce n'est
pas seulement au raisonnement qu'il s'adresse,
c'est à l'œil, c'est à la main, et il obtient une
évidence palpable. Il ne peut supporter le vague;
il procède du connu à l'inconnu, il veut une langue correcte, précise, analytique. Ce qu'il nous
reproche le plus, c'est d'avoir recours aux hypothèses, et il ne s'en permet jamais. Il se garde bien
de nous embarrasser dans les ténèbres et les épines
de la métaphysique; c'est pour lui une science
qui n'a pas plus de réalité que la nécromancie;
mais, en revanche, il a toutes les sciences physiques à sa disposition. Les matérialistes peuvent
démonter toutes les pièces de l'esprit humain
comme celles d'une montre, et remettre tout à
sa place; cette mécanique est si simple, qu'elle
peut même se passer de géométrie. Ont-ils recours à la chimie; les idées, les raisonnements,
les systèmes, les vices et les vertus viennent se
fondre dans leur creuset et retourner à leurs premiers éléments, qui ne sont qu'au nombre de

deux : *sensation* pour l'*entendement*, *intérêt personnel* pour la *volonté*.

Expliquons-nous d'abord sur la clarté qu'ils s'attribuent : ils parlent évidemment une langue différente de la nôtre, ou plutôt ils torturent celle dont nous faisons usage, et nous allons voir qu'ils ne se font entendre qu'à force de contradictions. Prenons pour exemple le mot *nature* substitué au mot *Dieu;* ce qui signifie pour nous la création est pour eux le créateur. Mais qu'est-ce que la nature? c'est, d'après eux-mêmes, la matière brute et inintelligente; c'est avec cette masse en désordre qu'ils vont se charger de créer tous les êtres intelligents. La matière, disent-ils, est un être nécessaire qui agit par nécessité; le mouvement entre dans son essence; il est aussi nécessaire qu'elle-même, d'où il suit que nous ne pouvons concevoir aucun être en repos ni même en repos relatif : je ne puis donc dire : cette tour est immobile, et le bateau que je vois ne l'est pas. La matière, ajoutent-ils, suit des lois fixes, invariables; comment se fait-il qu'elle ne produise que des effets variables à l'infini? Ainsi, tout dans la nature est nécessaire et rien ne l'est. Le mouvement est nécessaire, et pourtant aucun être ne se meut par lui-même, car ils n'admettent ni *liberté* ni *spontanéité*. Les êtres organisés n'en ont pas plus que ceux qui ne le sont pas. Tout est mû, mais rien ne se meut par soi-même ; voilà des effets, cherchez la cause.

Je parle ici de l'athéisme, tel qu'il fut présenté au milieu du XVIIIᵉ siècle par le baron d'Holbach, dans *le Système de la nature*, ou plutôt par Diderot, son précurseur, son prophète et son puissant collaborateur. On va me reprocher de rendre ma réfutation bien commode en la dirigeant contre un livre tombé, décrié, mortellement ennuyeux, sauf quelques enluminures qui viennent le ranimer parfois. Tel qu'il est, c'est encore l'ouvrage colossal de l'athéisme, pyramide renversée dont le sommet touche la terre. Le baron d'Holbach n'était pas doué d'une grande vivacité d'imagination. Quand Diderot s'impatientait de la marche lourde de son collègue, il allumait ses fourneaux pour forger de l'enthousiasme, et se trouvait forcé de donner de l'intelligence, une grande étendue de combinaison, et même de la bonté, de la justice, à cette nature qui, tout à l'heure, avait été déclarée brute, sourde, aveugle et stupide. Il lui adressait des hymnes, et, d'un ton d'inspiré, il criait aux mortels de se prosterner devant sa déesse. *Les hommes,* disait-il, *ne sont malheureux que parce qu'ils s'éloignent de la nature.* Étrange reproche! les hommes peuvent-ils s'éloigner de la nature qui, dans ce système, agit sur nous par des lois nécessaires? Puis il s'emportait contre les exaltés, les simples, les fourbes, et surtout contre les prêtres et les rois qui se font une étude de violer et de nous faire violer cette bonne et inoffensive nature. On sait jusqu'où il porta la fureur de ses imprécations; et lorsqu'il propose d'*étrangler le dernier des rois avec les boyaux du dernier des prêtres*, ne vous semble-t-il pas entendre un des épouvantables sacrificateurs de 1793?

Diderot n'avait-il pas bonne grâce de reprocher à tous les adorateurs de Dieu, de l'intolérance et de l'inhumanité? Plusieurs de ses contemporains ont voulu en faire un bonhomme, mais ils auraient dû convenir qu'il était ivre quelquefois; il ne faut pas l'être de sang. Revenons au calme philosophique dont un tel souvenir m'a écarté sans qu'on puisse m'en faire un reproche.

Les matérialistes, comme je l'ai dit, se font une loi de procéder du connu à l'inconnu; et pour tenir parole, ils commencent par le chaos que les uns débrouillent, Dieu sait comme, et que les autres laissent se débrouiller de lui-même;

car ils sentent bientôt qu'ils sont un peu gauches pour cette opération. Ils conviennent que l'essence de la matière est inconnue, impénétrable; ils la connaissent seulement par quelques-uns de ses actes; nous sommes plus avancés qu'eux, non certes sur l'essence de la matière, mais sur l'âme qu'ils nous refusent, car nous la connaissons notre âme, et par ses attributs, et par ses opérations qui forment la première et la plus inébranlable de nos certitudes. C'est nous seuls qui montons de ce que nous connaissons le mieux et de la manière la plus intime, la plus directe, la plus constante, à ce que nous connaissons moins directement. Nous pouvons dire à chaque homme : *N'est-ce pas là ce que vous éprouvez?*

Les athées rejettent non-seulement la langue des sages, tels que Descartes, Mallebranche, Leibnitz, Clarke, Pascal, Bossuet et Fénelon, mais, pour tout dire, le langage humain; de leur propre aveu, leur langue est encore à faire; c'est un jargon livré au caprice et au non-sens de chacun. Voyons-nous un corps en repos (car il faut bien admettre un repos relatif), nous disons : *ce corps est en repos*; mais ils disent, eux : *ce corps est en effort pour vaincre la résistance d'un corps qui empêche son mouvement. Ce corps est*

in nisu. *Il y a action de l'un, réaction de l'au-*
tre; ainsi le repos n'est autre chose que le mou-
vement. Comprendra qui pourra cette barbarie
pédantesque. Ils disent de même : *C'est le mouve-*
ment général qui cause le mouvement particulier
du corps, et c'est le mouvement particulier du
corps qui cause le mouvement général. Ainsi,
comme l'observe un critique aussi judicieux que
profond, l'abbé Bergier, « *la cause produit l'ef-*
« *fet, et l'effet à son tour produit la cause; c'est*
« *comme si l'on disait : le père engendre le fils et*
« *le fils engendre le père.* » Continuons à visiter
au hasard les impropriétés d'une langue qui, suivant eux, est analytique par excellence.

La matière, disent ses apôtres, existe nécessairement et de toute éternité; autant de mots,
autant d'erreurs, autant de confusions de langage. Qu'entendez-vous par exister? J'existe,
moi, j'en ai le sentiment et la certitude. La matière déclarée par vous-même inintelligente, inanimée, a-t-elle cette certitude, ce sentiment?
Entendez-vous confondre deux modes d'existence
si dissemblables, dont l'un est la vie, et dont
l'autre est la mort? Ne disons-nous pas de l'homme
qui a cessé de vivre, il n'existe plus? La matière
inanimée n'a qu'une existence relative pour les

I.   7

êtres qui vivent, sentent et pensent; elle n'est rien en elle-même ni par elle-même, elle équivaut au néant. N'est-il pas singulier que *l'Être éternel qui existe par soi et de sa pleine puissance*, se trouve précisément celui qui ne sait pas qu'il existe? Ce qu'il y a de certain, c'est que s'il n'y avait point d'êtres doués de vie, la matière inanimée serait comme n'existant pas. Mais pourquoi existe-t-elle nécessairement lorsqu'aucun des êtres qui la composent n'est, de votre aveu, nécessaire, que tous sont contingents et périssables? Vous me dites que la matière change seulement de formes; voilà ce que je ne puis concevoir, puisque, suivant vous, elle agit d'après des lois fixes et invariables. D'où lui viennent ces changements? elle ne dépend d'aucun être, elle ne peut les opérer par sa volonté, puisqu'elle n'a point de volonté. Mais, dites-vous, ils proviennent du mouvement qui est son attribut nécessaire, supposition toute gratuite et qu'il est aisé de confondre; admettons-la, toutefois, sans nous engager dans une discussion trop longue. Vous dites que la matière suit des lois fixes et invariables. Qu'est-ce que des lois faites sans législateur, et qui ne sont le produit d'aucune volonté, d'aucune intelligence? D'où savez-vous qu'elles sont fixes et invariables, vous qui ne pénétrez pas l'essence de la matière? Admettons-le; à quoi s'appliquent ces lois? C'est, dites-vous, au mouvement qui lui est imprimé; donc il ne peut produire que des effets fixes et invariables comme ses lois; et pourtant tout le contraire arrive. Pourquoi, maintenant, dites-vous qu'elle est éternelle? Ici vous faites un cercle vicieux, et vous me répondez : *c'est parce qu'elle existe nécessairement.* Mais nous venons de prouver qu'un tel mode d'existence, non senti, équivaut au néant; ainsi, c'est le néant, ou quelque chose de semblable, qui a tout produit de toute éternité, et qui ne cesse de changer et de produire, sous des formes infiniment variées, tout ce qu'il a produit d'abord par les lois fixes et invariables d'un mouvement nécessaire. Ce qui ne vit, ni ne sent, ni ne pense, a produit ce qui vit, sent et pense. C'est toujours le néant producteur.

Vous voyez que, dans les principes fondamentaux du matérialisme, le mot de *néant* est assez mal éludé; réussissent-ils mieux à éviter le mot de *hasard?* ils le repoussent avec fierté! Ce sont des esprits trop scrupuleux, trop positifs, pour employer un mot vide de sens. Comment donc

le remplacent-ils? c'est par celui-ci : *les forces
occultes de la matière*. Si un homme armé d'un
fusil chargé, et dérangé par un choc imprévu, a
tué son ami, son frère qu'il ne voyait pas près
de lui, nous disons qu'il l'a fait par hasard. Que
l'on dise : il l'a fait par les lois occultes de la
matière, avons-nous rien changé à la pensée? ne
reste-t-il pas toujours le sens qu'il l'a fait sans
volonté, sans discernement? Dire que le soleil ou
que l'homme a été formé par le hasard, ou *par
les forces occultes de la matière*, n'est-ce pas
toujours dire qu'ils ont été formés sans volonté,
sans discernement et par hasard.

Autre exemple de la pureté et de la clarté du
langage des matérialistes, et je finis par celui-ci;
il est certes bien digne de terminer la liste. Savez-
vous d'où vient la sensibilité physique? *C'est de
l'opposition des forces vives aux forces mortes ;
les premières prennent le dessus sur les secondes,
et détruisent les obstacles qui empêchaient un
corps de sentir : et voilà une substance anima-
lisée*. Concevez-vous très-bien un corps dont quelques parties veulent naître et font de grands
efforts pour s'animaliser, tandis que d'autres parties, qui prennent goût au néant, combattent
de toutes leurs forces pour rester mortes?

Mais voici une difficulté à laquelle les matérialistes n'ont pas pensé. N'est-il pas à propos qu'un
bloc de marbre, pour devenir un animal, se pour-
voie d'organes? Il faut ici que les forces vives se
donnent un étrange mouvement, et que les forces mortes ne soient pas trop rebelles. Les premières manqueront souvent leur coup quand il
s'agira de former l'œil, l'oreille, un cerveau,
un estomac. Heureusement Diderot se charge
d'une opération si difficile; voici une idée de son
système dans son *Interprétation de la nature*.

Figurez-vous un océan immense de moelle, de
bile, de chyle, de sang, de lait, de fils qui n'aspirent qu'à se changer en nerfs, en muscles et
d'os déjà formés avant que le règne animal existe.
L'attraction ou les affinités chimiques conduiront
toutes ces parties, non-seulement vers leurs ana-
logues, mais vers celles qui doivent les soutenir,
les corroborer, les environner. Malgré des chocs
sans nombre, elles sauront bien reconnaître ce
qui leur convient, éviter ce qui leur est contraire. Je vois déjà naître des pieds, des mains,
des ailes, des nageoires, des trompes, des cornes,
et même des parties plus délicates et plus com-
pliquées, telles que des yeux, des oreilles, des
cœurs, des cervelles, des estomacs. Des mem-

bres et des organes ainsi formés se mettront à la recherche de ceux qui leur conviennent et peuvent s'assortir. Quand un tout sera formé, la vie et la sensation, avec ses modes divers, souffleront sur ces corps et viendront perfectionner ces ébauches.

Je ne puis concevoir comment une création de cette sorte a pu s'arranger facilement dans la tête de Diderot ou plutôt dans celle de Démocrite, d'Épicure et de Lucrèce qui peuvent réclamer l'honneur de l'invention. Il me semble qu'il faudrait nous faire fabriquer un cerveau tout nouveau pour pouvoir comprendre cette manufacture d'organes qui, sans intelligence, sans lois, sans direction, sans surveillance, fonctionnent à eux tout seuls, et un million de fois mieux que l'ouvrier le plus intelligent, que dis-je! que le plus habile mécanicien, qu'Archimède, Newton et Watt ne pourraient le faire. Comment subsistent-ils sans les humeurs, les aliments qui doivent les sustenter, sans les nerfs, les veines, les artères, les muscles qui leur donnent l'action. Le premier choc ne suffit-il pas pour les dissoudre, et combien n'en auront-ils pas à essuyer dans cet état d'ébranlement, de fermentation, d'ébullition universelle dont la mer la plus furieuse, dont le volcan le plus formidable ne pourraient nous donner qu'une idée très-imparfaite. Supposons un œil tout formé, chose absurde s'il est privé du secours et des aliments qu'il reçoit d'autres parties du corps. N'êtes-vous pas effrayés, par exemple, du voyage d'un œil qui cherche non-seulement sa case, mais ses aliments, ses supports; de ce frêle cristal heurté par tant de corps? Pour faire ce voyage, il faudra qu'il attende un autre œil, son semblable, afin que tous deux puissent se placer en même temps de l'un et de l'autre côté d'une boîte osseuse qui viendra de je ne sais d'où, et aura des cavités toutes prêtes à les recevoir; mais il faudra de plus que les oreilles, les narines soient du voyage et arrivent en même temps sans encombre au rendez-vous; joignez-y l'appareil des autres sens internes ou externes qui logent dans la tête et viennent y correspondre. Plus j'avance, plus je reste épouvanté du nombre immense d'organes et de parties d'organes qui doivent faire en même temps le voyage et arriver à la même minute pour commencer leur action simultanée et recevoir l'étincelle de vie, car l'estomac, par exemple, ne peut s'arrêter en route; n'est-il pas le père nourricier du cerveau, n'exerce t-il pas sur lui une action dont les matérialistes triomphent? Encore faudra-t-il songer aux moyens de perpétuer les races et de former à la fois dans toutes les espèces, et par le moyen des lois occultes de la matière, deux sexes différents. Ce même hasard sera encore chargé de faire qu'ils s'aiment, s'attirent et s'unissent; il accomplira partout, jusque dans les races les plus faibles ou les plus féroces, les prodiges de l'amour maternel, en y joignant, au moins pour notre espèce et pour quelques autres, la protection puissante et continue de l'amour des pères.

Épicure qui ne connaissait ni attraction ni affinités chimiques, a cru faire un trait de génie en armant d'un crochet les atomes de Démocrite, c'est-à-dire des corps ou corpuscules qui n'ont point de parties suivant l'étymologie même du mot. Belle découverte! Où sera donc le support de ces crochets? Je demande maintenant si les lois de l'attraction et des affinités chimiques ne sont pas révoltées d'une si monstrueuse hypothèse. Ainsi les athées n'invoquent les connaissances physiques, qu'ils prétendent être leur unique point d'appui, que pour en bouleverser les données les plus palpables.

Les matérialistes ont la bonne foi d'avouer que ces opérations sont un peu difficiles pour la nature qui n'y voit goutte, et conviennent qu'il est possible et même vraisemblable que, pendant plusieurs siècles ou plusieurs centaines de siècles, elle s'y prenne fort mal et ne produise que des monstres. Mais enfin elle entre dans une voie plus régulière et s'y maintient. Mais pourquoi s'y maintient-elle? La comparerez-vous, elle qui reste stupide, à un auteur qui après avoir mis la dernière main à son ouvrage, n'y veut plus toucher soit par satisfaction, soit par lassitude?

Que si, pour éviter ces difficultés qui vraiment me paraissent assez sérieuses, vous recourez à une création par des germes, je vous vois plus embarrassés que jamais; car ces germes sont les mêmes animaux en petit, et la cohésion de leurs organes microscopiques ne sera pas plus facile quand le plus léger souffle ou qu'une très-faible masse suffira pour les disperser et les dissoudre. D'ailleurs, comment se développeront-ils? Quelle mère les portera dans son sein? Quel lait les nourrira? Comment supporteront-ils un air vif et glacial qui pour eux serait la mort? Qu'ils sortent miraculeusement de l'état d'embryon, votre embarras redouble, et surtout quand il s'agira de former l'espèce humaine; comment l'enfant qui ne voit pas et reste si longtemps

dans un état de faiblesse inconnue aux autres
animaux, pourra-t-il se soutenir et se défendre?
C'est à qui rejettera, à qui dévorera un être qui
ne paraît encore que le rebut de la nature et qui
doit cependant marcher comme le roi du séjour
où il est confiné.

Il faut être de bonne foi, la difficulté que je
présente et sur laquelle l'ingénieux Fontenelle a
insisté pour en faire l'une des preuves de la nécessité d'un créateur intelligent, a fort embarrassé
les matérialistes et les a jetés dans un système
très-singulier de métamorphoses pour arriver de
degrés en degrés jusqu'à l'homme. Ne croyez pas
que ce soit dans l'intention de rendre hommage
à sa nature; ils vont nous dresser un arbre gé-
néalogique peu flatteur pour notre vanité. L'humilité matérialiste ne nous épargne pas l'abjection. Ce système diffère un peu suivant les
données que la physique et l'observation four-
nissent à leurs cosmogonies; mais, en général,
ils aiment à partir du simple pour arriver au
composé. Dans cette méthode, l'huître leur convient. Tel de ces madrépores, favorisé par des
circonstances qu'on n'explique pas très-bien,
est devenu un petit poisson, puis un poisson
assez respectable, puis un amphibie, lequel, des-

cendu sur la terre, s'y sera trouvé bien, se sera défait de sa nature amphibie et sera devenu un singe, un orang-outang : de là, l'homme. Je comprends mille fois mieux les métamorphoses d'Ovide; car le poëte fait intervenir un pouvoir intelligent et doué d'une puissance pour laquelle tous les prodiges ne sont qu'un jeu. Ici le principe qui opère ces métamorphoses m'échappe tout à fait; l'ordre du monde tel que nous le contemplons est bien loin de nous le faire découvrir, ou plutôt il dément ces chimériques et viles hypothèses. Nous voyons les huîtres rester fidèlement à leur poste et sans se déranger d'un pas pour s'élever à un degré plus haut dans la création. Les singes, que leur organisation physique semble en plusieurs points rapprocher de l'homme, qui communiquent avec lui et en reçoivent souvent une sorte d'éducation, se contentent d'en rester l'ignoble caricature. Les métamorphoses de nombreux insectes ne peuvent fournir la moindre induction aux inventeurs de celles-ci. Des amours des papillons et d'autres insectes ailés naissent des vers qui, après avoir passé à l'état de larves, de nymphes, de chrysalides, deviendront ailés comme leurs pères. Mais n'est-il pas tout simple qu'ils revien-

nent à la même nature et que leur organisation
contienne le premier germe de celle à laquelle
ils sont appelés?

Tout système d'organisation a une fin spé-
ciale et ne peut convenir à aucun autre. Quoi!
pouvez-vous concevoir qu'un herbivore devienne
carnivore; qu'un taureau, par exemple, change
sa nature contre celle d'un lion ou d'un tigre,
puisqu'il faudrait que tout changeât dans le système de sa dentition et de son quadruple estomac; et concevriez-vous qu'un poisson qui n'est
pas né de la classe des amphibies pût acquérir
avec le temps le moyen de marcher sur la terre,
de se passer de l'élément dans lequel il a toujours
vécu, et concevriez-vous qu'un ovipare devînt
vivipare, qu'un hareng devînt un puissant mammifère, et que tout mammifère pût devenir un
homme malgré les énormes dissemblances de leur
organisation? Mais ce n'est pas à moi à traiter
ces questions de physiologie, quoique le plus
simple bon sens suffise pour les résoudre.

L'immortel Cuvier n'a-t-il pas démontré, avec
la plus parfaite évidence, l'unité de système qui
règne dans l'organisation de chaque animal?
Qu'aurais-je besoin de m'appuyer ici de ses paroles, puisqu'il doit à cette lumière une décou-

verte qui le fera nommer le Christophe Colomb
des naturalistes, celle d'un monde antérieur
perdu, enfoui et disséminé dans les entrailles de
la terre. Pour recomposer les membres épars de
tant de puissants animaux qui ont précédé sur la
terre le règne de l'homme, de l'être pensant, il
a cherché les voies du Créateur, qui a tout mis à
sa place avec mille fois plus d'intelligence qu'on
n'en pourrait trouver dans le poëme le plus parfait. C'est là le dernier coup de massue pour tous
les faiseurs de créations ou de métamorphoses
fortuites. Quinze jours avant sa mort, je l'entendais développer encore une fois ce système ou
plutôt cette démonstration mathématique, avec
une lucidité et une force toujours croissantes, et
je jouissais au fond de mon âme de la confusion
que devaient éprouver les froids et misérables
contempteurs des causes finales, s'il pouvait en
rester dans cette enceinte.

Pourquoi sommes-nous privés aujourd'hui du
plaisir de voir ces métamorphoses grotesques?
Les athées nous répondent tantôt que le globe
s'est refroidi, tantôt que la masse des eaux a di-
minué, enfin que le chaud ne se combine plus si
heureusement avec l'humide, comme si les êtres
animés pouvaient tirer de ces circonstances la fa-

culté de changer ou de modifier leur nature à volonté, et de se faire une organisation toute
neuve. Les athées sont condamnés à rester dans
les langes de la physique ancienne. Il leur faut
le monde aquatique de Thalès, les atomes de Démocrite, qui n'a jamais dû plus rire qu'en les
créant, et enfin la puissante ressource de remplacer l'intelligence suprême par la putréfaction.

Ne plaisantez pas, vont-ils me dire : la putréfaction produit encore les mêmes effets sous vos
yeux. Nous lui devons des créations spontanées
qui surpassent infiniment en nombre toutes les
espèces connues; et ils ne manquent pas de les
présenter comme le dernier effort d'une nature
appauvrie qui autrefois était assez forte pour
créer des mammouths et tous les animaux de grandeur colossale qu'on ne retrouve plus aujour-
d'hui que dans les entrailles de la terre. Les voilà
qui nous lancent dans le monde microscopique,
et se présentent eux-mêmes comme des créateurs, en agitant un verre d'eau croupie ou même
assez claire. Le microscope leur a fait découvrir
diverses sortes d'animalcules dont ils se prétendent les pères, mais dont ils ont été tout au plus
les accoucheurs; mais leur existence n'a-t-elle pas
précédé le mouvement? Le microscope a-t-il la

puissance de nous faire découvrir leurs germes ?
et déjà je vois que des naturalistes célèbres ont
découvert les germes de plusieurs et distingué des
sexes entre eux. Voilà précisément ce qui est arrivé dans le règne végétal pour la classe que Lin-
néc a nommée cryptogame. La science, plus
avancée, a découvert les germes de plusieurs de
ces espèces dont les unions restaient inconnues,
telles que diverses espèces de champignons. Au
reste, on n'entend pas dire qu'il n'y ait qu'un
mode de génération uniforme pour ces insectes,
qu'il n'y ait point d'hermaphrodites parmi eux
comme dans la classe la plus nombreuse des végétaux, qu'ils ne puissent se reproduire comme
eux et comme les polypes ou les pucerons par
bouture ou par séparation de parties ; mais toujours il faut remonter à la création première d'un
ou de deux individus.

Voici une belle occasion pour se rejeter dans le
panthéisme, très-mauvais poste assurément, mais
plus tenable que l'athéisme direct qui marche,
tête haute, d'absurdités en absurdités. Les matérialistes font eux-mêmes une de ces métamorphoses qu'ils aiment tant, lorsque d'athées ils se
font panthéistes ; mais ils ne se piquent pas d'y
suivre des transitions et se précipitent dans un

autre extrême. Tout à l'heure ils ne voulaient pas reconnaître un seul Dieu, maintenant ils nous jettent les dieux à la tête comme des grains de sable. Ce grain de sable, nous disent-ils, ne le méprisez pas; peut-être n'a-t-il pas, en ce moment, *vie*, *sensation* et *pensée* ; mais il est très-susceptible de les acquérir : c'est une intelligence qui dort et qui attend l'heure de son réveil. Mais d'autres vont plus loin ; Hobbes, l'un des chefs les plus sombres de l'athéisme, admet que l'on puisse sentir sans organe. Il y a peu d'années que j'ai entendu soutenir à un médecin que le mouvement était une sensation ; or, tout est mouvement, donc il n'est rien qui n'éprouve de sensation. Maintenant Helvétius, Condillac et Tracy ont dit que sentir c'est penser ; donc, tout pense dans l'univers ; or, si c'est le privilége de toutes les parties et des plus imperceptibles parcelles, il n'est pas possible de le refuser au tout. Nous retrouvons ainsi le Dieu de Spinosa, que d'Holbach et Diderot avaient mis à la réforme comme trop intelligent, quoiqu'en vérité il ne le soit guère. Spinosa le prive de liberté, et je ne connais rien de plus inexorable que la nécessité telle qu'elle est présentée par ce ténébreux métaphysicien. Le grand tout voit le mal et ne peut l'empêcher ; il n'est ni sourd ni aveugle, mais il peut regretter de ne l'être pas ; il n'est intelligent que pour sentir son impuissance, ce qui lui fait un sort assez misérable ; c'est une mauvaise plaisanterie que d'appeler *Dieu* un être ainsi garrotté : il n'est pas plus dieu que le Grand Mogol, gardé à vue dans son palais, n'est souverain des Indes sous la domination des Anglais. Je ne puis concevoir que le Dieu de l'univers soit rendu compréhensible par les soins de l'incompréhensible Spinosa. Au moins, disent les matérialistes, nous avons un Dieu qui, étant matériel, peut avoir action sur la matière, tandis que votre Dieu, pur esprit, ne peut ni l'avoir créée ni l'avoir coordonnée, ni la détruire. Nous répondons qu'il est le Tout-Puissant, qu'il est le seul être nécessaire, qu'il est indépendant, puisque rien ne préexiste à lui. Nous ajoutons que pour l'intelligence suprême le monde est purement phénoménal ; et lui refusera-t-on le pouvoir de créer des phénomènes, des apparences ? Nous usons de la maxime : *Qui peut le plus peut le moins ;* les athées et les panthéistes usent de l'étrange maxime : *Qui peut le moins peut le plus.* Nous disons : Le seul être à qui appartient la vie, de toute nécessité, peut la dispenser à d'autres êtres, et dans la

I. 8

mesure qui lui convient. Les matérialistes disent :
Ce qui ne vit pas, ce qui n'a pas le sentiment de
la vie, peut la communiquer par certaine impulsion qu'on ignore. Les panthéistes rejettent un
Dieu qui commande à la matière, ils veulent un
Dieu à qui la matière commande. *Votre Dieu*,
nous disent-ils, *n'a point d'organes; que peut-il
avoir de commun avec les êtres organisés?* Ici je ne
puis m'empêcher de vous trouver plaisants : quelle
idée voulez-vous que je me fasse des organes de
votre grand tout? est-ce que je puis me les figurer? peut-être s'en passe-t-il aussi bien que les
pierres et les métaux, auxquels il vous plaît quelquefois d'accorder, du moins en puissance, la *vie*,
la *sensation*, et la *pensée* peut-être. Oui, sans
doute, notre Dieu ne peut se présenter à nos
sens, à notre imagination, sous aucune figure;
mais tant que je sentirai que ma volonté, c'est-
à-dire mon âme, commande à mes mains, à mes
pieds, je sentirai également qu'un Dieu tout-
puissant par la nécessité de ses attributs et l'infi-
nité de son intelligence, peut, non-seulement
commander à la matière, mais créer et dissoudre
ce qui n'a qu'une existence relative et phénomé-
nale, comme le dit fort bien la philosophie de
Kant et de Fitche.

Incompréhensible ! voilà l'anathème dont nous frappent les matérialistes qui s'érigent en fils de la lumière. Est-ce que les faits physiques les mieux observés, ou qui sont démontrés géométriquement, ne nous rejettent pas tous dans l'incompréhensible, ou du moins dans ce qui échappe à nos sens, à notre imagination, tel que la divisibilité à l'infini de la matière et la gravitation de ces corps qui, sans point de contact et sans autre intermédiaire que le vide, s'attirent à d'effroyables distances et peut-être à des milliards de lieues? Savez-vous ce qu'il y a de plus incompréhensible, ou plutôt de plus impossible? ce sont ces atomes dont vous êtes forcés de faire encore un usage honteux; ce sont ces corps ou corpuscules que vous dites sans parties, comme si un corps ou corpuscule pouvait rester sans parties ou sans divisibilité !

La physique s'occupe de temps en temps de chercher un dieu matériel qui ait au moins la puissance de régler l'univers. Il y a plus d'un demi-siècle que les savants avaient une grande foi au phlogistique; quelques-uns lui ont reconnu toutes les qualités nécessaires pour créer l'ordre que nous voyons et en ont fait un dieu; mais il a été bientôt renversé par le calorique de Lavoisier (qui

n'est pas trop compréhensible). Eh bien, ce
dernier a dû hériter de la divinité du défunt.
Depuis que l'électricité a joué un plus grand rôle
dans l'univers, le calorique a beaucoup perdu, et
on le laisse un peu se morfondre sur ses autels.

Aujourd'hui, la physique et la chimie trouvent
de si frappantes analogies entre les fluides électri-
que, magnétique, lumineux, et le calorique, qu'on
est bien près d'en faire un seul et même être diversement modifié suivant la situation; je dirais
un seul dieu. Qu'on admette un ou plusieurs de
ces éléments créateurs, voilà toujours des êtres
inorganisés qui créent au hasard des organes admirablement coordonnés et combinés pour la fin
qui leur est attribuée. Voilà des êtres insensibles
qui créent la sensation, le sentiment, la pensée,
la volonté. Mais aujourd'hui les sciences suivent
une marche plus circonspecte, et il n'y a plus
guère que certains physiologistes qui se permettent des attentats sur l'ordre intellectuel. On rejette assez généralement la mauvaise partie de
l'héritage du xviiie siècle. Puissions-nous conserver et perfectionner ce qu'il a produit de bon
et d'utile !

Tout tombe en lambeaux dans l'ordre moral,
tout se dessèche et s'aigrit dans le cœur, quand la

pensée de Dieu ne vient plus rien colorer, rien vivifier. Toutes les mauvaises passions ont leur ivresse; la vengeance, l'avarice, la cupidité, l'amour le plus coupable, l'ambition la moins scrupuleuse, ont des jouissances ou sinistres ou honteuses qu'elles expient bientôt par un long malaise de l'âme. Le méchant même et l'envieux peuvent, jusqu'à certain point, trouver du plaisir dans des méfaits qui ne leur rapportent rien. Ce que je ne conçois pas, ce sont quelques heureux de la terre qui, sans avoir aucun fonds de méchanceté et sans être entraînés par des passions ardentes ou furieuses, en conspirant ridiculement contre Dieu, conspirent contre l'ordre social qui les traite avec tant de faveur, et mettent leur esprit à la torture pour torturer tous nos bons sentiments; ce que l'habitude et l'éducation ont pu leur en laisser, doit jeter beaucoup de trouble dans leur désolante mission. Ne voient-ils pas leurs amis, s'ils peuvent en avoir de véritables, leur femme, leurs jeunes filles, leurs jeunes fils, encore pleins d'un noble feu, baisser pour eux leur front humilié, rougir et se révolter intérieurement lorsqu'ils étalent devant eux leurs principes? En faveur de qui prolongent-ils leurs veilles laborieuses? en faveur de grands

coupables ou de quelques scélérats dogmatiques
dont ils veulent assurer le repos.

Quoique ces paroles soient rigoureuses, elles
ne sont point exagérées. Ne lit-on pas dans le
Système de la nature une allocution où le baron
d'Holbach prend de tendres soins pour soulager
de ses remords un scélérat moribond, en lui
disant qu'il n'a fait qu'obéir aux lois nécessaires
de la matière? Le blasphème échappe à d'autres
dans les convulsions de la fureur; pour eux, ils
en font un code raisonné. Ils centuplent la dose
des maux que la nature ou la société fait peser sur
nous, par la manière dont ils les peignent, les
exagèrent, les aigrissent. Leur fer se retourne
mille fois dans la plaie; le fiel qu'ils y jettent cor-
rompt le baume de la résignation religieuse.
Pourtant la pitié leur suggère un remède qu'ils
vont distribuant non-seulement à tous les malheureux, mais à tous les heureux qui s'ennuient :
c'est le suicide. Ils affermissent le bras du jeune
insensé à qui la pensée de sa mère allait faire
rejeter l'arme fatale. Le suicide, voilà leur bienfait; c'est la succession qui s'est transmise jusqu'à
nous, succession qui, depuis leurs funestes écrits,
s'est décuplée, centuplée; c'est à une longue
trace de sang qu'on peut reconnaître leur pas-

sage sur la terre. Ils ont commencé par faire
taire leur cœur, ils finissent par le pervertir afin
de mieux pervertir leur raison. Lancés dans cette
carrière, ils ne peuvent plus s'arrêter; ils cou-
rent après la conviction. Ils s'efforcent de noyer
leurs remords dans une mer de sophismes. Ces
Salmonées ont peur, et je les crois fort suscepti-
bles de celle qui atteignait Hobbes, leur vieux et
sombre patriarche; c'est pour ne pas croire au
diable qu'ils veulent ne pas croire en Dieu. Il
s'agissait selon eux d'extirper le fanatisme jusque dans ses racines, et ils étaient si ombrageux sur ce point que Diderot traitait quelquefois Voltaire lui-même de capucin, et ne
pouvait souffrir qu'un philosophe parlât d'un
dieu vengeur et rémunérateur; l'écume lui venait à la bouche lorsqu'il parlait de J.-J. Rousseau, adorateur de Dieu plus fervent que Voltaire. Les formules d'anathèmes lancés dans le
moyen âge par des moines, des évêques ou des
papes, ne surpassent point en fureur les invectives et les imprécations que Diderot a vomies
contre Rousseau si longtemps son ami, dans son
Essai sur les règnes de Claude et de Néron. Je
veux bien croire que ces étranges philosophes
ne se doutaient pas qu'ils allaient créer le fana-

tisme le plus atroce. Ce n'est pas nous qui pouvons ignorer que l'athéisme a le sien. Jugez-en par ce qu'il a fait en deux ou trois ans de règne. Le fanatisme naît d'une disposition sombre, d'un malaise de l'âme et de penchants cruels que la religion même de la charité n'est point parvenue à étouffer et auxquels elle a servi trop souvent de prétexte. Le matérialisme les aggrave. Les athées vivent dans une irritation continue, parce qu'ils ne peuvent souffrir d'entendre la voix du genre humain toujours opposée à la leur. Tout à leurs yeux est fanatisme quand leur cœur en est gorgé. Ne vous étonnez pas que les athées pratiques, dont nous avons vu le règne pendant les plus affreuses années de la révolution, fussent si prompts à immoler tout ce qui les embarrassait dans leur route, et à procurer à leurs ennemis *les douceurs d'un sommeil éternel.* Ils traitaient sans pitié ces machines qui ne fonctionnaient pas suivant leur direction.

Que si l'on voulait justifier les matérialistes du xviiie siècle par leur morale, je conviendrais que d'Holbach, Diderot son ami, ou peut-être tel autre de ses collaborateurs, ont saupoudré *le Système de la nature* de quelques passages d'une morale assez honnête, mais elle manque de sup-

port. Quelle morale que celle qui ne connaît ni
Dieu, ni âme, ni liberté, ni devoirs, sinon ceux
qui résultent de l'intérêt et du plaisir, et qui
nivellent vices et vertus, comme le résultat de
la nécessité et des lois aveugles de la matière!
Si Diderot s'est un peu gêné pour coudre quelques fragments de morale au *Système de la
nature*, il s'est mis bien à son aise dans *Jacques
le Fataliste* et surtout dans le *Supplément au
voyage de Bougainville*, ouvrage dont il paraît
impossible de surpasser l'infamie.

Oh! que les pensées de l'écrivain qu'inspire
un cœur religieux coulent d'une source plus
limpide et plus abondante! L'athéisme naît de
l'insensibilité morale et conduit à la haine; le
théisme naît de l'expansion de nos sentiments
sympathiques, et conduit à l'amour qu'il perfectionne, qu'il échauffe d'un rayon de la Divinité.
L'athéisme est inquiet, grondeur, parce qu'en
secret il gronde contre lui-même; il vit de blâme,
le théisme vit d'admiration. Le premier se fait
une arme de tout ce que la nature lui offre
de laid ou de difforme en apparence; le second
ajoute encore au beau répandu dans tout l'univers je ne sais quel beau idéal qu'il a l'heureuse
puissance de se former. Lequel des deux favorise

le mieux le génie? Demandez-le à Platon aussi
bien qu'à Homère et à Phidias. L'hymne de l'adorateur de Dieu commence avec le chant de
l'alouette et ne finit qu'avec celui du rossignol ;
il vit dans une société d'élite, et pénètre par la
pensée dans le séjour où les saints tendent la main
aux sages. L'air qu'il respire devient l'éther le
plus pur. Fût-il privé des dons de l'harmonie, il
lui semble que sa voix se module sur le ton des
Bernardin de Saint-Pierre, des Chateaubriand,
des Lamartine; rien n'est pour lui travail, tout
est épanchement; il ne craint pas de se répéter.
L'amour de Dieu, ainsi qu'un autre amour, est
insatiable de redites; il voudrait dire mieux, et,
dans son impuissance, il revient aux mêmes
paroles qu'il croit enflammer par une accentua-
tion plus vive.

CHAPITRE VI.

Abus grossier que font du mot *sensation* les philosophes qui
veulent réduire à elle seule toutes les facultés de l'âme. —
Explication sur Locke et sur Condillac, qui paraissent
avoir involontairement fourni au matérialisme son arme
principale. — Réfutation de la maxime : « Penser c'est sentir. » — Les matérialistes, après avoir établi le chaos dans
le monde, le transportent dans notre cerveau. — Étranges
images qu'ils se forment de ce magasin de nos idées matérialisées. — L'Être pensant ne se distingue-t-il pas
parfaitement des organes qui le servent? — Appel à la
conscience de tous les hommes. — Systèmes divers enfantés
par la physiologie matérialiste. — Leurs contradictions,
leurs absurdités. — Examen critique de la phrénologie.

—————

DEUXIÈME EXCURSION CONTRE LES MATÉRIALISTES.

Je reviens au combat contre les matérialistes.
On leur a laissé trop prendre l'offensive, il est
bon de les attaquer dans leurs foyers. Nous avons
vu jusqu'où vont le vide et l'extravagance de leurs
hypothèses, quand ils tentent, soit d'anéantir
Dieu, soit de le morceler et de le rendre esclave
de la matière. Voyons s'ils sont mieux armés
quand ils tentent d'anéantir, de matérialiser,

de morceler l'âme. Ennemis nés de la métaphysique, ils commencent par retrancher ce mot
comme entaché de spiritualité; ils engloutissent
dans la sensation tout ce qu'un homme doué de
quelque sens, et s'exprimant dans la langue même
la plus pauvre, sait fort bien distinguer, tel que
pensée, *sentiment*, *raisonnement*, *méthode*, *volonté*, *liberté*; ils en retranchent même souvent
la *perception*, afin que tout se borne à un choc
matériel. Sentir la vérité d'un théorème mathématique, la justice d'un arrêt, la sublimité d'une
action, c'est pour eux la même chose que sentir
l'odeur d'une rose, la pression d'une main, la
saveur d'un mets, etc. Ne leur dites pas que
jamais on ne s'est avisé de confondre des impressions d'un ordre si différent; que, dans l'usage
de la vie, eux-mêmes traiteraient de stupide un
enfant qui ferait de telles confusions; ils vous
répondront que la sensation physique agit seule
dans nos jugements les plus compliqués. « Car
« enfin, disent-ils, juger n'est autre chose que
« voir la convenance ou la dissemblance de deux
« idées, de deux rapports; or, voir est une sen-
« sation physique : donc, juger n'est autre chose
« que sentir. » Eh! messieurs, que fait l'organe
de la vue quand j'examine, par exemple, si le

système d'Aristote, *sur l'origine des idées*, présente à mon esprit des idées plus nettes que celui de Platon? J'ignorais que mes yeux eussent le privilége de voir ce qui se passe dans ma tête. « Dans ce cas, répondent-ils, il faut recourir à « une autre sensation; nous pesons des raisons « pour et contre; peser est une opération de la « main, et le jugement qui en résulte est phy-« sique. » C'est couvrir une absurdité par une absurdité plus haute. Où donc est la main de mon cerveau qui pèse des raisons? où donc est la balance qu'il a reçue toute fabriquée, et qui doit changer perpétuellement suivant les emplois infiniment diversifiés qu'il faut en faire? comment des systèmes peuvent-ils être pesés physiquement? quelle est leur forme matérielle pour entrer dans mon cerveau? prennent-ils celle d'un coin poussé avec plus ou moins de rudesse?

Relisez le premier chapitre de *l'Esprit*, vous verrez que tout l'effort de la logique d'Helvétius consiste à vouloir prendre au positif des mots que nous n'avons jamais compris qu'au figuré, et d'attribuer à la matière ce qu'invinciblement nous rapportons à l'esprit. C'est précisément ce que fait un butor qui ne comprend rien, ou un insupportable plaisant, un faiseur de calembours,

qui affecte de ne comprendre que le sens matériel de nos paroles. Il ne faut pas laisser de quar-
tier à ces hommes si habiles à interpréter physiquement toutes nos opérations intellectuelles.
Vous verrez qu'en les pressant de questions, le
terrain physique sur lequel ils se placent avec
tant de confiance s'éboulera sous leurs pieds
ou ne deviendra plus qu'un impraticable bour-
bier.

Ce qu'il y a de curieux, c'est d'entendre ce
même Helvétius aussi bien que d'Holbach et
M. de Tracy se récrier perpétuellement contre
l'abus des mots. Ils se sont réservé ce genre
de monopole. Il est bien peu de mes jeunes lecteurs qui, depuis les lumineuses leçons de Laromiguière, puissent encore être dupes de toutes
les équivoques sur le mot *sentir* que l'école matérialiste, trop fortifiée par l'autorité de Condillac, a si fatalement accréditées; équivoques
telles, que les prétendus sages du xviiie siècle
n'ont rien à reprocher aux théologiens du Bas-
Empire.

Ce coup leur était porté par un homme qui
professait respect et admiration pour Locke et
pour Condillac. Savez-vous le parti qu'ils prirent? ce fut de ne dire mot d'un si terrible

échec, et de tenir pour non avenus des raisonnements, ou plutôt des explications qui, grâce
à la clarté du langage, avaient été comprises et
retenues par les esprits les moins exercés aux controverses philosophiques. Cependant ils ne cesseront de vous répéter comme la vérité la plus
parfaitement démontrée, que de la sensation physique résulte tout notre être intellectuel et moral.
Depuis cette époque, de plus grands coups de
foudre ont été frappés sur le système de la sensation par MM. Royer Collard et Cousin, par les
écoles allemandes et par l'école écossaise que
M. Jouffroi a reproduite et agrandie avec le génie
et le style de Mallebranche.

Dans des entretiens très-intimes et très-fré-
quents avec M. Laromiguière, je l'ai toujours vu
convaincu que les matérialistes n'avaient nul
droit de placer leur doctrine sous l'invocation de
Locke et de Condillac. Son but, dans ses leçons,
était de leur enlever ces deux autorités, et l'on sait
combien leur liste est pauvre et peu honorable.
Mais d'abord, l'excellent professeur a commencé
par réfuter les erreurs fort graves dans lesquelles
Condillac était tombé dans son *Traité des sensations*. Il l'a fait avec une fermeté qu'on ne peut
trop louer dans un disciple; mais il se plaît ensuite

à citer les passages dans lesquels Condillac fournit une nouvelle démonstration de la spiritualité de l'âme, et ceux où il semble se montrer presque exclusivement spiritualiste. Ce qu'il y a de certain, c'est que Condillac aurait rendu un bien grand service à la philosophie de son siècle, s'il avait pensé et s'était exprimé comme l'a fait depuis Laromiguière ; s'il avait tenu note et fait une analyse profonde des facultés actives de notre âme, telles que l'attention, la volonté ; s'il avait nettement tranché la différence entre la sensation d'un mets et le sentiment qui fait agir Caton et Marc-Aurèle, entre la vue d'un édifice et le sentiment de rapport qui fait juger de ses proportions, de son utilité ; s'il avait reconnu que les facultés actives ne peuvent naître de la sensibilité physique qui, étant passive, ne peut rien produire que de passif comme elle ; si, au lieu d'être le froid Pygmalion d'une statue à laquelle il n'est pas parvenu à souffler une âme, il l'eût abandonnée dans son atelier, et n'eût pas couru le risque de s'exposer à la voir réduite en pièces par l'un de ses plus constants apologistes. Je ne puis guère pardonner à Condillac d'avoir gardé le silence quand il a vu l'usage que faisaient des matérialistes, ses contemporains, c'est-à-dire Helvétius, d'Holbach et

Diderot, de sa statue, pour pétrifier tout ce qu'il y a d'honnête, de grand et de religieux en nous ; de n'avoir pas poussé un cri de douleur et d'indignation, quand ces apôtres du néant l'invoquaient comme leur prophète. Il eût été beau que Condillac eût joint la finesse de ses analyses à la dialectique éloquente et enflammée de J.-J. Rousseau, qui fut promené d'exil en exil, après avoir vengé, prouvé, adoré Dieu au XVIIIe siècle. Ce reproche peut aussi être adressé à Locke, quoiqu'il ait bien voulu nous accorder, outre la sensation, la réflexion pour l'origine de nos idées. Ce même Locke, défenseur du christianisme, ne devait-il pas tonner quand il a vu l'usage que l'athéisme des Collins et des Tyndal faisait de la plupart de ses principes, et surtout de cette insidieuse hypothèse, *que Dieu a pu douer la matière de la faculté de penser,* hypothèse fatale qui devait être recueillie par Voltaire, et qui a glacé, rendu mesquin et boiteux, un théisme auquel il était porté par la pureté de son bon sens, par son génie poétique, par la prodigieuse activité de son âme, et par des penchants humains ; hypothèse qui, transmise par un tel organe, a beaucoup contribué aux égarements et aux malheurs du XVIIIe siècle.

Je n'accuse ni Locke ni Condillac d'avoir été matérialistes et athées, mais je crois qu'on peut dire de l'un et de l'autre de ces métaphysiciens, qu'ils ont été inconséquents, qu'ils ont fait semblant de ne pas voir les résultats funestes de leur doctrine, lors même qu'ils se produisaient sous leurs yeux.

Je voudrais une haute prévoyance, une grande puissance de cœur à ces hommes de méditation qui peuvent s'élever à cette hauteur de génie d'où l'on donne des lois aux esprits les plus éclairés de plusieurs nations et de plusieurs siècles. Les législateurs commandent aux peuples, les philosophes commandent aux législateurs. Que restait-il au bout de deux ou trois siècles de l'empire d'Alexandre? L'empire de son précepteur Aristote dure encore aujourd'hui. S'il n'est plus absolu, tyrannique, ainsi que les savants arabes l'avaient légué aux philosophes scolastiques, il jouit encore d'une grande autorité parmi les politiques, les naturalistes, les hommes de goût et les moralistes. Le destin de son maître Platon a été encore plus glorieux; peut-on nier son influence sur le plus grand événement du monde, l'établissement du christianisme, lorsque les Pères de l'Église l'ont reconnue?

Les matérialistes croient fidèlement aux métamorphoses de la sensation, c'est comme s'ils
les avaient vues. Rien ne leur paraît plus plaisant que de voir comment la sensation, essentiellement passive dans tout son cours, s'avise de
se croire active et libre dans les actes de la volonté. Continuons à répéter leur catéchisme en
y mêlant un très-court commentaire : *Tout ce
qui est dans l'entendement y est entré par la
sensation;* et comme Leibnitz leur a fait la petite objection qu'il convient du moins d'en ex-
cepter l'entendement même, ils répondent en
toute confiance que l'entendement lui-même est
le produit de la sensation. *Juger c'est sentir;*
Newton a senti son système du monde; quoi de
plus évident? Il a vu une pomme tomber à terre,
et tout son système s'est arrangé dans son cerveau à la suite de cette sensation. *De la sensibilité physique,* combinée avec l'intérêt personnel, bien entendu, *dérivent toutes les vertus.*
Ainsi Socrate, Régulus, Caton, Louis IX, Arrie,
mademoiselle de Sombreuil entendaient à merveille leur intérêt personnel, et leur sensibilité
physique était fort délicate. *Rien n'existe hors
du monde physique, l'âme est une chimère, car
est-il possible de concevoir la pensée sans éten-*

due? nous répondrons précisément qu'il est impossible de la concevoir avec l'étendue. *C'est la superstition qui a créé les êtres spirituels.* Ainsi rien n'était plus superstitieux que Platon, Descartes et Leibnitz. *Les hommes n'obtiendront de liberté religieuse, civile et politique, que lorsqu'ils auront cessé de croire à leur liberté morale.* Le commentaire de cette maxime a depuis été fait par la convention nationale aidée de la commune de Paris. *Il faut ranger dans la catégorie des fourbes et des tyrans, ou tout au moins des visionnaires, ceux qui pensent que l'homme est libre et peut mériter des peines et des récompenses dans un autre séjour;* le commentaire se fait ici facilement. Caligula, qui sans doute ne croyait pas à la liberté de l'homme, ni à des peines dans un autre séjour, n'était, du moins sous ce rapport, ni fourbe, ni tyran, ni visionnaire. Ces épithètes conviennent à Saint-Louis.

Ce qu'il y a de curieux, c'est que ces philosophes, si fort appuyés sur le monde matériel, ne paraissent jamais s'être occupés du premier et grand problème de la philosophie, c'est-à-dire du genre de représentation des objets extérieurs que nous pouvons avoir dans notre cerveau; car, avec eux, il faut bien se garder de prononcer les mots d'âme et d'esprit. Ces représentations sont-elles conformes aux objets qu'elles doivent reproduire? Sont-elles des corpuscules, de petits miroirs qui s'en détachent, ou, comme le dit Épicure, *des spectres, des fantômes* qui viennent, on ne sait par quel canal, se loger dans notre cerveau? Comment cet organe voit-il un éléphant, une montagne dans une représentation qui ne doit pas en être la millionième partie? les corps s'épuiseraient bientôt à détacher de leur masse, sur tous les points d'un immense horizon, ces corpuscules taillés en miroirs, ou bien en tableaux, en statues. Quelles peuvent être les images d'un son, d'une saveur, d'une odeur, des attouchements? comment les peindre, les sculpter? quel miroir peut les réfléchir? Il faut pourtant qu'ils matérialisent tout d'après le principe de Lucrèce, *qu'un corps ne peut être touché que par un corps*; ce n'est pas assez que ces incompréhensibles images se placent sur la rétine, sur les houppes du palais, sur les fibres du nez, de l'oreille et de la peau; il faut qu'elles viennent frapper corporellement le cerveau, s'y incruster pour être toujours prêtes à répondre à l'appel que le cerveau, dans ses tiraillements continuels, peut leur faire : les idées doivent être des corpuscules qui s'attirent, se repoussent, s'associent avec ordre ou sans ordre, qui se découpent ensuite pour former des idées abstraites, lesquelles, chose merveilleuse, à mesure qu'elles seront réduites à une extrême exiguité, comprendront plus d'étendue et deviendront les idées abstraites et générales. Quel immense édifice que ce cerveau où se peint matériellement l'univers, où se peint le passé, où se forge même l'avenir avec plus ou moins d'obscurité! Quelle merveilleuse manufacture, ou plutôt quel étonnant assemblage de manufactures diverses, contrastantes : voici des galeries de tableaux qui voyagent, des statues qui marchent et qui parlent, des bibliothèques infiniment plus vastes que celles d'Alexandrie et de Paris, des salons de musique, des cuisines, des boutiques de parfumerie; ici je vois s'ouvrir les ciseaux de l'analyse, là se broyer le ciment de la synthèse; plus loin je crois entendre le bruit des forges où les matérialistes suent comme les cyclopes pour former leurs systèmes, et pourtant je ne puis m'empêcher de les trouver inconséquents et maladroits. En nous présentant un si admirable ouvrage, ils ne font que redoubler la tentation de croire en Dieu; on est forcé de s'écrier : *L'intelligence divine a passé par là;* et puis avec un

peu de réflexion on sera forcé d'ajouter : l'intelligence humaine, l'âme y préside, car sans elle
l'ordre ne pourrait durer quelques secondes dans
une machine si compliquée. Mais il ne suffit pas
de me montrer dans le cerveau des bibliothèques,
des livres tout ouverts; je veux trouver un être
qui les lise et qui ne soit pas livre lui-même, qui
juge les tableaux, en compose de sa façon et qui
ne soit pas tableau lui-même. Il est, ce me semble, grand besoin d'un chef dans cette manufacture criarde où chacun travaille sans consulter,
sans respecter et même connaître son voisin.
Est-ce que l'œil sait rien de ce qui appartient à
l'ouïe? Il me faut enfin un être qui compare et
qui ne soit pas l'un des objets comparés; il faut
encore que cet être qui voit, qui entend, qui
lit, qui compose, soit un et ne soit pas plusieurs;
qu'il soit présent à la fois dans toutes les parties
de son empire; car pourrait-il comparer ce qu'il
ne connaît pas? qu'il soit persistant, qu'il soit
enfin un indivisible *moi* : or un indivisible *moi*
n'est plus matériel, c'est une âme.

Qu'ils ne viennent pas me dire que je leur
prête un langage qu'ils n'ont jamais tenu. Puisqu'ils matérialisent tout, je dois prendre au positif toutes leurs métaphores. Je sais qu'ils ne

peuvent me montrer rien de tout cela, mais enfin
ils le supposent, et certes ils font bien pis et ne
s'en tiennent pas à ces images qui, pour être bizarres et plaisantes, amusent un moment l'imagination. Nous allons terriblement descendre de ces
merveilles poétiques : voilà que M. Cabanis vient
détruire ce palais et ne fait plus du cerveau *qu'un
estomac qui digère et sécrète des idées.* Certes,
on n'accusera pas celui-ci de flatter trop notre
imagination ou de vouloir séduire notre sensibilité physique. Cette pensée, cette découverte de
M. Cabanis a été célébrée comme le coup de
génie du matérialisme. M. de Tracy en a pleuré
d'admiration; moi, j'en prends acte, voilà les
idées bien et dûment matérialisées. Pour être
soumises à l'action d'un organe sécréteur, il
faut bien qu'elles soient des corps, et même des
corps assez ignobles qui ne cessent d'être broyés,
triturés.... Suive qui pourra une si sale compa-
raison.

Les matérialistes n'ont-ils pas bonne grâce
quand ils reprochent à Platon de réaliser des êtres
abstraits? Pour eux, les idées, soit abstraites, soit
simples, soit composées, sont de belles et bonnes
réalités. Je ne vois plus alors qu'il puisse y avoir
de distinction entre des idées vraies et des idées

chimériques; n'ont-elles pas toutes un même degré d'existence physique, de corporéité?

Que si les matérialistes, embarrassés de cette multitude d'êtres qu'aucun d'eux, en fouillant dans la cervelle, le crâne ou le cervelet, n'a jamais pu apercevoir, se réduisent à nous parler d'ébranlements causés dans ces organes, quelle vertu représentative peuvent-ils attribuer à des ébranlements? qu'ont-ils de commun avec les objets qui les produisent? C'est un jeu de colin-maillard perpétuel où personne ne peut deviner qui le frappe. Notre cerveau ne se compose plus que d'un nombre infini de cordes, de marteaux et de sonnettes. Voyez-vous dans tout cela des images ou des représentations? Ainsi, nouvelle et plus complète disparition du monde matériel pour les matérialistes.

Ils réunissent toutes leurs forces pour nous attaquer sur l'union d'une puissance spirituelle avec le corps et la dépendance humiliante où celui-ci la tient. Nous sommes à cet égard dans la position où ils se trouvent quand ils parlent de certaines lois physiques telles que la gravitation, par exemple; comme eux nous la reconnaissons pour un fait, et ils ne peuvent s'empêcher de convenir avec nous, que dis-je? avec Newton même, que le moyen par lequel elle s'opère est incompréhensible. Je dis que le fait d'un être intelligent uni au corps, et qui lui commande souvent, est reconnu par tous les hommes, quoiqu'il n'ait été donné encore à aucun d'eux d'en expliquer ou d'en comprendre nettement le moyen. Je me distingue parfaitement de mes organes, ils sont *miens* et ne sont pas *moi*. Le pilote ne se confond point avec son navire; c'est là ce que vous faites, vous, ou plutôt ce que vous prétendez faire; car vous ne pourrez parvenir à opérer cette confusion dans votre esprit, et vous ne faites pas un mouvement, vous ne dites pas un mot qui ne vous démente.

Il est vrai que l'union de l'âme avec les organes est beaucoup plus étroite que celle du pilote avec le navire; mais l'union n'est pas telle que la distinction puisse cesser jamais. « Dites donc, va-t-on « m'objecter, que vous êtes cloué à ce navire, que « vous en recevez toutes les oscillations, toutes « les secousses. » Je ne puis me reconnaître cloué quand je commande; mes organes m'obéissent plus immédiatement que le navire à la manœuvre du pilote. Comme ils sont soumis à l'action des objets extérieurs, ils en transmettent le choc jusqu'à moi. J'en reçois très-souvent les atteintes,

mais j'apprends chaque jour à les modérer, à les
repousser ; je tâche de ne pas ressembler à ces
pilotes téméraires qui ouvrent leurs voiles à tous
les vents, ni à ceux qui prennent pour un port,
pour un lieu de relâche, un écueil sur la surface
duquel rit un peu de verdure. Je discipline mes
organes mieux que le pilote ne peut faire ses
matelots. Je supplée à celui qui languit par l'action des autres. J'instruis ma main à remplacer
quelquefois l'usage des yeux que j'ai perdus.

Donnez-moi le génie d'Homère ou de Milton,
et tout aveugle que je serai, je saurai me rendre
à moi-même les merveilles du monde plus présentes, ou vous les peindre plus admirables que
vous n'êtes habitués à les contempler. Que la
tempête déchire mes voiles, qu'elle arrache un
grand mât, je saurai encore par ma prudence
cingler avec mes débris vers un port que la religion m'a révélé, me créer dans la tempête un
calme artificiel, un calme sublime tel que celui
de Socrate ou de Barnevelt, dire aux flots cour-
roucés, aux foudres qui se croisent, ou dire à
des bourreaux et à une foule homicide : *Vous ne
pouvez rien que sur un corps qui doit être rendu
aux éléments, mais moi je vous échappe et je
me sens encore tressaillir d'amour et d'espérance.*

« Et pourtant, vont me dire les matérialistes,
« ce moi, que vous faites parler d'un ton si su-
« perbe, n'est autre chose que le cerveau. » Quoi ! ce
cerveau, rendez-vous de sens dont les fonctions
sont si diverses et l'appareil si compliqué, peut
faire l'office d'un moi toujours présent, toujours
invariable, toujours identique à lui-même, qui
reçoit tout, comprend tout et veut tout ? Quand
toutes ses parties sont passives, d'où vient qu'il
peut avoir une activité spontanée ? Car M. Cabanis convient que le cerveau a le privilége de se
mouvoir de lui-même. Montrez-moi donc dans
cet organe un point central, un point mathématique qui ait une si vaste capacité et de si
rares priviléges, et qui se conserve intact, inébranlable pendant toute la durée de la vie humaine, enfin hors duquel, sans lequel il n'y a plus
de certitude, il n'y a plus de conscience, il n'y a
plus d'homme. Le cerveau est sans doute merveilleusement constitué pour servir d'instrument
à la pensée, pour lui en fournir les matériaux,
hormis cependant les idées que l'esprit conçoit
par lui-même ; mais, par sa nature, tout répugne à ce qu'il soit l'être pensant. Il ne peut
être à la fois les objets comparés et l'être qui
compare, ce serait ôter toute autorité au ju-

gement. Une sensation qui en chasse une autre
n'est pas un jugement; j'en dis autant des souvenirs, des images, des idées: elles ne sont rien
tant que l'esprit ne les a pas converties en jugements.

Les physiologistes peuvent fort bien examiner
dans l'organisation du cerveau les conditions qui
sont plus ou moins favorables à la pensée. A coup
sûr l'instrument n'est pas le même pour tous; il
souffre des lésions, des langueurs, des maladies,
des irrégularités qui lui sont propres, indépen-
damment de celles des autres organes dont il est
le rendez-vous. Ici le champ peut être ouvert à
des observations précieuses; mais les physiologistes, fort pressés de s'honorer d'une découverte,
sont prodigues d'assertions hasardées. Plusieurs
pèsent la raison, l'esprit, le génie, les vertus au
poids de la cervelle, et comme cette action n'est
praticable qu'après la mort, ils jugent les vivants
d'après le volume de la tête en courant le risque
d'attribuer cette supériorité à des esprits vulgaires
et même à des sots. On pourrait se tromper en
prenant pour mesure des facultés intellectuelles
l'énorme tête d'un hippopotame ou d'un bison.
J'ai connu des hommes d'un vrai mérite et d'une
âme haute dont la tête affectait la forme pointue

si décriée par les physiologistes ; d'autres, dont l'angle facial était beaucoup plus aigu qu'il ne convient, d'après le système de Cramb qui le veut le plus rapproché possible de l'angle droit, système assez généralement abandonné aujourd'hui. Le poids de la cervelle des femmes est, dit-on, inférieur d'un tiers à celui de la cervelle des hommes. Si vous voulez en tirer des inductions contraires aux facultés de leur esprit, aux qualités de leur cœur, et surtout à la force, à la persévérance de leur volonté, je vous conseille de joindre votre voix à celle de quelques docteurs mahométans qui leur refusent une âme. Mais c'est un point que j'examinerai plus spécialement dans un autre chapitre. Des physiologistes avaient déclaré que la cervelle des nègres était fort inférieure en poids à celle des blancs, et que c'était la cause évidente de l'infériorité de leur intelligence ; et ce fait a été allégué pour justifier l'esclavage : voilà qu'il est aujourd'hui pleinement démenti ; des dissections faites avec soin ont prouvé que le poids était le même. La physiologie n'a pu encore découvrir, ou du moins déterminer avec certitude quels sont les défauts d'organisation du cerveau, naturels ou accidentels, qui causent la folie.

Je serais désolé que l'on supposât que j'attribue aux physiologistes une conspiration unanime contre l'âme, contre le libre arbitre et la conscience. Plusieurs, tels que Haller, Stal et Bonnet, et certes ce sont là de grands noms dans la science, ont été fort religieux et ont profondément le sentiment moral. Le grand Cuvier ne vient-il pas de me servir à réfuter les matérialistes eux-mêmes. Aujourd'hui, la physiologie matérialiste a trouvé de puissants contradicteurs dans MM. Alibert, Bérard, Virey, Andral et Dufour. Aussi toutes ses méprises ont été relevées ; elle a été chassée de poste en poste jusqu'à ce qu'elle ait cru trouver un refuge, un solide rempart dans les bosses et protubérances du docteur Gall dont l'apparition a été grotesque parmi nous, malgré toute l'habileté anatomique et la rusée bonhomie de l'inventeur.

Ce système succombait sous le ridicule d'une nomenclature vraiment absurde, sous des méprises grossières bien démontrées, et enfin sous les vigoureuses attaques du spirituel Hoffman, lorsqu'on l'a vu reparaître sous les auspices du docteur Spurzheim, orné d'une nomenclature nouvelle, qui, par un vague prudent, prêtait un peu moins à la raillerie que celle de Gall. Ce

système, assez froidement réchauffé et dépouillé
de tout le piquant de la hardiesse et de la nou-
veauté, allait tomber dans l'oubli et le discrédit
le plus profond, lorsqu'un médecin d'une haute
renommée, bien méritée sans doute quand il
ne veut pas sortir de son art, mais qui, depuis
quelques années, s'est constitué le dernier
athlète, l'atlas du matérialisme chancelant, le
docteur Broussais est venu recueillir et porter
sur ses épaules cet enfant abandonné qui n'avait
plus que la forme d'un avorton. Il a commencé
par le laver avec tout le soin qui lui a été possible, s'est évertué pour lui donner une allure
plus française, lui a fait apprendre la philosophie
dans le *Système de la nature* et le livre *de l'Esprit*, l'a ainsi dégagé de quelques petits scrupules
spiritualistes qui lui restaient encore de l'Allemagne sa patrie, l'a promené dans les cercles,
dans les amphithéâtres, comme son fils d'adop-
tion, et en l'armant d'un scalpel plus aiguisé, il
l'a chargé non-seulement de porter les derniers
coups à l'âme, mais de disséquer, de couper en
morceaux le *moi* humain qui s'obstine à ressusciter le vieux fantôme de l'âme.

Je me permets d'adresser une petite question
aux phrénologues. Comment jugent-ils de ce

qui se passe dans la cervelle par les protubérances du crâne? Quel rapport nécessaire y a-t-il entre une substance mobile, fluide, toujours agitée, et une enveloppe dure, et tellement permanente que la mort n'en détruit pas les protubérances? N'existe-t-il pas des membranes et un fluide entre les circonvolutions du cerveau et la charpente de la boîte osseuse? Les physiologistes reconnaissent que le choc n'est point immédiat; ainsi les impressions de la cervelle peuvent être altérées et même détournées de leur direction.

N'est-il pas curieux de voir à quelles extrémités on réduit les matérialistes en renversant toutes leurs premières données, et quel changement de front on leur fait faire? Nous avons vu dans le chapitre précédent, que, ne pouvant plus nier Dieu comme principe de l'intelligence, car, après tout, il y a de l'intelligence dans l'univers, ils ont fini par déclarer toutes les parcelles de la matière intelligentes, et par en faire autant de dieux, puisqu'elles sont éternelles et nécessaires. D'un autre côté, pour nier l'âme et sa spiritualité, les voilà réduits à fractionner le *moi*, à nous ôter notre individualité et à nous diviser en soixante-dix organes intelligents, pensants et voulants, jusqu'à ce qu'ils en aient augmenté le

nombre. Je ne suis plus un homme, mais une
collection d'hommes associés dans le cerveau, où
ils se combattent à outrance, jusqu'à ce que le
plus fort l'emporte, sans réussir toutefois à para-
lyser complétement les autres. Le mot *moi* devient un non-sens dans la langue, un mensonge
effronté de notre conscience. Chacun des
soixante-dix organes prend à son tour ce titre,
cette dictature. Il peut arriver que dans un raisonnement l'un pose la *majeure*, l'autre la *mi-
neure* et un troisième la conséquence. Les matérialistes n'ont pu souffrir l'union de l'âme et du
corps. Pour tout simplifier, ils ont divisé le cerveau en soixante-dix organes d'une nature à peu
près homogène. Je crois répondre dans ce moment au docteur Broussais; mais il y a soixante-
dix docteurs Broussais : je ne sais plus, ou plutôt
nous autres nous ne savons plus auquel nous
adresser. Ceci n'est point une exagération, car il
est posé dans ce système que chacun des soixante-
dix organes est doué non-seulement de *sensation*,
mais de *perception, de mémoire, de jugement,
d'attention, d'appétits, de désirs et de volontés;*
on ne peut voir un fourniment intellectuel plus
complet, l'un n'a rien à envier à l'autre. Voilà
notre être, notre machine bien et dûment consti-

tuée en république; peut-être sera-t-elle quelque peu anarchique, mais qu'importe? Le grand point, comme l'assure le docteur Broussais, était d'être délivré de *ce moi unique et spiritualiste, de cet autocrate qui, assis sur la glande pinéale, reçoit des courriers en tous les sens et leur transmet ses ordres.* Un *autocrate,* bon Dieu! sentez-vous la force de ce mot prononcé par un homme aussi libre que prétend l'être le docteur Broussais lorsqu'il détruit le principe de toute liberté [1]. Comment avons-nous pu supporter si longtemps une telle tyrannie? Il était temps que la révolte de tous les organes éclatât pour nous en délivrer, et que toutes les montagnes du crâne se réunissent pour l'écraser et faire reconnaître leurs droits. Il est vrai que nous ne savons plus trop à qui obéir; mais n'est-il pas doux de changer à chaque instant de maître? on a du moins le plaisir de la variété.

Chacun de ces organes serait peut-être peu puissant par lui-même; mais comme il se fait entre eux des combats, il s'y opère aussi des ligues; ils ont leurs antagonistes et leurs auxiliaires, la plupart revêtus de noms d'une fabrique

---

[1] Tout ce chapitre a été écrit lorsque le docteur Broussais vivait encore.

nouvelle tels qu'*approbativité, biophilie, combattivité, philogéniture, destructivité, alimentivité,*
mots vagues, élastiques, qui peuvent se prêter à
toute sorte d'interprétations et désigner des vertus aussi bien que des vices, des scélérats aussi
bien que d'honnêtes gens. Il se passe dans notre
cerveau bien des combats dont nous ne nous
doutons guère ; il s'y donne des assauts furieux,
d'épouvantables chocs de bélier. Il s'y fait des usur-
pations sans fin, car une montagne ne cesse de gravir sur l'autre ; et ce qui m'étonne, c'est que tout
cela se fait à si petit bruit que nous n'en avons pas
la moindre sensation, à moins que nos maux de
tête ne proviennent de là. J'en éprouvais un tout
à l'heure qui provenait peut-être du choc de mes
organes cérébraux, je l'ai dissipé avec une prise
de tabac, et je puis dire :

> *Hi motus animorum atque hæc certamina tanta
> Pulveris exigui jactu compressa quiescunt.*

Mais quel tumulte ce doit être quand *l'alimentivité,* que je traduis librement par *voracité,* unie
à la *combattivité,* à la *destructivité,* viennent
combattre les organes doux et inoffensifs tels que
l'*habitativité,* la *constructivité,* la *biophilie* et
l'*amativité.* S'ils triomphent, et vraiment leur

victoire me paraît assurée, quels ravages ne por-
teront-ils pas au dehors ! Je vois naître des Attila,
des Genseric, pour peu qu'il s'y joigne l'organe
de la *dissimulativité*. Au reste, sans avoir aucun
penchant féroce, on peut encore être très-rai-
sonnablement pourvu des organes de la destructivité ; elle peut s'exercer jusque dans l'empire des
sciences et de la philosophie ; car vouloir anéantir Dieu, l'âme, le moi humain, la liberté, la
conscience, en confondant les vertus et les vices,
me paraît l'œuvre de destruction la plus complète
et surtout la plus fatale que l'on puisse concevoir. Si cet organe manque chez les phrénologues les plus hardis, c'est une preuve incontes-
table que leur système est faux.

Se prête qui voudra à cet écartèlement du
moi, je sens le mien ferme à sa place et *cet autocrate* me paraît affermi sur son trône. Le pauvre Sosie était bien embarrassé d'avoir deux *moi*,
l'un battant, l'autre battu. Que deviendrons-
nous s'il nous en faut loger cinquante ou cent,
vivant entre eux comme de méchants voisins,
de méchants frères ? Après m'avoir montré le
chaos dans le monde, les matérialistes le placent
dans ma tête. J'admire la force et les justes
proportions du cerveau de nos phrénologues,

puisqu'une telle science ne les a pas encore conduits à la folie; c'est ce qui me ferait supposer qu'ils n'y croient pas autant qu'ils font
semblant d'y croire : mais je ne répondrais pas
de la raison de leurs disciples. Je sens, je l'avoue,
que j'éprouve le vertige dès que je veux construire une phrase dans le sens de cette science
nouvelle.

Ce qui cause mon indocilité permanente pour
ce système, c'est que j'ai beau m'interroger, je
ne trouve pas de certitude aussi absolue, aussi
invincible que celle de mon *moi*; et comme tout
le genre humain part de cette donnée, j'imagine
que la réforme en sera fort difficile. *Mais à qui
prétend-on que je la sacrifie?* à l'autorité de trois
ou quatre médecins que presque tous les autres
rejettent. Ce qu'ils ont vu ou prétendu voir
l'emporte-t-il sur ce que j'éprouve à tous les
moments de ma vie? Ils me montrent une longue
galerie de crânes; je commence par les récuser
tous lorsque la cervelle est absente, et ce n'est
pas dans la boîte osseuse que se passe le travail de la pensée. Que savent-ils de certain, et
surtout que puis-je savoir moi-même sur tous
les penchants, sur l'histoire morale et intellec-
tuelle de ceux auxquels ils ont appartenu? Dans

cette galerie, je trouve à peine vingt hommes qui m'aient été connus, et encore n'est-ce guère que par la renommée. Ils me montrent à profusion des crânes de scélérats conduits au supplice. Le tigre, a dit Bernardin de Saint-Pierre, déchire innocemment sa proie, ce qui est très-vrai; mais je ne puis admettre la conclusion des phrénologues lorsqu'elle absout les plus affreux scélérats. Est-ce là une découverte bien précieuse à l'humanité? Pour savoir ce qui peut amener des hommes au crime, il me semble plus agréable, plus instructif et plus moral de lire le chapitre de *Gil Blas* où les voleurs dans la caverne racontent par quelles circonstances de leur éducation ou de leurs premières erreurs ils ont été amenés à entrer dans *l'honorable compagnie*.

Les phrénologues ne manquent guère de trouver dans les animaux des organes correspondants à nos passions et même à nos plus hautes facultés. Savez-vous pourquoi Euler et Laplace ont excellé dans les mathématiques? M. Broussais veut bien nous l'apprendre; *c'est parce qu'ils portaient sur le front l'organe de la géométrie, comme les canards sauvages, qui, dans leurs émigrations, se tiennent en troupe de manière à former un* V *très-régulier*. A propos de l'illustre

Laplace, voici une singulière mortification qu'ont
éprouvée les phrénologues. Le docteur Magendie
s'est empressé de se procurer le crâne du savant
qui a exposé le système du monde. Il le possédait depuis quelque temps et n'y pouvait découvrir aucun indice favorable aux conjectures de la
phrénologie, science sur laquelle il paraît fort
incrédule, lorsque le hasard lui fit découvrir
dans un hôpital un crâne d'une forme merveilleusement semblable à celle de cet homme de
génie, et qui appartenait à un homme de l'intelligence la plus commune; il invita plusieurs de
ses confrères à venir examiner l'un et l'autre
pour reconnaître quel était celui de l'un des
plus grands géomètres. Le malheur voulut que
presque toujours on désigna celui de l'ignorant.
Autre méprise. L'organe de l'amour des enfants
se trouva merveilleusement développé chez un
scélérat qui avait tué sa fille. Sur quoi le docteur
Spurzheim sans se déconcerter disait que cet organe dans son prodigieux développement indiquait un amour excessif qui avait dû aller jusqu'aux fureurs les plus barbares de la jalousie.

Leurs exemples ne sont pas toujours choisis
avec une parfaite convenance. En parlant de
l'organe de l'*imitativité*, M. Broussais le trouve

très-saillant chez un paillasse du boulevard, nommé *Debureau;* à la bonne heure, mais quel sera son second exemple? j'ai honte de le dire, c'est un grand acteur français dont le talent est allé jusqu'au génie, c'est Talma.

Voici un autre défaut de convenance qui me paraît plus choquant : ils ont remplacé le mot *amour* par celui d'*amativité,* et se flattent qu'un si joli mot va faire fortune; mais, en naturalistes sévères, ils en excluent tout ce qui tient au sens moral, à l'imagination, à la poésie et qui peut avoir de l'affinité avec le sentiment religieux. Tout y est réduit aux appétits physiques; en sorte que c'est Messaline et non Héloïse qui sera pour eux un modèle de l'amativité.

Quand nous supposerions qu'il y a quelque chose de vrai dans ces étiquettes que les phréno- logues placent sur les crânes de tant d'hommes que nous n'avons jamais vus, il faudrait savoir si ces gonflements, ces bosses, ces protubérances, ne sont pas un effet de l'exercice violent et répété de nos passions. Pourquoi ne se manifesteraient- elles pas quelquefois sur la forme extérieure du cerveau ainsi qu'elles le font sur la physiono- mie? Gall et surtout Spurzheim semblent souvent disposés à cette concession; et même le dernier a poussé la complaisance jusqu'à reconnaître en nous un certain organe religieux qu'il appelle théosophie. Autre malheur : il a été reconnu chez des hommes profondément immoraux et grossièrement incrédules. D'explications, ils n'en manqueront jamais pour couvrir leurs bévues : croyez-vous que le docteur Gall, le fondateur de la phrénologie, fût interdit lorsqu'on s'étonnait qu'il eût confondu la bosse du vol et celle de la propriété? il vous en offrait la solution la plus nette : qu'il s'agisse d'acquérir ou de conserver des biens, l'objet de la passion n'était-il pas toujours le même? la propriété; la différence n'existait plus qu'entre le juste et l'injuste, ce dont les phrénologues ne s'inquiètent guère. Mais M. Broussais qui tient plus à détrôner l'être intellectuel, cet insolent *autocrate* qui s'appelle *moi*, présente ces divers organes d'invention nouvelle comme les causes et non comme les effets des passions, de ces facultés, de ces penchants plus ou moins heureux. Il s'ensuit que nous apportons des talents, des vices et des vertus innés, ce qui me semble quelque chose de plus que les idées innées auxquelles les matérialistes font une si rude guerre; de là, le fatalisme de la matière dans tout ce qu'il a de plus impérieux. Voyez naître d'une telle doctrine, si elle s'accréditait, tout un ordre de préjugés nouveaux, de préventions barbares.

Déjà nous ne sommes que trop portés à des jugements précipités, injustes et cruels sur les apparences mêmes de la physionomie, quoiqu'elles soient infiniment plus plausibles que celles-ci, puisque le visage est souvent une expression de l'âme; mais quel vaste arbitraire, quelle source d'iniquités dans ces jugements portés sur d'innocentes protubérances qui deviennent des signes de fatalité, ou peuvent amener des arrêts de proscription! Déjà M. Broussais nous avertit, quand nous avons à nous pourvoir d'un domestique, de palper soigneusement son crâne pour voir s'il porte ou ne porte pas l'organe de l'attachement, et s'il a cette heureuse conformité avec le chien; et, pour lui, il déclare avoir eu à se repentir de s'être quelquefois relâché de cette précaution. Il ne serait sans doute pas mauvais d'y recourir en amour, si une telle passion permettait quelque prudence. Au moins le notaire, personnage plus calme, pourrait s'assurer si les futurs conjoints ont cet organe précieux de la fidélité.

Il faudra bientôt décerner les grands emplois, comme les plus petits, d'après le rapport des phrénologues. A l'armée, il conviendra de savoir si tel officier, tel soldat a l'organe de la *combattivité* ou celui de la *biophilie*, amour de la vie qui pourrait rendre sa valeur suspecte. Le rapport du phrénologue deviendra plus redoutable dans les affaires criminelles : malheur à l'accusé qui, poursuivi pour un meurtre, aura l'organe de la *destructivité*, ou pour un viol, celui de l'*amativité*. On n'aura plus guère besoin de témoins ni d'enquête. Faites venir l'accusé, dira le président : le phrénologue expert examinera les protubérances de son crâne, et, dans cette justice plus sommaire encore que celle des Turcs, l'arrêt suivra ce rapport décisif; mais en bonne justice, l'accusé ne doit-il pas être admis à palper à son tour l'organe de l'expert phrénologue? et si, par hasard, il découvre en lui l'organe du charlatanisme que nous appellerons *déceptivité*, il pourra tenir les jurés en balance : reste à savoir de quels organes les jurés et les juges seront eux-mêmes pourvus.

Mais je me fatigue et je fatigue mes lecteurs en combattant des hypothèses qui n'offrent qu'un déplorable témoignage de l'esprit révolté contre lui-même, obstiné à s'avilir, et, pour comble de démence, à se nier. Réjouissons-nous pourtant

qu'elles aient été produites, et que ce résultat de
dissections faites par des mains si habiles et si
exercées, de ces fouilles si hardies faites dans le
crâne et la cervelle pour anéantir l'âme, pour
écarteler le *moi*, n'ait pu amener que de si con-
fuses, de si révoltantes chimères.

———

CHAPITRE VII.

Socrate est le père de l'optimisme spéculatif et pratique. — Ses deux interprètes Platon et Xénophon. — Le premier ajoute son génie à celui de Socrate : le second en est un interprète plus timide et plus exact. — Hommage rendu à Platon précurseur de toute philosophie , et peut-être du christianisme. — Aristote , génie plus positif, confirme ou rectifie et amoindrit Platon. — Le stoïcisme noble (exagération de l'école académique). — C'est à Rome qu'il faut le considérer dans sa gloire et sa puissance. — Cicéron , le plus éloquent interprète et continuateur de l'école académique. — Sénèque, Épictète et Marc-Aurèle font triompher le stoïcisme qui donne à Rome le plus beau siècle de l'empire.

————

COUP D'OEIL SUR LA PHILOSOPHIE ANCIENNE.

JE ne fais, comme le titre l'annonce, qu'une excursion rapide ou plutôt qu'une légère promenade dans le champ de la philosophie ancienne. Le sujet est vieux, ce n'est point par l'érudition que je le rajeunirai; mais il fut toujours plein d'attrait pour moi. Dans mon cours d'Histoire ancienne, il m'offrait un repos délicieux, après avoir exposé soit les fureurs implacables de la

guerre du Péloponèse , soit les atroces proscriptions de Sylla, de Marius et des triumvirs, soit
les crimes frénétiques du tyran de Rome. Je me
sentais quelquefois assez heureusement inspiré
par Platon des réminiscences de Cicéron et même
de Sénèque. De jeunes personnes conduites par
leurs mères assistaient alors à ces leçons d'où un
rigorisme fâcheux les a depuis exclues. Mon imagination ne me peindra jamais rien de plus ravissant que leur enthousiasme virginal pour de
hautes vertus et de sublimes espérances.

Je me bornerai ici à faire remarquer parmi les
philosophes anciens quelque teinte particulière
d'optimisme, soit spéculatif, soit pratique.

Socrate fut le véritable créateur de l'un, et le
type le plus accompli de l'autre. Qu'on étudie sa
doctrine chez ses deux grands disciples, Platon et
Xénophon : quelque différentes que soient leurs
versions, on remarquera toujours un même but
chez cet homme en apparence inoccupé, ce
promeneur infatigable, ce causeur ingénieux, ce
moqueur poli, ce sage enjoué et pourtant inspiré.
Ce but, c'est celui de sceller l'alliance étroite du
bonheur et de la vertu, et de les faire émaner
d'une source divine. Dans ses entretiens racontés
par Xénophon, il y marche d'une manière plus

directe, plus simple et plus facile ; dans les dialogues de Platon avec plus de détours de finesse,
mais bientôt avec plus de sublimité.

Le travail bienfaisant que Socrate veut faire
sur ses concitoyens et peut-être sur les hommes
d'un autre âge, il a commencé par le faire sur
lui-même, et je ne crois pas qu'on puisse citer
un plus parfait exemple de l'énergie de la volonté.
C'est le héros de la patience, et jamais, quoi qu'en
aient dit de sévères jansénistes, et le bon Rollin
lui-même, vous ne pouvez surprendre dans son
humilité la moindre saillie d'humeur vaniteuse.
Aristophane a-t-il voulu le livrer aux risées du
peuple ; la victime viendra d'elle-même s'offrir
aux flèches les plus acérées du ridicule, et peut-
être applaudir à l'adresse de l'archer.

De quelle récompense lui parlerez-vous ? des
honneurs ? il se soustrait à la place publique, ou
n'y paraît que pour remplir les devoirs les plus
courageux, tels que celui de s'élever presque seul
contre la superstitieuse et atroce condamnation
des dix généraux vainqueurs. Lui parlerez-vous de
la gloire ? ses productions se bornent à une fable
d'Ésope qu'il a mise en vers ; de richesses ? à
peine consent-il à recevoir de ses riches et recon-
naissants disciples un manteau à l'entrée de

l'hiver. Quel est, dans cette brillante Athènes, le
soldat le plus brave, le plus dévoué pour la gloire
de sa patrie et le salut de ses jeunes compagnons,
de ses disciples, le plus endurci à supporter
toutes les privations et la rigueur des frimas ?
toutes les voix vous répondront : c'est Socrate.
Quelque devoir qu'il ait à remplir, il tient aussi
ferme à son poste que d'Assas à Closter-Camp.
Ni une peste effroyable, ni les trente tyrans ne
lui feront changer ses habitudes, son maintien,
son langage. Quitterait-il sa patrie quand il faut la
consoler ? Les *trente* se lassent de voir un homme
dont la vertu fait encore plus ressortir l'horreur
de leurs crimes; ils voudraient l'avilir en le rendant l'exécuteur infâme d'un ordre cruel ; il
revient dans sa maison, bien résolu de ne point
obéir, et continue ses sublimes méditations
sans s'informer si les sicaires frappent à sa
porte. Ces *trente*, tout occupés de proscriptions
et de meurtres, reculent devant la pensée de se
rendre encore plus exécrables par la mort de
celui que l'oracle de Delphes a proclamé le plus
sage des mortels. Attendez, l'ingratitude et la
superstition populaire provoquées par des fourbes
ne reculeront pas devant un tel crime. La sérénité de Socrate après sa condamnation devient

encore plus céleste, quand il prononce ces paroles : *Mais il est temps de nous séparer, moi pour mourir, vous pour vivre ; lequel vaut le mieux, Dieu le sait.* Ne voyez-vous pas qu'il touche à une autre patrie ? il ne fuira pas plus de sa prison que ses amis veulent lui ouvrir, qu'il n'a fui de sa patrie opprimée ; sa prison c'est encore un poste à garder. Il me semble que si j'avais été l'un des disciples de Socrate, je n'aurais pas eu besoin de ses discours sur l'immortalité de l'âme pour en être convaincu : l'immortalité de l'âme ne resplendissait-elle pas dans une telle vie, dans une telle mort ?

Ceux qui prennent plaisir à damner les idolâtres, lors même qu'ils n'étaient point idolâtres de croyance, reprochent à Socrate son démon familier comme un témoignage d'orgueil et d'imposture ; d'autres l'accusent sur ce point de folie. Ce matin même je lisais la dissertation d'un jeune physiologiste qui veut prouver que Socrate avec son démon familier était frappé d'hallucination, un véritable monomane ; grâce à cette interprétation bienveillante, le jeune médecin ne l'aurait pas condamné à boire la ciguë, mais il lui aurait fait administrer des douches. Pour moi, je pense que le démon familier de Socrate était sa con-

science, et, sans avoir beaucoup de foi dans les
prodiges, plutôt que d'accuser Socrate d'imposture ou de folie, j'admettrais qu'un envoyé du
ciel ait pu révéler quelque chose à celui qui devait remplir une si grande mission parmi les
hommes.

Xénophon, le plus timide des interprètes de
Socrate, me paraît un peintre plus habile de ses
vertus que de son génie. Si l'on me demande à
qui des deux grands disciples de Socrate j'ajoute
le plus de foi, voici ma réponse : Xénophon retranche et Platon ajoute. Quand il s'agit d'un tel
personnage, j'aime mieux celui qui ajoute que
celui qui retranche ; rien ne me paraît plus beau
que Socrate doublé de Platon. Xénophon est surtout le Socrate pratique. Il le rappelle par sa vie
aussi bien que par l'aménité et la beauté de sa
morale. C'est pourtant un guerrier fort occupé
des plus rudes épreuves et de la plus forte étude
de sa profession : n'importe, on dirait Socrate
encore sous les armes; point d'ambition; il reste-
rait dans les postes subalternes si le péril et la
confiance de ses compagnons, les dix mille, ne
l'en arrachaient pour cette admirable retraite qui
servit de prélude aux conquêtes d'Alexandre. La
passion du beau moral qu'il a puisée à l'école de

son maître ne l'abandonne ni dans le récit des
dernières catastrophes de la guerre du Péloponèse, guerre pleine de crimes et de désastres, ni
dans les vicissitudes d'une vie agitée qui l'obligent
à changer de patrie. Ce beau moral, il ose l'appliquer à la politique; ici l'histoire ne pouvait
lui servir de guide : il imagine le premier le roman historique; ne l'accusez point d'avoir prêté
à un despote, à un conquérant peut-être peu différent des autres, des vertus et des perfections
idéales; il trace un modèle que les Trajan, les
Antonin, les Marc-Aurèle devaient réaliser, et
j'aimerais à faire à l'auteur de la *Cyropédie* quelque part dans le bien qu'ils firent au monde; et
puis son héros, il le fait sortir d'une éducation
presque républicaine. Je crois bien que Xénophon rêvait à Sparte quand il transportait de
telles institutions sur le sol de la Perse; mais
l'histoire indique pourtant que sur les âpres montagnes de cette contrée quelque liberté florissait
encore. Un autre mérite de la *Cyropédie* est
d'avoir inspiré au bout de deux mille ans le roman du *Télémaque* à un pontife, à un Père de
l'Église. L'abeille attique offre plus d'un rapport
avec l'abeille française; mais le miel de Fénelon
devait être plus céleste : on me pardonnera sans

doute de faire de Xénophon un des saints de mon
optimisme.

Que dirai-je de Platon? à quel ciel élèverai-je
ce père et ce roi de la philosophie ancienne dont
le trône subsiste toujours, quoique son disciple
Aristote lui ait causé de l'ébranlement, et que
ses États aient été souvent ravagés par les incursions du troupeau d'Épicure?

Je ne croirais point paganiser en cédant pour
Platon à l'enthousiasme auquel madame Dacier
s'abandonnait pour Homère; n'a-t-il pas été considéré par les premiers docteurs de l'Église comme
une sorte de précurseur du christianisme dont il
a deviné un ou deux mystères, et dont il semble
avoir en quelques points pressenti la morale? Bossuet, qui a su avec tant de génie nous montrer
les révolutions des empires comme faites et conduites pour aplanir le sol où devait s'élever la
croix du Seigneur, aurait pu compter pour une des
voies de la Providence les ouvrages de Platon et
la vie de son maître, et enfin les écoles d'Alexandrie. Mais je me garderai bien d'entrer plus avant
dans des considérations étrangères à mon sujet
et d'une nature assez délicate.

Platon, comme chacun le sait, outre Socrate,
a pour maître Pythagore, qu'il n'a point en-

tendu, mais dont la doctrine mystérieuse lui a été révélée par les sages de l'école italique. Par Pythagore il se trouve en communication avec les sages de l'Inde. Mais tout se transforme, s'élève et s'embellit entre les mains d'un aussi puissant et aussi gracieux génie. On a dit mille fois de lui qu'il est l'Homère de la philosophie : je dirai de plus qu'il en est le Phidias, tant il est habile à transporter à l'ordre intellectuel le beau idéal que le statuaire grec avait conçu pour figurer aux yeux la grandeur de Jupiter, la sagesse de Minerve ou le génie d'Apollon. La recherche du beau moral, du beau intellectuel devient la passion dominante et la règle de sa vie. C'est elle qui l'isole de la vie politique dans la ville des grands hommes, lui à qui sa fortune, la gloire de descendre de Codrus, le dernier et le meilleur des rois d'Athènes, à qui surtout son génie aplanirait toutes les voies de l'ambition. N'imaginez pas qu'il se dérobe aux dangers des passions populaires; est-ce que son zèle pour la doctrine de Socrate condamné; est-ce que son principe de l'adoration d'un seul Dieu si hautement, si éloquemment professé; est-ce que sa guerre contre des sophistes, idoles de la jeunesse athénienne, n'offraient pas un danger toujours présent

à son esprit, un triste souvenir à jamais gravé
dans son cœur? Il n'abandonne pas cette sainte
recherche même à la cour des deux Denys, et
quand il a perdu le faible espoir de changer le
cœur de ces tyrans, il brave la cruauté de l'un
et se soustrait aux hommages fanatiques de
l'autre.

Personne ne sait mieux que lui dissimuler
l'inspiration sous des formes familières, quelquefois enjouées, trop souvent ironiques; il la dé-
guise encore plus par les subtilités de sa dialectique; mais dans ses plus beaux discours, le feu
caché se trahit bientôt par des étincelles, puis par
une chaleur graduelle, et enfin par le plus vif
éclat de lumières. Ce n'est point dans un orgueil-
leux début, ni à la façon des poëtes épiques et
lyriques qu'il se montre inspiré, c'est lorsqu'il a
bien assuré sa victoire, et que ses interlocuteurs
terrassés l'écoutent en silence. Vous sentez avec
ravissement que son vol est libre : il ne tient plus
à la terre, il ne tient plus même à ce monde dont
le spectacle nous enchante; il a passé par delà
l'Olympe des poëtes, il plane sur le monde intellectuel et ne voit plus que des intelligences qui
remontent à leur source divine ou qui en descen-
dent; il s'élève par son génie aussi haut que le

chrétien peut s'élever par l'amour et par la parole du Christ. Encore est-il juste d'ajouter que, dans plusieurs passages des *Dialogues*, et surtout dans les *deux Alcibiades*, l'amour de Dieu semble tenir quelque chose de la ferveur chrétienne. Vous ne me demandez pas sans doute de vous expliquer les théories de ses idées archétypes, et de ses différents moules ou dessins d'univers entre lesquels Dieu nécessairement a choisi le meilleur. Les idées transformées en êtres, en individus, ne jouissent plus d'un grand crédit aujourd'hui; tout s'est affermi dans la métaphysique depuis Descartes, Mallebranche, Leibnitz, et tout s'est simplifié depuis cette belle école écossaise avec laquelle notre école de philosophie, au xixᵉ siècle, a scellé une si intime et si salutaire alliance.

Je conviens que j'entends très-mal Platon quand il parle comme un pur élève de Pytaghore. Il y a dans le *Timée* beaucoup d'énigmes insolubles pour moi; mais j'y vois une haute direction et la première base de l'optimisme tel qu'il a été puissamment développé par Leibnitz, le plus platonicien de tous les philosophes. Cette idée est que Dieu a choisi entre tous les systèmes du monde possibles le meilleur, et qu'il a établi une gradation entre tous les êtres de l'ordre intellectuel.

Je dirai ailleurs quelques mots de l'hypothèse d'une vie antérieure posée par Platon; mais ce qu'il m'importe le plus de remarquer dans ma dévotion au système de l'optimisme, c'est le soin religieux et constant que prend ce philosophe pour répondre à toutes les objections que l'existence du mal fait élever contre celle de Dieu; il ne permet plus à l'homme de se plaindre des maux qu'il se fait à lui-même par le vice et le crime; et pour l'explication des maux qui nous viennent soit de nos semblables soit de l'ordre de la nature, il coïncide parfaitement avec le christianisme. Ce sont des épreuves attachées à la plus haute conquête, ce sont des triomphes réservés au sage; et avec quel feu d'éloquence ne les décrit-il pas dans le *Gorgias,* dans la *République,* et ne les met-il pas en action dans la sublime trilogie de la mort de Socrate! S'il nous conduit jusqu'aux bords du Styx, s'il nous y plonge, c'est pour nous rendre invulnérables comme Achille, et plus complétement que le héros de *l'Iliade.*

Je ne veux point faire un panégyrique outré, un panégyrique sans restriction; le dialogue auquel Platon a sans cesse recours n'est pas une voie assez sûre pour conduire à l'évidence démonstrative qu'il se propose. La formule des interrogations socratiques prête beaucoup aux subtilités, et Platon ne s'en fait pas faute. On ne sait quelquefois lequel est le sophiste de Socrate ou de celui qu'il combat. Souvent on souffre pour des personnages fort habiles qu'il tient longtemps sur la sellette, et qu'il réduit à la sécheresse d'un *oui* ou d'un *non*, jusqu'à ce qu'ils se dégagent par une interruption quelquefois éloquente.

Toutefois l'effet général de ces dialogues est que vous vous sentez environné de cette atmosphère pure que l'on respire au sommet d'une montagne, et Platon vous la fait gravir sans peine. Quelle aménité continue ! quelles leçons d'urbanité, de patience et de force dans la dispute ! que d'incidents heureux pour jeter un intérêt dramatique dans des entretiens austères ! que d'allusions piquantes ! il me semble que je vois en lui un précurseur de la pure comédie de Ménandre : Euripide aurait-il pu retracer avec plus d'intérêt les derniers moments de Socrate ? Homère et Hésiode offrent-ils des allégories aussi pures, aussi profondes, aussi transparentes que celles dont il a parsemé ses divers dialogues et surtout son délicieux *Banquet ?*

Je me disais dans ma jeunesse : Oh! qui me
transportera dans les jardins d'Académus ou au
promontoire de Sigée pour entendre Platon! et
vieux je me dis, en cédant à la même exaltation :
Oh! que ne puis je l'entendre dans des jardins où
nulle fleur ne se fane, et sur les bords d'une
mer qui n'est autre chose que l'infini, mais l'infini éclairé par Dieu!

Forcé d'abréger cette revue, je ne puis saluer
qu'en passant le génie d'Aristote, génie trop positif pour que je le place en tête de mes opti-
mismes religieux; mais je m'inscris en faux contre
ceux qui veulent voir en lui un destructeur des
doctrines de son maître, parce qu'il a puissamment combattu quelques-unes de ses hypothèses
les plus abstraites. Il se montre dans la métaphysique un théiste un peu froid, mais rationnelle-
ment convaincu. Il s'élève et s'anime dans sa morale : son tableau du magnanime semble tracé par
Platon, et l'on voit que ces deux philosophes ont
beaucoup contribué à la naissance de l'école du
Portique. Je me réserve de parler du stoïcisme
quand nous le verrons dans sa gloire sur le trône
des maîtres du monde, trône dont le christianisme méditait déjà et devait bientôt opérer la
conquête.

Je me transporte à Rome, ou plutôt à Tusculum, et c'est là que je rencontre le plus glorieux comme le plus éloquent disciple de Platon. J'aborde Cicéron sous les ombrages de sa villa. Quel changement dans sa fortune! ce ne sont plus les armes qui cèdent à la toge consulaire, c'est la toge qui est froissée par les armes de la guerre civile. Ce grand citoyen ne vit plus que sous le bon plaisir du vainqueur. Il est l'objet d'une clémence qu'il va implorer pour d'autres aux dépens de sa fierté et même un peu de ses principes. Il énumère avec amertume les fautes fatales de ses puissants amis et s'exagère les siennes. Il survit à Caton, c'est survivre à la liberté; eh bien, c'est dans une telle situation qu'il va élever le plus beau monument de sa gloire, celui qui le rend le plus cher à la postérité. S'il ne peut plus rien pour sa patrie, il peut encore beaucoup pour le bonheur des hommes, ou du moins pour celui de ces âmes d'élite qui s'entendent malgré la longue distance des climats et des siècles.

On a peine à comprendre dans quel court intervalle et au milieu de quelles tourmentes les ouvrages philosophiques de Cicéron ont été composés, car le plus ancien ne remonte qu'à une

époque peu antérieure à la guerre civile. Mais ce
que l'on doit admirer le plus, c'est le calme qu'ils
respirent. Il faut que la philosophie et que Platon
s'en réservent tout l'honneur. Cicéron est d'un
caractère mobile, ardent; sa sensibilité est excessive; la vanité agit plus sur lui que sur les grands
hommes dont il se rapproche à tant d'égards, et
qu'il surpasse en douces affections : cette vanité,
il la trahit avec trop de candeur; l'exil l'a trouvé
faible; son ambition n'est suspendue que par la
force des événements; elle va renaître aux premières lueurs d'espérance pour la patrie, pour la
liberté, pour la gloire. Eh bien, pouvez-vous
trouver dans ses œuvres philosophiques la moindre trace de cette agitation? sentez-vous quelque
effort de l'esprit dans ses cadres ingénieux tout
empreints de la dignité consulaire, de la grandeur
romaine représentée par les Scipion, les Caton,
les Lélius; dans ces plans larges et simples, dans
ces divisions si faciles, si nettes et si fidèlement
suivies; dans ce style qui rejette la pompe de la
tribune et les artifices du barreau, et qui brille
d'ornements plus délicats, de nuances plus habiles, de couleurs plus suaves? Peut-être y remar-
quez-vous une teinte de mélancolie : mais c'est la
mélancolie de la bienveillance, de la vertu qui se

plaint de la stérilité de ses vœux, de ses soins, et qui pourtant les continue avec ardeur. Dans tout ce que Cicéron écrit ou médite, on sent qu'il habite l'Olympe des sages; ce n'est pas seulement avec Platon qu'il vit, c'est avec le dieu de Platon. L'affligé Cicéron se trouve ainsi un patron de l'optimisme. Ses lettres ne prouvent que trop qu'il ne sait pas persévérer, à toutes les heures du jour, dans cet état de sérénité. Eh bien, je l'aime encore plus pour la nature et la profondeur de ses regrets, et pour la naïveté avec laquelle il exprime ses faiblesses; après que le philosophe a parlé, n'est-il pas naturel, dans une telle position, que le citoyen gémisse? que lui, qui vient d'écrire son délicieux *Traité de l'amitié*, saigne des blessures faites à l'amitié par le frère qui lui doit tout? qu'après avoir montré le bonheur de la vieillesse chez de vieux Romains, dans les plus beaux jours de la patrie, il jette un triste regard sur celle qui lui est réservée, sur celle qu'il n'atteindra pas, car le poignard du meurtrier est déjà bien près de sa poitrine? enfin qu'après avoir tracé de la main la plus ferme le code des devoirs, il contemple avec effroi les mœurs des Romains, et cette dissolution, compagne assidue de la cruauté, qui doit amener tant de Cati-

lina, de Clodius et de Verrès sur le trône de
l'univers ?

Oui, j'aime cette tristesse parce qu'elle ne le
dompte pas, parce que ses chagrins lui rendent
plus présent le séjour où tout se répare, parce
qu'il a ses heures de refuge dans le sein de la Divinité. Il ne donne plus de lois à sa patrie, mais
par son lumineux *Traité des devoirs* il est le législateur des belles âmes, leur guide et l'éloquent
ami qui les inspire. La république dont il rêve
le plan sur les ruines de celle de Brutus, n'aura
pas plus d'existence que celle de Platon, quoique
posée sur des fondements plus plausibles. Le
temps jaloux détruira la plus grande partie d'un
ouvrage qui fut regardé comme le plus beau des
siens; mais on en retrouvera quelques fragments
qui montreront une admirable coïncidence des
idées politiques entre Aristote, Cicéron et Montesquieu : heureuses les nations qui se plairont à
marcher sous cette triple bannière, et qui sauront toujours donner la modération pour point
d'appui à la liberté !

On pourra s'étonner que j'inscrive les philosophes de l'école stoïque au nombre des optimistes; leur aspect est sévère, leurs maximes le
sont encore plus; ils compatissent peu aux fai-

blesses humaines. Ils repoussent également le désordre de la joie et les déchirements de la pitié,
comme dérangeant la fermeté de leur assiette morale; ils manquent même de cet enjouement académique qui met l'âme à l'aise, la dilate, et
semble quelquefois un avant-goût de la félicité
céleste; mais enfin ils aspirent à la vertu de toute
la force de leurs vœux, de toute l'énergie de leur
volonté. Ils exagèrent nos forces, mais ils les aug-
mentent; ils se font une image sublime de l'homme.
Nous n'avons à nous plaindre que d'être trop flat-
tés. Leur erreur est de confondre notre condition
présente avec celle que nous pouvons, que nous
devons espérer. La Grèce asservie n'était pas un
théâtre digne de ces stoïciens superbes qui pla-
çaient la condition du sage au-dessus de celle des
rois; Rome les appelait; par leur savoir, par leurs
vertus, ils se rendirent les instituteurs de ceux
qui donnaient des lois et des chaînes aux nations;
ils ranimèrent pour quelque temps les feux de la
liberté mourante. Leur triomphe fut de former
l'âme de Caton.

Bientôt ils s'assouplirent et furent heureux de
rencontrer sous le joug des empereurs les plus
féroces, les plus extravagants, des vertus du second ordre, telles que celles de Thraséas, d'Hel-

vidius, modérateurs ou censeurs d'une tyrannie
qui s'étonnait de les avoir laissé parler quelque
temps au milieu d'un sénat exécuteur et victime
de leurs cruautés. Sénèque, par la beauté de son
génie plus que par la grandeur de son âme, sou-
tint l'honneur du Portique, et lui prépara les
hautes et bienfaisantes destinées auxquelles il devait parvenir sous les Antonin. D'abord tragique
à grand fracas de paroles, satirique avec verve,
homme de cour, et de quelle cour? de celle d'Agrippine, des affranchis de Claude, Sénèque semblait
peu fait pour porter le manteau de Zénon; aussi
s'aperçoit-on quelquefois qu'il ne va pas juste à
sa taille, et surtout qu'il le brode de trop de ru-
bis, d'émeraudes, de diamants. On a reproché à
ce philosophe les richesses dont il se laissa accabler par son terrible élève; le goût lui reproche
aussi trop de richesses dans un genre de compo-
sition qui se fait une loi de l'austérité; mais il a
le plus puissant moyen de confondre la critique,
c'est d'être sublime; il l'est avec plus d'effort que
Platon, mais il s'élève maintes fois à la même
hauteur.

Croyez-vous que la vertu fût chose bien facile
et coulât sans obstacle parmi les contemporains
et les sujets de Tibère, de Caligula, de Claude

et de Néron? Il fallait des bras nerveux pour remonter le torrent et revenir à la source pure de la philosophie. Dans ses tragédies, ouvrages de sa jeunesse, Sénèque avait insulté à l'immortalité de l'âme, comme s'il eût voulu calmer les remords et les craintes de Séjan ou de son maître; mais dès qu'il a reçu le baptême de la philosophie, il devient le défenseur le plus éloquent de ce dogme qui fait pâlir les tyrans, et leur montre des supplices aux enfers, tandis qu'une flatterie posthume souillera l'Olympe de leur présence. Que le caractère de Sénèque se soit élevé au niveau de son génie, c'est ce dont on peut très-légitimement douter, car j'entends retentir l'accusation portée par Tacite sur la foi d'une clameur publique. On lit dans cet historien que Sénèque écrivit pour Néron la lettre au sénat où cet empereur tâchait de se justifier d'un parricide. Quelque belle qu'ait été la mort de Sénèque, elle fût arrivée bien plus tôt pour sa gloire s'il eût manifesté et exprimé son indignation après cet épouvantable crime, ainsi que le fit depuis Papinien après le fratricide commis par Caracalla. Mais je ne puis croire que cette rumeur fût générale et fondée. Le même historien nous dit que le vœu des Romains les plus courageux, conjurés contre

Néron, appelait l'espagnol Sénèque à l'empire.
En punissant le parricide, ils n'eussent point
songé à proclamer l'apologiste du crime. Les
Romains n'oubliaient pas que, sous le règne du
fils d'Agrippine, le monde avait connu trois ou
quatre années d'une administration paternelle
et vigilante, et que l'honneur en restait partagé
entre Burrhus et son ami. Oubliera-t-on ce beau
Traité de la clémence adressé à Néron? la férocité naturelle à l'élève avait donc cédé aux vertus
de ses instituteurs?

Le plus beau monument de l'optimisme religieux de Sénèque est son *Traité de la providence
de Dieu* : l'on croit y sentir un souffle divin venu
de la Palestine. Jamais il n'a été fait de plus sublime réponse aux objections tirées de l'existence
du mal, et peut-être le traité date-t-il de l'époque
où sous Néron déchaîné, le mal était répandu à
grands flots sur la terre. Tout y respire la vigueur
et la sérénité de l'âme. Dieu, dans ce bel ouvrage,
n'est pas seulement représenté comme le bienveillant témoin, mais comme l'auxiliaire secret
et le magnifique rémunérateur de l'homme de
bien dans les épreuves auxquelles il l'assujétit.
Dieu lui ouvre la carrière, mais il tient la palme
prête. Quelquefois on croit entendre saint Paul

et quelquefois Caton : l'un ne fait point tort à l'autre.

Les lettres à Lucilius abondent en sentiments de ce genre; n'y cherchez point les grâces, la familiarité, l'abandon du style épistolaire. On sent que Sénèque a autant besoin de se soutenir lui-même que de soutenir son ami dans les voies de la vertu. Sa sérénité semble un peu artificielle, et pouvait-il en être autrement? n'est-il pas poursuivi dans son sommeil et jusque dans ses plus célestes méditations par les crimes et les turpitudes de son exécrable élève? Que de chagrins il lui faut taire et combattre! A peine y découvre-t-on par-ci par-là quelques traces légères d'enjouement ou d'une sensibilité qui s'épanche librement; on aimerait à l'entendre parler plus souvent de Pauline, sa tendre et héroïque épouse, qui se fit ouvrir les veines à côté de lui sans être condamnée par Néron. Ce dévouement pour un vieux mari est un beau témoignage pour celui qui l'inspire. On lit d'abord ces lettres à Lucilius avec un attrait douteux, mais bientôt vous aimez le sage qui en se fortifiant vous fortifie vous-même.

C'est dans les jours malheureux qu'il faut recourir à ces fières leçons du Portique, mais nulle

n'est préférable à celles d'Épictète. Son *Manuel*
fut, durant les jours de la terreur révolutionnaire, le manuel des proscrits. J'en ai connu qui
le portaient avec eux, soit dans les retraites que
leur ouvrait une hospitalité courageuse, soit dans
les bois, dans les cavernes qui leur servaient de refuge, soit dans ces prisons, vestibules de la mort
où elle se promenait à toute heure pour marquer
ses victimes. Avec quel dégoût ils rejetaient alors
des ouvrages qui avaient nourri leur égoïsme,
flatté leur sensualité aux dépens des plus hautes
espérances! Voltaire lui-même avait perdu pour
eux tout le charme de sa gaîté railleuse et de ses
intarissables saillies. Le livre de *l'Esprit* d'Helvétius ne leur offrait plus qu'un froid poison capable
de leur faire regretter les rêveries extatiques de
l'opium, et le *Système de la nature* ne pénétrait
que dans les cachots où les Danton, les Hébert,
les Chaumette entraient à leur tour après les
avoir tant peuplés et dépeuplés par les massacres
et les supplices.

Liberté, égalité! combien n'avons-nous pas
entendu proférer et profaner ces mots! Liberté,
égalité, voilà ce qu'a su trouver Épictète au sein
de l'esclavage le plus dur et des infirmités les plus
cruelles. En philosophie, il marche l'égal ou plu-

tôt l'instituteur d'un sage à qui l'univers obéit, de
Marc-Aurèle, et c'est ce modèle des princes qui
lui rend cet hommage. Il se rend libre par la
force de son âme, sous les chaînes d'un maître
capricieux, brutal et corrompu; libre comme Socrate l'était dans sa prison, c'est-à-dire supérieur
à tout ce qui l'entoure, supérieur à tous les événements. Il lasse la cruauté d'Épaphrodite et fait
retomber l'ignominie sur celui qui essaye vainement de plier cette âme indomptable; son bouclier
de patience et de fermeté est resté impénétrable.
Épictète est un adorateur de Dieu; son intelligence est en commerce avec le père de toutes les
intelligences; son âme a fait en quelque sorte
divorce avec son corps. A l'un les tortures, à
l'autre la paix et le triomphe; il marche sous un
lourd fardeau, mais il voit Dieu au bout de sa
carrière; il ne perd pas haleine. Chacun de ses
membres est exposé aux lanières; mais ses membres ne sont qu'une prison d'où il s'élancera
libre dans le sein de Dieu. Ses maximes ser-
rées, énergiques, et qui craignent de manquer
leur coup, sont autant de cestes dont il terrasse le vice et la mollesse. Qu'est la force de
Milon de Crotone auprès de celle-là? sa fierté
n'a rien d'emphatique, sa sérénité rien d'arti-

ficiel. N'est-elle pas admirablement exprimée dans ce distique que je traduis librement? « Oui, je suis esclave, je suis estropié ; oui, je suis pauvre comme Irus, et pourtant je suis cher aux immortels. »

Ne vous semble-t-il pas que le christianisme prête en secret sa force et son enthousiasme à cette philosophie qui affecte de le méconnaître encore ? Le stoïcisme paraissait dominer alors, mais il n'était qu'un bras du fleuve bienfaisant dont Socrate et Platon avaient ouvert la source. Chez les Romains, le Portique ne différait presque en rien de la première Académie ; la seconde abusa de la forme dubitative employée souvent par Platon. Or il faut regarder le scepticisme comme la négation de toute philosophie aussi bien que de tout principe religieux; c'est une arme factice de l'esprit de contradiction qui veut toujours briller, toujours détruire, qui vous fatigue et se fatigue lui-même de ses subtilités. Le stoïcisme lui-même avait dégénéré de l'école de Socrate, puisqu'il prônait le suicide, c'est-à-dire la désertion de son poste. Épicure était déshonoré par ses immondes partisans; cet apôtre de la sobriété était invoqué par les débauchés les plus infâmes et souvent les plus féroces : juste châtiment d'une doctrine qui anéantissait le principe même de la vertu, et la réduisait à la prudence dans les plaisirs. On peut voir dans Sénèque et dans Cicéron combien les philosophes grecs d'une école plus sévère méritaient et obtenaient de considération parmi les gens de bien. Ils étaient l'âme du sénat, quand le sénat osait parler et penser; ils inspiraient Tacite, Pline le jeune et Arrien. Trajan avait suivi les leçons de Plutarque, dont je parlerai tout à l'heure. Il avait pris modèle sur ces héros : car Trajan c'est Scipion sur le trône. Ainsi se forma la plus douce révolution du monde; ainsi se réalisa, pour le bonheur des nations, pendant quatre-vingt-cinq ans, le vœu de Platon : « Que les rois soient philosophes ou que les philosophes deviennent rois. » Rome respira, et sa littérature, quoique enrichie de plusieurs chefs-d'œuvre, devint grecque par amour pour la philosophie.

Ce fut dans la langue d'Épictète que Marc-Aurèle écrivit ces pensées qui nous font vivre dans l'intimité de cette belle âme, et nous montrent un si étonnant rapport de doctrine et de sentiments entre l'esclave d'Épaphrodite et le maître du plus vaste empire; en sorte que l'on pourrait dire que Marc-Aurèle aurait porté des fers comme Épictète, et que celui-ci aurait régné comme Marc-Aurèle. Soyez malheureux, vous pouvez prendre de la force auprès de l'un aussi bien qu'auprès de l'autre. La loi du devoir les assujétit également, l'un dans le plus bas degré, l'autre dans le degré le plus élevé des conditions humaines. Ce qui distingue Marc-Aurèle, c'est une plus grande tendresse d'âme; mais il y avait plus de mérite à l'esclave d'étouffer ses murmures, qu'à l'empereur d'exhaler tendrement sa reconnaissance envers tous ceux qui l'avaient élevé à la vertu, c'est-à-dire plus haut qu'à l'empire.

Il me semble que dans ce tableau vous avez vu la philosophie toujours grandir, quoique aucun des philosophes n'ait égalé Platon en génie ni Socrate en sagesse : elle se rendait, conduite par une main invisible, vers le christianisme, comme les fleuves se rendent à la mer. Le *Traité de la Providence* de Sénèque et le *Manuel d'Épictète* et ses admirables discours qui nous ont été transmis par son disciple Arrien, sembleraient des ouvrages de chrétiens si l'orgueil stoïque ne s'y montrait. Quand la philosophie fut arrivée à ce point, sa mission sembla finir ; mais elle devait recommencer avec plus de puissance au bout de quinze siècles.

Le nouveau platonisme s'exerça sans vigueur et sans succès contre une religion qui venait couronner, consolider, élever plus haut l'œuvre philosophique et la traduire en langage à la fois divin et familier. En vain l'empereur Julien, qui aspirait à retracer à la fois Platon et Marc-Aurèle, voulut-il faire reculer la religion chrétienne : le polythéisme expirait dans la fange de ses dieux ; en vain essaya-t-il cette arme du ridicule qui, quinze siècles après, devait être si puissante dans les mains de Voltaire : ses flèches se brisaient contre un ressort moral tout nouveau dans le monde, la foi. L'empereur Théodose rendit bientôt la victoire du christianisme plus éclatante et plus complète. Mais après lui commença la période toujours croissante des malheurs du monde. L'humble barque des douze pécheurs devint une dernière arche de salut pour l'empire romain désolé par les tyrans et les barbares, et par les querelles également sanglantes de l'hippodrome et de la théologie. Dans cette revue philosophique, je ne parlerai que sommairement des grands travaux des Pères de l'Église du cinquième siècle. C'est un tableau qu'il faut voir dans l'ouvrage que nous devons à la plume éloquente de M. Villemain.

Mais ici j'avoue que je commence à perdre la trace de mon optimisme. Tout prend dans ces doctrines un aspect sévère et chagrin; on sent que les malheurs, que les tortures du monde pesaient sur le cœur de ces Pères de l'Église.

Je termine ce chapitre en invitant mes jeunes lecteurs et même ceux qui, dans un âge plus avancé, savent encore se créer de nobles loisirs, à relire souvent ces philosophes de l'antiquité auxquels je viens de rendre un hommage incomplet et dont l'étude a fatigué leur adolescence. Ils ont vécu dans des siècles et sous des gouvernements agités et nous avons avec eux cette conformité peu désirable. C'est auprès d'eux et non dans une philosophie légère, railleuse et sceptique que l'on prend ces leçons de vigueur et de courage qui pourront être appliquées demain.

Je ne connais aucun âge où l'on puisse renoncer aux sciences morales; et je ne puis supporter d'entendre dire, comme on le fait perpétuellement

aujourd'hui, que les sciences physiques sont seules
en progrès. Sans doute, depuis trois siècles leur
pas est de jour en jour plus ferme, plus rapide, plus
audacieux. Leurs erreurs sont bientôt découvertes
et réparées, parce que nos passions s'y mêlent
faiblement. Par leurs spéculations elles exaltent
notre orgueil, par leurs inventions pratiques
elles flattent nos sens, nous promettent de nouveaux plaisirs, soulagent quelques-unes de nos
misères, accroissent et régularisent un peu le
mouvement social. D'un autre côté elles offrent
l'inconvénient de peser un peu trop sur l'imagination et le sentiment qui, après la vertu,
sont les sources les plus pures de nos jouissances intellectuelles. Le progrès des sciences
métaphysiques, morales et politiques serait-il à
dédaigner? Voyez si depuis le *Traité de la nature des Dieux* de Cicéron et ses *Tusculanes*,
qui résument la philosophie ancienne, l'existence de Dieu et la spiritualité de l'âme, ces
deux vérités auprès desquelles toutes les autres
peuvent sembler futiles et presque indifférentes,
n'ont pas été démontrées avec plus de force de
conviction, de méthode et de lucidité? J'aime
et j'admire les philosophes anciens, non point

pour ce qu'ils ont découvert mais parce qu'ils
nous ont mis sur la voie des plus importantes
découvertes. Il leur reste la noble audace de leur
inspiration, le charme de leurs paroles, la beauté
souvent sublime de leurs exemples et l'autorité
de leur vie. Est-ce que les vérités morales ne reçoivent pas chaque jour, dans toutes les branches
du régime politique et civil, des applications vastes
et bienfaisantes qui ne s'étaient point offertes à
l'esprit des philosophes les plus renommés de l'antiquité? Est-ce que pour les temps à venir nous
n'en espérons pas, avec le plus haut degré de
probabilité, des applications encore plus fécondes
et plus générales, mais qui ne pourront être confiées qu'à la prudence et deviendront funestes
dans les mains d'expérimentateurs d'une audace
effrénée? Le sceptique va se récrier contre les certitudes et les améliorations que j'indique. Nous
vivons, me dira-t-il, dans la même nuit que nos
ancêtres; et moi je lui répondrai que si nous
sommes loin de découvrir tout, nous avons assez
de jour pour diriger nos pas avec prudence, pour
nous détourner des abîmes qui se présentent sur la
route, faire quelque bien en passant, et nous
mettre sur la voie d'un séjour où notre soif de

connaître et notre besoin d'aimer seront mieux satisfaits.

Nos progrès dans l'ordre moral et politique sont évidemment subordonnés à une extension plus vaste, à une action plus permanente et à une direction plus éclairée, plus expansive, et surtout tolérante du sentiment religieux. Je ne connais rien de plus misérable et de plus hideux qu'une utopie dressée par l'athéisme.

CHAPITRE VIII.

Une des plus belles lettres de Pline le jeune est adressée à Maxime, proconsul désigné pour la Grèce, et dans laquelle il lui recommande avec la plus tendre affection le sort de cette contrée. C'est là ce qui a suggéré le morceau suivant où l'on fait parler Maxime. — L'anecdote du consulat offert à Plutarque par Trajan est peu authentique et ne se trouve que dans Suidas, écrivain de peu d'autorité.

LETTRE DE MAXIME A PLINE LE JEUNE.

Depuis deux mois, mon cher Pline, j'ai quitté Athènes pour séjourner dans une petite ville de Béotie. C'est de là que je communique avec tout ce qui a paru de noble et de grand sur la terre. Je suis à Chéronée. Je vis auprès de Plutarque; je vis avec ses hommes illustres. Une mission, confiée par Trajan même, et dont je vous dirai le secret à la fin de ma lettre, m'attirait dans cette ville, dans la demeure de ce philosophe auquel on peut donner mieux qu'à Philopœmen le sur-nom du dernier des Grecs. J'aurai, je le prévois, la douleur de ne pas remplir un des vœux les plus chers de Trajan, et cependant je passe ici les

moments les plus doux de ma vie. Plutarque aime
en moi le jeune ami de Pline et de Tacite, et j'ai
la joie de me considérer comme le faible lien qui
joint ces trois illustres sages. Mon rôle ne serait
rien auprès de lui, si je n'étais votre interprète.
C'est de Tacite et de vous que je tiens un fonds
d'observations qui me fait écouter avec intérêt du
philosophe de Chéronée. Plutarque est peu versé
dans notre langue, et lui-même ne cache pas la
cause qui l'a empêché d'y faire de grands progrès. Ce vieux Grec, fidèle amant de sa patrie,
trouve que c'est bien assez d'admirer les vertus
dont Rome donna l'exemple si longtemps. Il lui
en coûte un peu de reconnaître en nous ces dons
brillants de l'esprit qui ont mérité aux Grecs le
plus doux des empires ; mais la partialité de Plutarque a des limites ; on est sûr de lui faire admirer le génie partout où se trouve la vertu ; voilà
pourquoi notre Cicéron lui est si cher ; voilà
pourquoi il pardonne à Tacite et à vous de transporter encore une fois dans Rome les dépouilles
de la Grèce. Vous m'avez raconté plusieurs fois
que Trajan, auquel il eut le bonheur de donner
des leçons qui prospérèrent si bien dans une si
grande âme, que Tacite et vous, et tous ceux
qui se donnaient à l'étude de la sagesse, vous fîtes

de vains efforts pour le retenir à Rome pendant
le règne si délicieux et si court de Titus. Quel
tendre souvenir n'a-t-il pas conservé de vos in-
stances! mais la superbe Rome ne lui paraissait
qu'une terre d'exil. Il se doit à la Grèce dont lui
seul fait revivre en ce moment la gloire et les
vertus antiques; il se doit à la ville où il a reçu
le jour. « Se peut-il, mon cher Plutarque, lui di-
sais-je, que des talents si utiles au monde restent
ensevelis dans une aussi petite ville que Chéronée!»—«Eh! me répondit-il, c'est pour qu'elle
ne soit pas plus petite encore que je me garderai
bien de l'abandonner. »

J'ai vu dans les mains de Trajan la lettre que
Plutarque lui écrivit, quand ce grand successeur
du sage et doux Nerva prit les rênes de l'empire.
En voici la substance :

PLUTARQUE A TRAJAN, SALUT :

« Vous n'avez jamais désiré l'empire, lors même
que vos vertus, vos exploits et la faveur de vos
concitoyens semblaient vous le promettre. Voilà
pourquoi je me réjouis de vous y voir appelé.
Une âme, si longtemps exempte d'ambition, si
forte et si bien tempérée, saura opposer la puissance de sa vertu à toutes les séductions de la

fortune. Je vous ai initié, dès votre jeunesse,
à la doctrine des sages de ma patrie. Si jamais
vous deviez vous en éloigner, je jure que Plutarque ne vous a point enseigné une doctrine
qui tournerait au dommage et à la ruine de l'empire. »

Je lui ai lu deux fois votre immortel panégyrique de Trajan ; à la première, il me semblait
que sa simplicité grecque s'effarouchait un peu,
non du défaut de vérité de vos louanges, mais de
leur continuité. « Voilà, me dit-il à la fin, un admirable discours ; mais c'est dommage que Trajan l'ait écouté tout entier. » A la seconde lecture
que lui-même m'a demandée, il a joui pleinement
de voir Trajan répondre à toutes ses espérances.
Ce trésor de philosophie, répandu dans toutes vos
observations, le charmait ; et des éloges si mé-
rités, exprimés avec tant de grâce, ne lui paraissaient plus qu'une garantie de sagesse pour celui
qui en était l'objet. Après avoir un peu réfléchi :
« Il faut, me dit-il, offrir l'encens aux dieux et
les louanges aux hommes qui font le bien. » Son
émotion a été plus vive encore quand je lui ai
cité de mémoire vos lettres à Trajan, ses ré-
ponses, et les lettres de Tacite à tous deux. Son
esprit vif et sûr saisissait dans ces détails tous

ces heureux secrets qu'à vous trois vous connaissez si bien, et qui rendent si facile et si douce
la plus vaste administration. Ce qui le comble de
joie, c'est que le peuple romain ait donné le sur-
nom de *très-bon* à celui de tous les Romains qui,
depuis Jules César, a le mieux mérité le surnom
de *grand*. Combien n'aime-t-il pas cette prière
imaginée par un Romain et répétée par tous les
autres : « Dieux immortels, puissiez-vous nous
aimer autant que nous sommes aimés de Trajan! »
« Voilà, me dit-il, ce que la flatterie des courtisans ne saurait imaginer. » Nous nous promenions
seuls durant cet entretien, et je goûtais une pure
félicité. Par malheur je vins à consulter Plutarque
sur quelques monuments qui s'offraient à nous
dans la campagne. La physionomie de Plutarque
se couvrit alors de nuages. « Ah! me dit-il, tout
est funèbre dans la plaine de Chéronée! C'est ici
que Thèbes, qu'Athènes, que toute la Grèce suc-
combèrent sous les efforts de Philippe et d'Alexandre. Plus loin je vois la place où Sylla rem-
porta une victoire funeste à ma patrie; » et puis
me montrant dans le lointain les montagnes de
la Thessalie : « Voyez-vous, ajouta-t-il douloureu-
sement, le théâtre de vos guerres civiles, et ces
lieux où les Grecs asservis furent foulés aux pieds

par les Romains vainqueurs et par les Romains
vaincus? »

« Pourquoi, lui dis-je, ô sage Plutarque, pourquoi ce souvenir importun et inattendu dans un
moment où Trajan assure le calme du monde,
où j'en jouis si bien auprès de vous? Je comparais
votre tranquillité d'âme à celle dont Socrate lui
seul offrit le modèle. »

« Maxime, me répondit-il, j'ai cherché, et
surtout aux approches de la vieillesse, à m'assurer
cette tranquillité d'âme, comme on se procure
un bon manteau pour l'hiver. Vous le voyez, ma
vie est occupée, et je ne connais rien de plus
frivole qu'une vie purement contemplative. Une
douleur fidèle pour le passé ne me détourne point
de tout ce que le présent réclame. Mais, en vivant dans la Grèce, il m'a été impossible d'oublier un seul moment que je vis au milieu des
ruines du peuple le plus grand et le plus aimable
de la terre. Vous voyez en moi le gardien des
tombeaux. »

« Ces ruines, ces tombeaux, lui dis-je avec
feu, je les ai vus dans toutes les autres parties de
la Grèce; mais tout est pour moi plein de vie à
Chéronée. Vous évoquez si bien les morts, ô Plutarque, vous nous les rendez si familiers et si

présents, que nous les croyons nos contemporains et nos amis. On dirait que tous ces hommes
illustres, et surtout les meilleurs d'entre eux, vous
ont fait la confidence de leurs pensées. Nul sage
n'a mieux pénétré que vous dans les secrets de la
vertu. Il semble qu'une bonne action vous donne
la clef de mille autres qui ont dû y correspondre.
On n'est jamais tenté de vous demander compte
de vos renseignements. Quel secret possédez-vous
d'unir le mérite de la profondeur à l'éclat de l'imagination? Il est possible que j'aie vu ailleurs des
tableaux plus énergiques; mais je n'en ai vu nulle
part d'une telle vérité. Oh! que vous peignez bien
nos vieux Romains sous leur toit de chaume,
Aristide dans sa tente ou sur son tribunal, Épaminondas aussi grand dans le plus chétif emploi
que lorsqu'il commande à la Grèce, Timoléon
dans tous les regrets et les remords de sa retraite,
et puis dans tout le calme de sa glorieuse vieillesse! On vous reproche d'avoir donné quelque
chose de votre âme à la plupart des héros. Pour
moi, ils me paraissent plus grands à mesure que
vous me les montrez plus simples. »

« Maxime, me répondit Plutarque en souriant,
votre ami Pline vous inspire, et vous tenez de
lui l'art de louer un homme qui vous écoute.

Vos éloges me sont doux, parce que je les crois sincères, et toutefois je m'étonne de voir un Romain, un ami de Tacite, un homme qui doit être si bien habitué à la majesté sévère de l'histoire, attacher tant de prix à des productions faciles, à ces lambeaux plus ou moins précieux que j'ai su détacher de plusieurs ouvrages immortels. Je marche à la suite des grands historiens, je lève et quelquefois je m'approprie la moisson qu'ils ont faite. »

J'acquis dans cet entretien la preuve que la modestie la plus sincère peut s'allier avec le génie. Mais je vois bien, mon cher Pline, qu'il vous faut sur Plutarque de ces détails familiers que vous excellez si bien à tracer. Vous voulez le voir dans l'intérieur de sa maison ; je vais vous y conduire.

Il a hérité d'assez grands biens, et c'est pour lui une satisfaction égale de ne les avoir augmentés ni diminués. Je dis d'assez grands biens, mais ne songez pas à les comparer à nos fortunes romaines. Sa maison spacieuse et commode ne montre en rien le faste de nos palais. On y voit quelques tableaux, quelques statues, ouvrages des grands maîtres ; il en fait sentir les beautés dans toute la pureté du goût grec. On voit que

la contemplation de ces chefs-d'œuvre l'entretient dans le sentiment du beau; aussi le philosophe ne rougit-il pas de cette espèce de luxe. Un
ordre admirable règne dans cette maison, et l'on
aperçoit à peine la main qui le produit. Mais
Plutarque en rend tout l'honneur à Timoxène, sa
femme, née des plus illustres Thébains, et longtemps remarquable par sa beauté; elle est surtout citée pour sa modestie et la simplicité de ses
mœurs. Au commencement de son mariage, il
s'éleva quelques nuages entre son père et son
époux. Dans son chagrin, elle imagina d'aller
faire un voyage avec Plutarque au temple de
l'Amour. Ils sentirent si bien la présence du dieu
au fond de leur cœur, que Plutarque trouva tous
les moyens de conciliation qui devaient ramener
son beau-père, et c'est en souvenir de cet
agréable voyage qu'il a écrit son *Traité sur
l'amour*. Cette femme si tendre est pourtant douée
d'une fermeté héroïque. Elle perdit un fils en
bas âge qu'elle avait voulu nourrir comme tous
ses autres enfants, malgré une blessure qu'elle
avait reçue au sein. Sa douleur était au comble;
mais elle ne se permit pas de se ralentir un
moment dans ses soins journaliers, en sorte que
les parents et les amis, qui, sur la nouvelle de

la mort de cet enfant, étaient venus pour la consoler, voyant toute la maison en bon ordre, cru-
rent que la nouvelle était fausse et s'en retour-
nèrent.

Il reste à Plutarque plusieurs fils et des neveux,
tous ses disciples en savoir, en vertu, et pères de
nombreux enfants qui viennent, dès leur jeune
âge, assister aux mêmes leçons. Mais ce n'est là
qu'une faible partie de son école; elle se compose de toute la ville de Chéronée ou plutôt de
toute la Grèce. Il y a ici des vieillards qui, au
sortir de leur adolescence, étaient venus pour
entendre un moment Plutarque, et se sont faits
citoyens de sa ville, persuadés qu'il n'y a rien de
plus doux que de vieillir auprès d'un sage. Quelques Romains ont suivi cet exemple, et, pendant
les jours de Domitien, ils ont échappé dans cette
douce retraite, soit au supplice qu'aurait mérité
leur vertu, soit au remords qui aurait suivi leur
bassesse ou leurs délations. L'illustre Sénécion
eut ce bonheur; et c'est pour lui que Plutarque a
composé ses *Vies des hommes illustres*. Il le
remplissait si bien du passé qu'il lui faisait oublier
les horreurs du présent. Aussi ce Romain, qui
possède à si juste titre la faveur de Trajan,
montre-t-il les soins d'un fils pour l'instituteur

qui le sauva. Instruit que Plutarque allait célébrer les noces du dernier de ses fils, Aristobule, il s'échappa l'année dernière de la cour de César pour venir surprendre, pendant le festin, le sage et sa famille. La plupart des hôtes de Plutarque reçoivent de lui, au moment où ils le quittent, un présent mille fois plus précieux que ceux qui signalaient l'hospitalité dans les temps d'Homère. C'est un petit traité de morale composé pour l'usage de chacun d'eux, assorti aux besoins divers de leur vie, de leur fortune et même à toutes les nuances de leur caractère. Ils sont à la fois surpris d'avoir été si bien observés et charmés de recevoir la direction la plus facile et la plus sûre. C'est ainsi que Plutarque sème la sagesse et la répand dans toutes les parties de l'univers.

Avec quelle joie ne voyons-nous point arriver l'heure où Plutarque va commencer sa promenade! César lui-même ne trouve pas plus d'empressement dans le cortége qui va le suivre à Tibur ou à Préneste. Les uns l'ont devancé de loin dans la campagne, et l'attendent sous les ombrages qu'il chérit ou près des tombeaux qu'il se fait un devoir de visiter. Les autres, rangés avec ordre autour de sa demeure, font

entre eux des conventions pour l'entretenir tour
à tour, et les droits de la vieillesse se concilient
avec les besoins du jeune âge qui demande plus
l'assistance du philosophe. Tantôt il nous entretient des météores célestes, non pas avec cette
éloquence qui caractérise les écrits de votre oncle
immortel, et dont la majesté semble quelquefois
égaler celle de la nature, mais avec la sagacité
d'un esprit observateur et prodigieusement
instruit. Tantôt il daigne descendre jusqu'à dicter
les lois de divers exercices tels que la course, la
chasse ou la danse. Souvent les jeunes disciples
s'élancent et se livrent, mais sans une fougue déréglée, à des exercices chéris de leurs pères. Puis
ils chantent les odes de Pindare. Cette Béotie,
dont les Athéniens ont tant affecté de maudire
l'air épais, me semble un pays merveilleusement
aimé des dieux, quand la campagne retentit des
odes de Pindare, quand je vois les tombeaux
d'Épaminondas, de Pélopidas, et tous les cippes
élevés à la mémoire des héros du bataillon sacré,
et quand j'entends Plutarque.

Ce philosophe a trop d'imagination, et parle avec
trop d'abondance de cœur, pour user souvent du
ton sentencieux auquel nous autres Romains
nous sacrifions peut-être un peu trop aujour-

d'hui ; mais l'occasion lui fournit mille traits qui
se gravent pour jamais dans la mémoire. Je
venais de lui confier un plan de vie où malheureusement tout est un peu subordonné à la faveur
de Trajan : « Maxime, me répondit-il, il ne faut
pas qu'un vaisseau repose sur une seule ancre, ni
la vie sur une seule espérance. » Dernièrement il
m'interrogea sur Aulus Rufinus qu'il a connu à
Rome, et je lui appris combien, au sein de l'opu-
lence, il est misérablement consumé par l'avarice. « Les richesses des avares, me dit-il, ressemblent aux festins que l'on sert aux morts ; rien
n'y manque, excepté celui qui doit en jouir. »

Nos médecins envoient leurs malades aux eaux
de Baies ; que ne les envoient-ils plutôt à Chéronée ? La philosophie de Plutarque est une sorte
de supplément à la doctrine d'Hippocrate. Ses
préceptes d'hygiène sont fortement unis aux
préceptes de sa morale. De tout côté des mères
viennent consulter Plutarque sur les moyens de
fortifier la santé de leurs enfants, et des pères
sur les moyens de les former à la vertu.

Sa pitié s'exerce sur les animaux ; il démêle
merveilleusement leur intelligence ; il abhorre
toute cruauté commise envers eux. Oh ! comme
il s'anime contre tous ces divers apprentissages

de barbarie! Je soupire en l'écoutant; je songe
aux affreux spectacles offerts dans notre cirque;
je songe à nos combats de gladiateurs, et je me
dis : non, je ne parviendrai jamais à ramener
Plutarque à Rome.

Il est presque un pythagoricien pour l'absti-
nence : vous imagineriez par là qu'il est dans un
festin un convive assez fâcheux. Nul convive n'est
plus aimable. Excellent conteur, il sait encore engager la conversation dans mille sujets légers qui
demandent, il est vrai, une certaine subtilité
d'esprit familière aux Grecs, mais qui, en aug-
mentant le plaisir du banquet, ne sont jamais
perdus pour la sagesse. Hier, il nous avait tous
réunis à sa table pour la fête qu'il aime le
mieux solenniser; c'était l'anniversaire de la
naissance de Platon, de Platon auquel il reconnaît devoir tout le repos et l'honneur de sa vie;
qu'il aime comme s'il s'était promené avec lui
sous les ombrages de l'Académie, et qu'enfin il
honore du même culte que Platon lui-même
rendait à Socrate. L'intervalle des siècles dispa-
raissait, et il nous semblait à tous qu'il n'y avait
eu qu'un seul intermédiaire entre Socrate et
Plutarque. Après le dîner, il nous conduisit dans
son jardin. L'épicurien Eolotes étant venu ce

jour-là pour sa mauvaise fortune, Plutarque
l'accabla de mille traits railleurs sur la doctrine
de son maître. Je fus fâché de lui voir exercer la
même rigueur contre cette doctrine du Portique
qui est pour nous un si juste objet de vénération,
et qu'Épictète vient d'illustrer également par
ses écrits et par sa vie. Pour venger une doctrine
qui a donné Caton au monde, voici ce que j'ima-
ginai : j'engageai deux neveux de Plutarque, dont
je connaissais les sentiments, à chanter le bel
hymne de Cléanthe le stoïcien. Plutarque y re-
connut les sentiments de Platon et les siens, et
chacun de nous s'inclina devant le dieu de tous
les sages et de tous les peuples.

J'ai vu autrefois la bibliothèque d'Alexandrie ;
malgré mon respect pour ce magnifique dépôt,
mon impression était la même que si j'eusse
pénétré dans le labyrinthe de Mendès. Ma curiosité, toujours excitée et jamais satisfaite, errait
sans but et sans issue. Dans la bibliothèque de
Plutarque, je suis exempt de cette vague inquié-
tude. Ce sont des richesses rangées en bon ordre,
mises à ma portée, qui ne me fatiguent par aucune ostentation, et me charment par leur
usage. Partout je trouve des notes de Plutarque,
et lui-même vient nous montrer avec candeur

ces témoignages des larcins qu'il fit à l'antiquité.
Il nous excite quelquefois à chercher dans des
ouvrages ignorés, rebutés, de précieuses dépouilles ; et pour moi, c'est en tressaillant de plaisir
que je découvre une belle maxime, un beau mot,
digne d'être confié à Plutarque, et de recevoir de
lui cette immortalité réservée à tous ses écrits.
Tout ce que je relis avec lui me semble un
ouvrage nouveau, fût-ce Homère lui-même.

J'ai interrompu ma lettre. Demain, je quitte
Plutarque, et puissé-je, en me séparant du sage,
ne point quitter la sagesse! je la retrouverai auprès de vous; qu'ai-je à craindre? Vous voyez en
moi un négociateur malheureux. Je n'ai pu, suivant le vœu de Trajan, amener Plutarque à
Rome. Heureux le temps où nous vivons, puisqu'en causant un grand chagrin à César, je
n'ai à craindre de lui aucun ressentiment, aucune froideur ! Trajan lui-même, en m'envoyant
à Chéronée, m'avait averti qu'il me préférait
pour cette mission importante à Sénécion lui-
même. « C'est bien assez, me disait-il, que j'em-
ploie auprès de Plutarque les séductions de la
puissance, sans recourir encore à celles de l'amitié. Je ne veux pas qu'il accorde à Sénécion ce
qu'il pourrait refuser à Trajan. J'offre à Plu-

tarque un consulat où je serai son collègue. Ce
serait un beau souvenir de notre ancienne amitié, et un digne ornement de mon règne ; mais
je le laisse complétement libre de juger de quelle
manière il peut rendre sa vieillesse le plus utile
aux hommes. Voilà le sens de la lettre que je lui
écris. Au reste, Maxime, si vous ne m'amenez
Plutarque, vous me ramènerez du moins un
ami que les leçons de Plutarque auront perfec-
tionné. »

Il y a quinze jours seulement que j'ai remis
cette lettre à Plutarque. J'ai vu couler les larmes
de sa gratitude et de sa joie. Cependant j'ai peu
espéré : il m'avait demandé quelques jours pour
prendre son parti. « J'ai, me dit-il en souriant,
un démon familier comme Socrate, et c'est mon
maître Platon ; il faut que je le consulte. » Avant-
hier, veille du jour où j'attendais sa décision, je
me flattais d'obtenir une décision favorable. J'avais
trouvé dans les manuscrits qu'il veut bien confier
à mon instruction un petit traité où il examine
cette question : *Si l'administration convient aux
vieillards,* et dans plusieurs cas il penche pour
l'affirmative. Je me préparais à lui opposer des
arguments victorieux, empruntés de lui-même.
Mais hier, en m'abordant : « Maxime, me dit-il,

I.   14

Platon m'a répondu qu'un philosophe sexagé-
naire, qu'un Grec presque étranger à la langue
latine ne doit point être consul à Rome. J'ai
plus fréquenté les vieux Romains que ceux auxquels Trajan rend aujourd'hui le bonheur, et
auxquels il tâche de rendre la vertu. L'habitant
de Chéronée serait trop étranger dans une cour,
trop interdit devant le sénat et le peuple romain.
Est-ce que je pourrais jouir avec honneur d'une
dignité où je me sentirais complétement inutile?
Les Romains sont encore forcés d'honorer les
Grecs comme leurs maîtres en savoir; mais nous
sommes trop près de notre grandeur par nos
souvenirs historiques, pour qu'ils souffrent
jamais en nous des rivaux en pouvoir. Il ne faut
pas que Plutarque satisfasse sa vanité aux dépens
du repos de sa patrie. Qu'un mauvais empereur
(hélas! Maxime, Rome en a déjà tant vu!),
qu'un mauvais empereur succède à Trajan, et
l'on verrait bientôt tous les Grecs chassés de
Rome, de l'Italie, poursuivis peut-être jusqu'auprès de leurs dieux domestiques, parce que Plutarque aurait eu la faiblesse de se laisser revêtir
de la pourpre consulaire. Polybe fut l'ami de
Scipion, et n'exerça point de magistrature à
Rome; l'ami de Trajan ne doit point abuser d'un

titre si glorieux, et n'a plus besoin d'un autre
titre. Mon ambition est satisfaite. Archonte
d'Athènes, prêtre d'Apollon au temple de Delphes,
magistrat presque perpétuel de la ville de Chéronée, tantôt je fais le bien, et tantôt je l'étudie.
J'ai voué ma vie à des devoirs faciles, et tous ces
devoirs sont des plaisirs, tant qu'ils ne semblent
pas se combattre entre eux. Il est trop tard pour
moi de commencer un apprentissage plus sévère.
Laissez-moi mon obscurité. Il m'est plus facile
d'écrire encore vingt traités de morale que de
rédiger un seul sénatus-consulte. Plus je vieillis,
plus je me lie de commerce avec des hommes qui
ne sont point encore. Maxime, connaissez ma
passion; c'est un désir immodéré d'être utile.
Elle a fait naître en moi une illusion orgueilleuse;
car j'ai l'espérance d'être longtemps utile à la
postérité. Je cherche, comme fait votre Cicéron,
les moyens d'appliquer à toute chose la philosophie sublime et tendre de Socrate et de Platon.
Voilà pourquoi je reviens vingt fois sur le même
sujet. Guide imaginaire de quelques belles âmes
qui existeront un jour, je cherche à mettre
dans un accord aussi simple qu'harmonieux les
vertus qu'elles auront à pratiquer. J'ai mille re-
cettes pour la vie commune; j'en ai aussi pour

les hommes élevés en pouvoir, lorsqu'ils sont
puissants par le caractère. Trajan est le modèle
vivant que j'étudie. Ainsi, me dis-je, se seraient
conduits ou Scipion ou Épaminondas, si le sort
les eût condamnés au malheur de régner sur
leur patrie. Il faut que j'achève à Chéronée les
ouvrages que Chéronée a vu naître. Je ne veux
point, par une ambition tardive et stérile, déser-
ter mon humble patrie, quitter mes vieux amis et
troubler le tranquille bonheur de Timoxène et
de ma nombreuse famille. J'écris ces choses à
Trajan. O mon cher Maxime, pour prix de la
douceur que vous avez paru goûter dans ma retraite, veillez à détourner de son âme le soupçon
que Plutarque, en refusant ses offres, a plus con-
sulté sa tranquillité que ses devoirs. »

Il y avait une si douce autorité dans les paroles
de Plutarque, et j'y sentais si bien l'accent d'une
profonde conviction et d'une résolution inébranlable, que toutes mes objections, je vous l'avouerai, répondirent bien peu à la vivacité des désirs
de Trajan et des miens; mais du moins j'obtins
de lui la promesse qu'il ferait encore un voyage à
Rome, quand Trajan serait revenu de la guerre
glorieuse qu'il poursuit contre les Daces. Il me
charge de lui remettre un traité sur les paroles

notables des grands hommes, avec la dédicace la
plus simple et la plus sincère qu'aucun des Césars
et qu'aucun prince aient jamais reçue. Pour moi,
il me donna, comme un présent de l'hospitalité,
un traité sur la fortune des Romains, ouvrage
que j'avais souvent médité dans sa bibliothèque,
et où la philosophie résout souvent les plus
grands problèmes de la politique. Je lui témoignai le désir qu'il adressât aussi à Trajan son
Traité sur la fortune d'Alexandre. « Trajan, me
répond le sage, est bien brillant dans la guerre;
il ne me paraît point à propos de l'entretenir
d'Alexandre. »

Hier Plutarque vint me trouver de bonne
heure, accompagné de Timoxène sa femme, de
Lamprias son frère, et du jeune Sextus, fils de
celui-ci. « Voici, me dit-il en me montrant le
jeune homme, un compagnon que je vous amène
pour votre retour à Rome. C'est dans mon neveu
que j'ai trouvé mon meilleur disciple. Veillez sur
lui; procurez-lui le plus grand des bonheurs,
l'amitié de Pline et de Tacite. Cher enfant, dit-il
ensuite en se retournant vers son neveu, garde-toi
de mêler aucune ambition à l'étude de la philosophie. Sois simple et modeste comme Panétius et
tous ces Grecs qui, conduits à Rome, ont aidé à

former l'âme de Scipion et des Romains les plus vertueux. Puisses-tu rencontrer un élève qui règne comme Trajan, ou meure comme Thraséas! Profite de ce moment tant désiré par Platon, de ce moment qu'il regarde comme la plus belle époque du genre humain, où les rois consulteront les sages et seront des sages eux-mêmes. Veillons par nos conseils à propager la vertu dans des familles illustres, afin que la vertu puisse se maintenir sur le trône à l'aide de judicieuses adoptions, et faisons ainsi de notre félicité du moment la félicité des siècles. »

Puis suivirent mille instructions de détail données par Plutarque, Timoxène et Lamprias au jeune espoir de leur famille. Je quitte Chéronée, mon cher Pline, avec les mêmes regrets, avec les mêmes larmes que je quittai pour la première fois ma ville natale et la maison paternelle.

CHAPITRE IX.

La philosophie est éclipsée par la religion chrétienne. — Celle-ci opère la conversion des barbares. — Son plus bel âge, le cinquième siècle, est suivi des plus grands et des plus longs fléaux de la société. — L'éloquence prend une vie nouvelle chez les Pères de l'Église : la stérile exaltation des Pères du désert ne remédie pas aux maux du genre humain. — Grande autorité qu'acquièrent les prélats. — Ils semblent renouveler et réunir plusieurs magistratures de Rome. — Nouvelle révolution opérée dans le monde par Mahomet. — Le théisme musulman abaisse la sublimité de l'Évangile. — Les kalifes raniment le goût des lettres et des sciences. — Le génie de la civilisation éclate surtout chez les Maures conquérants de l'Espagne. — Merveilles qu'ils opèrent. — Pourquoi laissent-ils Platon pour suivre Aristote ? — La logique d'Aristote est bientôt importée en Europe ; elle y crée la scolastique qui devient une barrière plutôt qu'un exercice pour la philosophie.

LA CIVILISATION SOUS LES BARBARES.

Voici le moment où la philosophie vient se perdre dans les rayons du soleil nouveau qui s'est allumé pour le monde ; et cette éclipse dure plus de douze siècles. L'immense flot de barbares qui se précipitent sur l'Occident concourt à éteindre

l'une de ces lumières et obscurcit l'autre par sa grossière ignorance et la férocité de ses usages. Après
avoir chassé, exterminé ceux qui s'appelaient les
maîtres du monde, ils se chassent, s'exterminent
entre eux. Tout accourt au partage des dépouilles,
des frontières de la Chine ainsi que des glaces
du nord de l'Europe, et le partage n'est qu'une
suite de combats qui en punissant les vainqueurs
de la veille achèvent la désolation des vaincus. A
peine la religion qu'ils embrassent avec la foi facile
et peu profonde du conquérant a-t-elle adouci leur
férocité; à peine la vieille civilisation, qu'ils dé-
chirent et dont ils héritent, les a-t-elle énervés,
qu'ils sont forcés de céder la place à d'autres
hordes qui ont encore toute la première sève de la
barbarie. Sous l'empire de la croix, les souffrances
se multiplient pour le monde. Le ciel est ouvert,
mais on n'y peut monter que par les chemins les
plus ardus. La capitale où l'on enchaînait les rois
n'est plus qu'un marché de patriciens esclaves.
Paraissez à l'encan, descendants des fiers Appius,
famille immense des Fabiens toujours prête à renaître pour les besoins de la patrie; vous avez bu
les larmes de la terre, elle va s'abreuver des vôtres.

Où donc trouver quelque image de la paix, quelque refuge pour la pensée? Est-ce dans ce sanc-

tuaire si pur, qui a banni les fables adultères, les
sacrifices sanglants et les monstrueuses apothéoses?
Mais il est souillé par des guerres intestines presque aussi cruelles que celles des barbares, et qui
aident à leur triomphe. Le pavé des temples devenus des églises n'est plus arrosé du sang des
taureaux et des béliers, mais il l'est souvent de
celui des hommes et des prêtres. Il faut en traverser des torrents pour savoir si la divinité de Jésus-Christ est tout à fait égale à celle de son père.
Athanase et Arius, servis tour à tour par des souverains romains, grecs, ou barbares, ont voulu décider par le fer une question qui peut-être épouvante l'intelligence des anges.

Ce n'est encore là que l'un des mille problèmes
qui sont venus troubler la foi naissante et diviser
la théologie alors que tout l'empire de la pensée
lui est abandonné, soit par lassitude, soit par conviction, soit par terreur (car le grand Théodose
a usé largement de cette arme). Les écoles tout
à l'heure si bruyantes des philosophes se taisent.
Celles d'Alexandrie qui, en voulant renouveler
la doctrine de Platon, l'ont défigurée tantôt par
un illuminisme insensé et tantôt par un scepticisme
honteux, se sont offertes seules pour soutenir le
combat contre le christianisme; mais elles ont été

obligées de repousser des combattants aguerris sortis de leur propre sein ; elles ont rendu leur dernier souffle avec le dernier des philosophes, l'empereur Julien ; et c'est la flèche des Perses qui a confirmé l'empire de la foi.

Au milieu d'une si vaste désolation, l'optimisme est-il encore possible ? oui, si on le cherche dans la Cité de Dieu. Saint Augustin s'y élève avec les ailes de la foi et celles du génie. Heureux s'il n'en rétrécissait pas tellement l'enceinte, s'il n'en rendait pas l'accès tellement difficile, que Socrate, Platon, Caton et Marc-Aurèle ne pourraient y pénétrer, même après de nouvelles et longues épreuves ! Mais on ne peut lire ce Père de l'Église sans trouver souvent en lui l'effusion d'une âme tendre. Quelque recherche d'esprit n'empêche pas l'essor de ses pensées sublimes. Pour les preuves de la spiritualité de l'âme, il surpasse Platon et prépare Descartes. La terre africaine avait déjà produit dans Tertullien un véhément défenseur de la foi. Il me fait oublier par d'admirables mouvements la barbarie de son style, mais non la barbarie de ses sentences de damnation éternelle. On sent l'africain dans les images et les plaisirs de la vengeance.

C'est auprès des Pères du désert qu'il faut chercher de la paix et l'on est confondu d'y trouver de la béatitude, au milieu de tant de désastres. Une telle exaltation est un prodige de la religion chrétienne. La spiritualité se manifeste ici dans toute sa puissance et vient mettre au défi toutes les voluptés sensuelles. Et pourtant je suis forcé de me demander : Que font-ils là, ces héros du christianisme? Est-ce le moment de la retraite, de la fuite? Leur foi va jusqu'aux dernières limites permises à la nature humaine; mais leur charité, où s'exerce-t-elle? Leur pitié manque-t-elle d'épreuves et leur courage d'occasions? Est-ce que de beaux dévouements pour ses semblables n'abrègent pas les voies du ciel? Je les vois dans leurs étroites cellules ou sur les sables du désert anticiper les joies du paradis et ne plus vivre qu'avec les saints et les anges; mais je les vois aussi, comme l'avoue saint Jérôme, ce grand peintre de cette vie solitaire, obsédés maintes fois d'images voluptueuses sous lesquelles les dames romaines ou grecques se peignent à leur trop puissante imagination. Ni le jeûne, ni le cilice, ni les coups de discipline ne peuvent plus les soustraire aux séduisantes métamorphoses que Satan sait emprunter. Oh! que si un homme tel que saint Vincent de Paule eût mangé des racines avec saint Antoine et saint Pacôme, il eût bien su dans de telles tentations assurer sa retraite et sa victoire en se plongeant, non dans les délices, mais dans les calamités du monde; il eût pénétré dans la tente d'un Genséric ou d'un Attila. Sainte Geneviève n'obtint-elle pas un pareil triomphe? S'il avait aperçu dans la longue chaîne des captifs soit un descendant des Émile, soit un chrétien obscur, mais fidèle, meurtri sous le poids de ses fers, il eût su s'en charger. Pourtant il ne faut pas oublier que ce même âge de tempêtes et de ruines fut fertile en héros chrétiens, toujours dévoués aux œuvres vives de la charité, et saint Vincent de Paule n'a fait que transporter leurs vertus au xviie siècle; rien n'explique mieux les conquêtes de l'Évangile dans des siècles qui semblaient si peu faits pour recevoir sa douce et divine lumière.

Ce n'est pas tout, et voilà un autre triomphe de la foi. Quand la barbarie va couvrir la terre, l'éloquence se ranime et ne veut plus d'autre source qu'un livre plein de simplicité, l'Évangile. Après trois siècles écoulés, les chrétiens divisés en un nombre presque infini de sectes n'ont point encore reçu un symbole uniforme, symbole qui n'existe dans aucune autre religion. L'impérieux et intrépide Athanase a entrepris de le leur don-

ner. Implacable ennemi du doute, il forge des
chaînes pour la foi et lui imprime un caractère de
perpétuité : Lycurgue est timide auprès de lui. On
ne peut sortir du cercle qu'il trace à la raison humaine. Cet athlète de la foi semble invincible
comme elle. Après d'horribles combats, où les
ariens d'abord et les catholiques ensuite ensan-
glantent leurs victoires, l'épée de Théodose fait
triompher la doctrine d'Athanase.

Ce succès a exalté les Pères de l'Église. Ils crois-
sent en savoir, en éloquence, en vertus. L'Occident
sur qui portent les plus terribles coups de la barbarie, répond aux vœux de l'Orient qui se repose encore sur les hautes murailles de Constantinople. Les Ambroise, les Jérôme, les Augustin
sont animés du même feu, s'emparent de la même
autorité que les Bazile, les Grégoire de Naziance,
et les Chrysostôme. Un évêque exerce un pouvoir digne des républiques anciennes. Il est souvent un tribun du peuple ; il est toujours un
censeur inamovible dont les rigueurs trop méri-
tées frappent des cœurs corrompus, comme les
censeurs les plus sévères de Rome infligeaient le
blâme et la dégradation à des sénateurs indignes
de leurs ancêtres. Enfin il est quelquefois un éphore
qui peut condamner les plus puissants souverains

à de profondes humiliations, telles que la pénitence imposée par Ambroise à Théodose, lorsqu'il se vengea à la manière de Caracalla de
quinze mille Thessaloniciens, dont quelques-
uns avaient brisé sa statue. La charité chrétienne applaudit à la salutaire rigueur dont usa
saint Ambroise ; mais le sacerdoce ne comprit
que trop jusqu'où pouvait aller son pouvoir,
et la tiare s'éleva comme une rivale de la couronne.

Mais n'est-il pas admirable qu'au milieu du
chaos qui suivit la mort de Théodose et le règne
de ses deux faibles fils, la morale évangélique put
recevoir ses plus sublimes développements, et
que les Bossuet, les Massillon, les Bourdaloue,
les Pascal, les Fénelon même n'aient que fort peu
outre-passé les grands enseignements des Augustin,
des Ambroise, des Bazile, des Grégoire de Naziance et des Chrysostôme! En présence de quels
objets ceux-ci se mettaient-ils à la recherche de
la perfection morale et chrétienne? Dans l'Occident, la barbarie victorieuse, gorgée de dépouilles
dont elle ne sent pas le prix, se bat ou se
couche sur des lits de cadavres, sur les ruines fu-
mantes des temples et des palais, ou sur les débris
de statues, chefs-d'œuvre de l'art, lorsqu'on n'a

point eu la précaution de les enfouir dans le Tibre
ou l'Arno.

Dans l'Orient, que voyez-vous? une civilisation dégradée non moins hideuse que la barbarie même; des cours peuplées d'eunuques qui
deviennent des ministres, et des prostituées dont
quelques-unes deviendront des impératrices; des
petites-filles du grand Théodose, qui ne cessent
d'agacer dans Attila le plus laid et le plus féroce
représentant de la barbarie; des jeux et des courses
de l'hippodrome, plus meurtriers que les combats
des gladiateurs; de nouvelles factions qui s'y forment et où tel ou tel cocher vient remplacer les
Marius et les Sylla, les Pompée et les César, les
Antoine et les Auguste, et ont l'horrible gloire
de rivaliser avec les dictateurs et les triumvirs par
le nombre et le rang des victimes qui périssent
pour leur cause; un Rufus qui renouvelle Séjan
par ses cruautés et par sa chute; enfin tout ce
qu'il est possible à la lâcheté de commettre de
crimes. Quelle ressource restait-il donc à ces Pères
de l'Église pour peindre des vertus dignes de l'É-
vangile? La plus belle de toutes, c'était de lire
dans leur âme. Leurs homélies nous font connaître encore qu'au milieu de tant de turpitudes
et de désolation, des vertus chrétiennes florissaient

encore, surtout parmi les femmes. C'est un doux
correctif à une histoire si sombre et si abjecte.

Je n'ai pas le courage de poursuivre cette esquisse
au delà de cette époque qui se termine au règne
de Justinien, règne inégal et bizarre qui rappelle,
grâce à Bélisaire et Narsès, quelques beaux restes
de la grandeur romaine, mais qui retombe bientôt dans les tragiques petitesses du Bas-Empire.
Ici la philosophie m'abandonne, et l'optimiste ne
sait plus où placer sa tente. Cependant de nouvelles monarchies se fondent. Le torrent de la
barbarie s'est creusé quelques lits où il coule d'un
cours plus régulier. On change moins souvent de
conquérants dans l'Espagne, dans la Gaule, dans
la Grande-Bretagne. Le christianisme produit un
peu plus librement ses effets; c'est une rivière
qui coule à travers une ceinture de rochers, dont
la voûte l'obscurcit et qui la force de redoubler
d'efforts pour la franchir. Vous croyez respirer
quelque temps avec les rois visigoths en Espagne,
avec quelques rois anglo-saxons, et surtout avec
Alfred-le-Grand qui retrace dans un tel âge de
belles lueurs de philosophie. Enfin il vous semble
qu'avec Charles Martel et surtout avec Charlemagne, la civilisation va reprendre une marche
victorieuse. Vous allez la voir retomber dans un

un gouffre plus profond, dans une anarchie non plus fortuite, mais trop savamment organisée sous le nom de système féodal.

Il n'arrive pas toujours qu'un grand homme crée une grande nation et triomphe du vice de ses institutions qui l'emporte vers l'anarchie. Je me borne à en citer deux exemples, Charlemagne en France et Sobieski en Pologne. Cette anarchie existait dans les veines du régime féodal, lorsqu'il ne se montrait encore que sous sa première forme, le régime des provinces concédées à titre de bénéfices. Quand le bras et la tête de Charlemagne manquèrent, tous les gouverneurs de provinces prirent goût à leurs possessions et créèrent la science de l'usurpation, en prêtant foi et hommage. Ce fut en portant la livrée des successeurs de Charlemagne et en profitant de leurs discordes impies qu'ils s'emparèrent successivement de tout leur héritage. Pendant près de deux siècles, l'autorité royale demeura garrottée par une multitude de tyrannies et de sous-tyrannies qui relevaient les unes des autres, et toujours ardentes à se combattre entre elles. Chacun disposa d'un troupeau plus ou moins grand de sujets qui devinrent des serfs. Le clergé, après avoir timidement combattu cette oppression, se mit de la

partie, en se réservant d'être un peu moins barbare. Les hardis pirates du Nord accoururent sur
leurs frêles esquifs pour partager cette proie.
Tout ce qui ne tombait pas sous leur cimeterre,
tomba dans les filets des seigneurs. La religion
restait honorée, même avec un redoublement de
terreur superstitieuse; mais dans le fait, l'Évangile n'était pas plus reconnaissable que l'autorité royale elle-même. Tout ce qui reste d'esprit
ne sert plus qu'à la ruse et à la perfidie. Une
trahison bien ourdie est devenue le chef-d'œuvre
de l'esprit humain. Vous voyez souvent des ar-
mées qui décampent dans la nuit pour changer
de drapeaux, et leur chef, leur roi, en s'éveil-
lant, ne trouve plus un seul garde autour de sa
tente.

Les publicistes qui nous parlent aujourd'hui
d'une vieille constitution française qui aurait
duré sans altération depuis Clovis jusqu'en 1789,
en appuyant toujours une forte monarchie sur le
suffrage universel, doivent être fort embarrassés
d'en suivre la trace dans un siècle où la royauté
ne possédait plus en propre que la ville de Laou
et où la servitude des villes et des campagnes
tenait lieu du suffrage universel.

Voilà le pas rétrograde le plus immense qu'ait

fait la civilisation, mais jamais elle ne subit d'é-
clipse totale. Un peuple nouveau est entré sur la
scène avec toute la puissance de l'enthousiasme
religieux et conquérant. Les Arabes vont tenir la
place des Grecs et des Romains. Mahomet a opéré
une nouvelle révolution rivale de celle du Christ
et qui lui enlève presque toute sa domination en
Asie. Le théisme est son levier pour ébranler le
monde. Cette croyance qu'on accuse aujourd'hui
d'être si froide, si flottante, prend le double caractère d'une exaltation et d'une fermeté invincibles
Mahomet l'a pourtant dégradée en portant atteinte
à la spiritualité sublime telle qu'elle est proclamée
par l'Évangile, et surtout en substituant la violence à la charité la plus expansive, enfin en ve-
nant affermir le despotisme dans son vieux domaine, tandis que de la religion chrétienne devaient
jaillir plus ou moins tôt des principes d'une liberté
mieux combinée et plus durable que celle des
républiques anciennes. Mahomet employait les
deux ressorts de la volupté et de la terreur chez
des peuples habitués à passer tour à tour de l'une
à l'autre de ces impressions. Ses saints furent de
héros; ils cherchaient une mort glorieuse comme
un commencement d'inépuisables délices; et des
hommes tels qu'Abubécker, Ali, Caled et Amrou

appuyaient par leurs vertus la terrible prédication
faite par leurs armes.

Les Arabes ont d'abord repoussé les lumières
qu'ils pouvaient puiser largement dans la bibliothèque d'Alexandrie, magnifique dépôt resté trop
longtemps stérile entre les mains des Romains eux-
mêmes. C'est sans remords et sans regrets qu'ils
ont stupidement chauffé les bains d'Alexandrie
avec le plus précieux trésor du génie et du savoir;
mais ils avaient trop de gloire, ils aimaient trop à
faire fleurir leur domination pour rester longtemps insensibles à la puissance des lettres. Dès
qu'ils en eurent senti le charme et compris l'utilité,
ils jetèrent des regards humiliés, consternés sur
les cendres de l'incendie allumé par leurs mains.
Leurs remords ne furent point inutiles. Parmi ces
hommes du désert, ces guerriers insatiables de
victoires et souvent portés au carnage, il se forme
des savants infatigables qui viennent se mettre à
l'école des Grecs dispersés. Leurs califes Aaroun-
Al Raschild, Alamoun et Almanzor les encoura-
gent avec une merveilleuse munificence. Quelques
manuscrits sont payés au prix de plusieurs villes;
mais n'imaginez pas que ce soient des poëmes
d'Homère, des tragédies de Sophocle et d'Euripide, des comédies de Ménandre, qu'ils achètent à

ce haut prix. La poésie d'Homère est repoussée par leur dévotion musulmane; ils craignent un commerce trop séduisant avec l'idolâtrie. Ils domptent de leur mieux leur instinct poétique et le tiennent resserré dans les étroites limites du Coran; ils ne veulent qu'un merveilleux de leur création, fait pour amuser les veilles du désert et le repos des caravanes; leur mythologie nouvelle n'a point le charme des allégories ingénieusement morales des fables grecques. Les poëtes ou plutôt les conteurs arabes ne savent user du beau idéal que pour retracer les pompes des palais des rois, des fées et des génies; mais ils savent réjouir et surprendre l'imagination; ils abondent en aventures plaisantes, en peintures naïves de mœurs qui rappellent souvent la vie patriarchale.

Mais c'est la conquête des Espagnes qui développe le plus chez les Arabes, unis aux Maures de l'Afrique, le génie de la civilisation; et d'abord ils ont celui de la conquête. Malgré leur ferveur pour une religion exclusive de toute autre, ils se gardent bien de procéder par l'extermination des vaincus. Ils les éblouissent, ils arrachent leur admiration ou les attirent à eux par le spectacle de leurs jeux, de leurs fêtes, de leurs tournois, par la somptuosité, l'élégance arabesque de

leur architecture, la grandeur de leurs monuments, les plus beaux que l'on ait vus depuis les
Grecs et les Romains et qui n'en sont point des
copies.

Mais voici la plus étonnante de leurs séductions :
ils emploient celle de l'amour. Quoi ! des peuples
orientaux, des Africains même viennent en donner des leçons à l'Europe ! La politique a pu leur
suggérer ce moyen pour ménager des alliances entre les vainqueurs et les vaincus ; mais eux-mêmes
d'où les ont-ils reçues ? c'est de la résistance qu'ils
éprouvent pour la première fois. Sans faire tort
à la beauté des Andalouses, je crois que leurs scrupules et la pudeur dont le christianisme a embelli
leurs charmes ont été leurs plus puissants moyens
pour dompter ces conquérants et les amener à
l'amour et de l'amour à la galanterie.

Ils virent autre chose que les captives idiotes de
leur harem ou que les complaisantes houris du
paradis de leur Prophète. La passion s'allume vite
dans les cœurs qu'enflamme l'enthousiasme religieux, et c'est précisément parce que ces deux mobiles se combattent, qu'ils s'enflamment l'un par
l'autre. Attendez-vous à voir fleurir les lettres et
les arts où règnent la religion, la gloire et l'amour.
Pourtant l'islamisme imposait un frein sévère à la

poésie et aux beaux arts, par la réprobation sévère
de tout ce qui pouvait rappeler l'idolâtrie. Il dé-
fendait de reproduire les formes humaines, et
c'était un arrêt de mort pour la peinture et la
sculpture. Il leur restait un genre de poésie con-
sacré aux grandeurs de Dieu, au merveilleux de
tout genre, aux exploits des guerriers, et aux
plaintes de l'amour. La barbarie de Ferdinand-le-
Catholique, cet Omar chrétien, nous a privés de
presque toutes ces productions des Maures; mais
la poésie espagnole du moyen âge dérivait de cette
source, elle-même le reconnaît. Par la beauté de
la copie, on peut juger du mérite de l'original.
La musique était un accompagnement nécessaire
de ce genre de productions érotiques, religieuses
ou guerrières; des accords tendres et mélodieux
redoublèrent l'enchantement des belles nuits de
cette contrée. Quant à l'architecture, elle fut
tout empreinte de la grandeur du dieu de l'univers et du faste oriental. L'élégance exilée de la
peinture se réfugia dans des ornements trop diversifiés pour n'être pas souvent bizarres.

Vous avez tous lu la description ravissante des
magnificences de la mosquée de Cordoue; je
m'arrête avec plus de plaisir sur les vertus et le
génie de ses califes et surtout des trois Abdérames

et des deux premiers Asham. Vous diriez une
nouvelle succession de Trajan, d'Adrien, d'Antonin et de Marc-Aurèle. Abdérame Ier, échappé
seul au massacre de la famille des Ommiades, est
un des plus grands caractères et des esprits les
plus vastes et les plus judicieux qui se soient
formés par l'adversité. Il ouvre à la fois tous les
canaux de la civilisation. Sous lui et sous chacun de ses successeurs, de savantes irrigations
fertilisent le sol qui reçoit des cultures nouvelles
aussi variées qu'intelligentes. Leur commerce s'é-
tend dans le golfe Persique, dans les Indes et jusque dans la Chine. Quelques savants inclinent à
croire qu'ils purent en rapporter la boussole.
Leur navigation est protégée par leurs observations astronomiques, science qu'ils étendent beaucoup plus loin que les savants d'Alexandrie, dont
ils consultent et ressuscitent les travaux. Ils in-
ventent la chimie et perfectionnent la botanique;
l'usage qu'ils en tirent les rend les premiers et
même les seuls médecins dignes de ce nom dans
toutes les parties du monde.

La mosquée de Cordoue éclipse la gloire du
temple de Salomon, et l'Alhambra de Grenade
celle des palais des empereurs romains. Mais voici
qui est bien mieux encore que ces monuments

fastueux : la population des Espagnes paraît avoir
été à cette époque triple ou quadruple de ce qu'elle
est aujourd'hui.

Le savoir se répand chez cette nation vive, ingénieuse, passionnée jusqu'à la violence, et qui
cède quelquefois à la cruauté africaine. Il domine
toute ville importante de l'Espagne, il passe le
détroit et va réagir sur l'Afrique musulmane ;
tandis que tout meurt, et livres et savants dans
le grand foyer de la civilisation antique et de la
civilisation chrétienne. Tant de gloire et de prospérité commence à se ternir, vu le déclin et la
chute du califat de Cordoue ; mais on en trouve
encore de brillants rayons dans la lutte obstinée
et à la fin malheureuse, que soutinrent les Maures
d'Espagne contre les Espagnols chrétiens, descendants des Visigoths et successeurs de Pélage. La
gloire et les succès des combats se partagent désormais entre deux peuples et deux religions. Le
Cid, premier héros de la chevalerie et son plus
parfait modèle, fait pencher la balance en faveur des chrétiens, et quatre siècles après, Grenade, le pays des merveilles, est soumise par
Gonzalve de Cordoue. A cette époque, la civilisation chrétienne avait repris toutes ses forces,
épanché par degrés ses immenses bienfaits en s'ap-

puyant sur la découverte d'instruments précieux qui ne cesseront plus de s'améliorer.

J'ai voulu prouver par cette excursion histo-rique que les lumières étaient loin d'être perdues pour l'univers, dans le temps même où elles sem-blaient couvertes d'une rouille si épaisse, sur notre horizon. J'aurais pu fortifier cette preuve par l'exemple de la littérature persane, dont l'âge d'or correspond avec notre siècle de fer et de plomb, c'est-à-dire le dixième, et qui fut illustrée par trois grands poëtes, Saadi, Hafitz et Faroudgi. J'aurais pu encore voyager dans les Indes et dans la Chine, et montrer comment les bramines et les lettrés ont su conserver et peut-être enrichir ce précieux dépôt, en dépit des conquêtes désastreuses des Gengiskan et des Tamerlan ; mais ce serait trop sortir des limites étroites que je dois me prescrire.

C'est l'histoire de la philosophie que je voudrais suivre d'un coup d'œil rapide. Mais voilà que je parcours une longue suite de siècles et ne sais plus comment la saisir au passage. Quand je veux frapper à sa porte, c'est la religion qui m'ouvre et vient me dire d'une voix impérieuse : « La phi-losophie, c'est moi; ne la cherche point ailleurs que dans mon sanctuaire. » Malheureusement, la religion même vient m'offrir une arène de com-

bats théologiques, et ce sont les plus sanglants de
ceux qui soulèvent les peuples et les rois. Fatigué de ce spectacle cruel, je forme le vœu que la
philosophie conquière assez d'indépendance et
s'éclaire assez des lumières pures de la religion,
pour contenir ces discordes impies et arrêter cette
effusion de sang. Le remède viendra, mais sera-t-il
sagement administré?

L'islamisme, quelle qu'ait été sa gloire passagère
en Espagne, à Bagdad, à Maroc même, et quoiqu'il soit appuyé sur l'adoration de Dieu, première base d'un sain optimisme, le repousse par
l'horreur des supplices éternels dont il prodigue
à chaque instant la menace, et surtout par le
dogme abrutissant de la fatalité. Il ne semble pas
avoir conçu l'idée du progrès de la société humaine; il est essentiellement, douze siècles le
prouvent, l'étendard du despotisme, comme le
christianisme est celui d'une liberté progressive; aussi la philosophie des Arabes n'a-t-elle pu
prendre un essor généreux et qui lui soit propre.
Elle n'est, à vrai dire, qu'un pâle reflet de celle
d'Aristote. Mais pourquoi donc a-t-elle pu pré-
férer Aristote à Platon, dont le sentiment théiste
servait bien mieux la cause de l'islamisme? Peut-
être cette préférence n'était-elle due qu'au génie

assez vaste, mais un peu froid des Abenhozar, des Avicenne, des Averroës et des premiers traducteurs et commentateurs d'Aristote. Peut-être aussi que la philosophie de Platon, qui la première enseigne *le verbe et la trinité*, leur paraissait offrir trop d'affinité avec le christianisme; mais ce qu'il y eut de bizarre, c'est que les docteurs chrétiens, dès que par le moyen des Arabes ils connurent Aristote, passèrent sous le joug de ce maître impérieux, et oublièrent Platon. Les controverses théologiques étaient alors érigées en une sorte de tournois, parodie pédante des combats chevaleresques. La logique d'Aristote se présentait à propos pour fournir des armes aiguisées aux combattants.

La philosophie nommée scolastique vint épaissir les ténèbres de la théologie ; ce n'est pas qu'elle ne produisit des hommes d'un esprit supérieur, tels qu'Abailard, Thomas-d'Aquin, Bonaventure et Scott; mais la sécheresse et l'accablante monotonie de leurs formes syllogistiques les privèrent de cette éloquence abondante qui persuade et qui entraîne. La contagion de cette école se répandit sur les lettres naissantes. Il arriva que dans les deux siècles des croisades, si féconds en aventures, en combats homériques, en bril-

lants caractères, la force, l'éclat et la grâce pittoresque de l'expression répondirent rarement à
cette exaltation de la foi, de la gloire et de l'amour;
il semblait pourtant qu'une telle époque eût dû
produire des chefs-d'œuvre dignes des temps beaucoup moins héroïques de la Grèce. Partout, excepté
dans les poésies des troubadours et des trouvères,
l'imagination subissait le vasselage, la dure servitude de la scolastique; le baume évangélique
restait étouffé sous les fagots d'épines entassés avec
tant de soin et de profusion. Jusque dans les
écoles du savoir et dans le sanctuaire de l'amour
divin, on entendait encore un bruit de ferraille
scolastique, qui en persécutant les oreilles aigris-
sait les esprits. Mais Aristote et les Arabes qui
l'avaient fait connaître n'étaient nullement responsables de ce nouveau chaos qu'ils avaient
voulu prévenir.

CHAPITRE X.

L'interrègne de la philosophie continue. — Cependant les bienfaits de la religion se développent par l'abolition de la servitude. — Mais l'ambition pontificale, en visant au despotisme théocratique, crée une anarchie nouvelle. — La croisade contre les Albigeois amène le tribunal de l'Inquisition et son odieuse procédure. — De nouveaux instruments sont accordés par la Providence à la civilisation. — Découverte de la boussole. — Voyages des navigateurs portugais, suivis des immortelles expéditions de Christophe Colomb et de Vasco de Gama. — Le fanatisme et l'hypocrisie ne secondent que trop la cupidité des barbares conquérants. — Heureux effets qui résultent pour les sciences de la dispersion des savants grecs après la prise de Constantinople. — Découverte de l'imprimerie, magnifique complément du don de la parole et de celui de l'écriture. — Elle favorise le succès de la réforme de Luther. — Premières lueurs de la philosophie en Italie. — Machiavel rejeté du rang des philosophes. — Érasme modérateur impuissant des innovations religieuses. — Explication du scepticisme de Montagne.

LONG INTERRÈGNE DE LA PHILOSOPHIE.

J'ai encore un long espace à traverser avant de retrouver la philosophie brillant de son propre éclat. La religion règne seule et devient un peu mieux comprise, grâce au génie de Saint-Bernard

et à la belle âme de Saint-Louis. Elle se révèle par
des bienfaits que le monde n'a point encore connus, que la philosophie ancienne désespérait d'accomplir et n'osait presque désirer. Le plus grand
de tous, c'est l'abolition de la servitude qui commence et va se développer sans bruit pendant trois
siècles dans les plus belles régions de l'Europe;
c'est la meilleure des révolutions politiques et la
seule qui n'ait pas coûté une goutte de sang. Pour-
rait-on refuser de l'inscrire au nombre des mi-
racles évangéliques! La politique des rois y a concouru sans doute; mais quand la politique entre
dans une telle route et sait s'y maintenir pendant trois siècles, n'y peut-on découvrir une inspiration divine? La charité invente et même
prodigue des établissements que le polythéisme,
aidé par la philosophie et favorisé par la domination de Cyrus, de Périclès, d'Alexandre, des
Séleucus et des Ptolémée, et enfin par celle des
Romains, n'avait pu faire éclore. Le droit des
gens, le droit de guerre, se modifie trop lentement sans doute, mais devient moins fécond
en barbaries, quand il ne s'agit pas de guerres
civiles et surtout de guerres de religion. Mais
l'ambition pontificale, la superstition, le fanatisme profitent du long sommeil de la philoso-

phie, Grégoire VII a paru ; c'est l'Alexandre des papes ; il sait se créer des vassaux dans les rois, et se poser au suprême échelon du système féodal.

Cependant il n'a pour toute arme que des foudres spirituels ; le vicaire de Dieu, dès qu'il se sent traversé dans ses desseins, ouvre largement les portes de l'enfer pour les rois ; il rend les peuples responsables des délits canoniques de leurs souverains, et les punit de ne pas se révolter. Tout tremble ; on croit voir de partout sortir des flammes souterraines ; la terre se couvre de damnés dont on fuit les approches. Le fils profite de ces terreurs pour dépouiller, pour détrôner son père, et le poursuivre jusque dans la tombe. Plus d'asile pour qui est mis hors la loi divine. La félonie s'en fait une arme contre le maître le plus doux, et le triste prince ne redevient souverain, ne redevient homme, que lorsqu'il a reçu le châtiment public du fouet de la main des lévites. Alors la miséricorde papale veut bien lui épargner des restes de jours voués à l'opprobre. La fermeté de quelques-uns de nos rois, le droit sens du parlement, le concours du tiers-état, et par-dessus tout les violences et les mesures acerbes de Philippe-le-Bel finissent par mettre un frein à cette ambition pontificale qui allait confon-

dre tous les pouvoirs, et ranger l'occident sous
le régime théocratique, c'est-à-dire sous le despotisme le plus illimité, puisqu'il s'exerce au
nom du ciel.

Cependant la tyrannie du Saint-Siége, le luxe
scandaleux des prélats, et les débordements qui
s'étaient répandus dans l'Église, avaient, dès le
XIII° siècle, soulevé une révolte qui devait éclater
plus terrible et plus puissante trois siècles après.
Elle était partie de quelques prédicants obscurs, de
quelques bourgeois des villes du Midi, et enfin de
pauvres paysans révoltés contre les concussions
et les scandales ecclésiastiques. Le pape Innocent III, qui rappelle l'ambition, le génie et la
violence de Grégoire VII, fulmine une croisade
contre les Albigeois. C'est une extermination
qu'il commande, et il est obéi par des rois, par
des grands vassaux et des chevaliers qui ont paru
avec plus d'honneur dans les champs de la Palestine. L'incendie et les massacres ordonnés par
l'Église n'exceptent ni les femmes, ni les enfants, ni les vieillards. De ce fléau passager naît
un fléau d'une durée plus longue et non moins
formidable, le tribunal de l'Inquisition. Cette
même Église qui a su créer pour elle-même
une savante hiérarchie, dont le gouvernement

représentatif a profité depuis, et qui a porté dans sa juridiction canonique des ménagements inconnus à la barbarie féodale, crée pour ce tribunal, outre l'atrocité des supplices, une procédure dont la cruauté froide et systématique surpasse toutes les conceptions des empereurs romains, de ceux que l'histoire ne désigne que par ce mot : *les Empereurs monstres*. On peut juger par là de ce que serait devenue l'Europe courbée sous le joug théocratique.

Cependant la divine providence révèle par degrés ses grands desseins sur la société humaine, par les nouveaux instruments qu'elle met au service de la civilisation. La boussole est découverte et vraisemblablement importée de la Chine. On trouve l'art difficile de la suspendre sur le vaisseau et de calculer ses variations. Le génie des navigateurs portugais a déjà commencé à exploiter les côtes de l'Afrique. Des constructions navales plus hardies, plus légères et plus imposantes vont seconder de brillants aventuriers. Le trône si longtemps avili du Bas-Empire verse sur l'Europe, au moment où il s'écroule, des trésors de science et de goût, que l'ignorance générale y laissait enfouis. Trois hommes, trois lumières et trois gloires de l'Italie, le Dante, Pé-

trarque et Boccace ont merveilleusement préparé
l'Occident à recevoir cette nouvelle culture, et
ont déjà fouillé avec succès plusieurs des ruines
précieuses de l'antiquité. On jouit de ces richesses
avec un enthousiasme qui ressemble à une douce
et inoffensive idolâtrie. Les pontifes romains y
sourient sans scrupules. Leur munificence est se-
condée par les Médicis, par ces princes marchands
qui se dessinent en Périclès. L'Italie, qui tout à
l'heure a fourmillé de républiques, et se sent
exaltée par une forme de gouvernement qui sollicite les exercices les plus virils de l'esprit et de
la volonté, se jette avec ardeur sur ces nouveaux
trésors. La patiente érudition vient s'associer au
travail du goût qui renaît, et à la fermentation du
génie. On imite en créant. Tout n'est pas, ou plutôt
tout ne paraît pas bien facile dans les découvertes
nouvelles. Il semble d'abord aux peuples épou-
vantés que celle de la poudre à canon est un présent
de l'enfer. Elle ne s'introduit qu'avec lenteur dans
l'art de la guerre; mais elle va bientôt en changer toutes les lois. Si elle cause des regrets à la
brillante chevalerie, d'un autre côté elle porte
des coups salutaires à la tyrannie féodale. L'art
de l'escrime semblait jusque là tenir lieu du génie
des grandes opérations militaires, et même de

cette discipline qui ne pouvait jamais se rencontrer dans les levées tumultueuses de l'arrièreban. Qu'arrive-t-il? c'est que par degrés les combattants servis par l'artillerie ne s'approchent plus d'aussi près, et que les batailles qui ne seront plus des mêlées furieuses, deviendront moins sanglantes. Le pouvoir royal qui s'est rendu un salutaire protecteur contre les tyrans féodaux, apprend bientôt, en se servant de cette arme, à les écraser, à les foudroyer dans ces châteaux perchés sur des rocs, d'où leurs pères exerçaient tant de brigandages impunis.

Mais voilà que par le courage et le génie de deux immortels navigateurs, le monde ancien se double, se triple, en attendant qu'il se quadruple. Deux continents séparés par l'Atlantique apparaissent l'un à l'autre avec une mutuelle stupéfaction, mais l'un dans l'enfance de la société, l'autre dans son âge viril ; l'un avec le regard timide de la colombe, l'autre avec le regard du vautour. Le monde nouveau avait le malheur d'être fertile en mines d'or et d'argent. La cupidité des sanguinaires conquérants se fait une arme d'un fanatisme stupide chez les uns, hypocrite chez les autres. Ce que le commerce aurait fait avec une extrême facilité et d'immenses

bénéfices, la guerre l'exécute à la manière d'Attila; jamais le monde ne vit un prosélytisme
plus atroce. La religion pousse un cri tardif en
faveur de l'humanité, mais Lascasas ne peut
parvenir à faire triompher l'Évangile qu'après
que deux millions d'hommes ont disparu sous le
glaive, sous les foudres européennes, ou dans les
profondeurs des mines.

Deux ans après la découverte de Christophe
Colomb, Vasco de Gama a franchi le cap des Tempêtes; il fournit dans les Indes une autre proie à
l'avarice européenne. Outre ces deux grands navigateurs, deux conquérants ont paru à la fois,
Fernand Cortès et Albuquerque, l'un dans l'Amérique, l'autre dans les Indes. Ils savent soumettre
d'immenses contrées avec un petit nombre d'hommes. Les Portugais ne sont pas, dans une conquête
plus contestée et moins vaste, tout à fait rivaux
des Espagnols en barbarie; mais eux aussi, ils
calomnient l'Évangile, en établissant jusque dans
les Indes le tribunal de l'Inquisition, dont ils
aggravent encore les cruautés chez le peuple le
plus doux de la terre. N'est-on pas forcé de regretter ici le long sommeil de la philosophie? Le
zèle religieux ne parvient pas toujours à se modérer de lui-même. L'autorité politique et les

passions malfaisantes en abusent en prenant son masque ; il lui faut un contrepoids dans la philosophie !

Cependant la Providence qui se hâte lentement dans une œuvre éternelle, vient de créer par l'Imprimerie pour la raison humaine un moyen de centupler ses forces, mais qui malheureusement ne la garantira pas de ses propres excès ; c'est un troisième don ajouté à la parole et à l'écriture, et leur victorieux complément. Cet instrument nouveau n'est employé qu'avec une timide réserve ; et d'abord il ne sert qu'à multiplier tantôt les copies des livres sacrés et canoniques, et tantôt celles des auteurs de l'antiquité, dont plusieurs n'ont dû leur lustre nouveau qu'à la prise de Constantinople et à la fuite bienfaisante du savant Lascaris et de ses compagnons ; mais bientôt l'esprit de controverse s'en empare et s'en fait une arme terrible.

La réforme tentée assez aveuglément par les prédicants albigeois et vaudois, et méditée auparavant par Jean Hus et par Jérôme de Prague, est renouvelée en Allemagne par le terrible Luther, qui joint à un grand savoir et à une éloquence plus impétueuse que correcte et polie, cette énergie, cette opiniâtreté de caractère qui fait ici un conqué-

rant, et là un sectaire redoutable. De nouveaux
griefs se sont élevés contre la cour de Rome.
Elle a été, sous le pape Alexandre VI, une
école de crimes et de débauches monstrueuses.
Depuis, elle est devenue, sous Jules II et sous
Léon X, une école de goût et de magnificence
tantôt religieuse et tantôt profane. Mais il a fallu
solder les dépenses de la basilique Saint-Pierre,
du plus admirable monument de la chrétienté
et du monde, avec des indulgences, monnaie
annoncée pour être descendue du ciel et qui
n'est propre qu'à augmenter la perversité humaine, en rendant vénale la miséricorde divine.

Luther pousse un cri d'indignation au nom
de la morale outragée; ce cri est entendu par des
âmes franches et candides dont l'Allemagne semble être la région privilégiée. Le bon sens des
peuples s'accorde avec l'intérêt ou la sagesse de
quelques princes de l'Allemagne. Malheureusement Luther ne s'arrête pas là; il ne se contente
pas de renverser toute la hiérarchie de l'Église si
savamment élevée, et cette discipline, cette législation, dont le catholicisme a voulu se faire une
barrière éternelle; il fouille dans l'un des ses
mystères, l'eucharistie, dont l'examen est interdit

à la raison humaine. Il a rompu l'une des digues.
Les autres seront-elles respectées? Tout s'agite,
tout s'ébranle. L'édifice catholique, ouvrage de
quinze siècles, est menacé de s'écrouler sous le
choc livré à l'une de ses plus puissantes colonnes.
Les rois se font un scrupule et surtout une
crainte politique d'assurer leur indépendance envers le Saint-Siège, en compromettant la soumission de leurs sujets. Luther a pour lui dans la
presse une arme puissante, qui a manqué à tous
ceux qui avaient élevé contre l'Église le drapeau
de la rébellion, et la violence avec laquelle il en
use convient à un âge encore mal dépouillé de sa
grossièreté primitive. La foi catholique, pour repousser ses assauts, dont Zwingle et Calvin vont
redoubler la violence, invoque avec succès dans
la plus grande partie de l'Europe, et surtout
dans le Midi, une vénération que les pères ont
transmise, le charme attendrissant et populaire
des cérémonies qu'on veut supprimer, enfin ce
besoin d'unité dans la foi qui tranquillise le
cœur. Une querelle si ardente, une guerre si
ouverte, ne peut que s'embraser dans les con-
grès ecclésiastiques, et s'envenimer dans les cabinets des rois qui ont déjà pris des leçons de
Machiavel; joignez-y les intrigues des grands

qui veulent s'arracher le pouvoir, la faveur des cours, ou à son défaut celle du peuple. La cause de Dieu, invoquée de part et d'autre, lèvera bien des scrupules, justifiera d'un côté la révolte, le brigandage et de cruelles violences, et de l'autre sanctifiera les deux attentats les plus monstrueux qu'ait jusque là produits la société; chez nous la saint Barthélemy, et en Irlande le vaste massacre des protestants par les catholiques.

Mais détournons-nous de ce tableau, qui n'a rien de commun avec la philosophie, et qui en fait amèrement déplorer l'absence. Cette philosophie cependant commençait à poindre, dès le xvie siècle qui fut brillant, agité et tourmenté comme tous les siècles d'une brusque transition. Malheureusement elle ne renaît pas encore, même à cette brillante époque, où l'Italie multipliait ses chefs-d'œuvre dans la poésie et dans les beaux-arts. Le sentiment et l'inspiration du beau étaient devenus une passion dominante et presque exclusive, mais surtout chez les Florentins, les Romains, les princes de Ferrare, et même chez les Vénitiens, qui déjà avaient à se distraire du déclin de leur grandeur. Chez les Athéniens, cette passion du beau, si fertile en prodiges, avait été

contemporaine de leurs plus beaux jours de gloire
et comme un reflet de leurs actions héroïques.
Ils étaient libres encore, et la liberté surtout démocratique a besoin du balancier soit d'une sagesse inculte, mais fortement judicieuse, soit d'une
philosophie profondément religieuse , comme
celle de Platon et de Xénophon. Les Romains
virent commencer leur siècle littéraire dans l'é-
clat le plus merveilleux de leurs conquêtes et
dans les derniers combats de leur liberté. On
devrait appeler cet âge de gloire de Rome , le
siècle de Cicéron , et non celui d'Auguste. L'o-
rateur transmit à Virgile sa noble et tendre philosophie.

Dans l'Italie moderne, la religion régnait avec
trop d'empire, par ses pompes, par toute sa poésie, et prenait trop d'ombrage pour laisser un
libre cours à la philosophie. Le Dante se hâta
de lui choisir un refuge dans une poésie qui em-
brassait tout l'univers même spirituel. Pétrarque,
tout platonicien par le cœur et par l'imagination, est timide en philosophie comme il l'était
en liberté quoiqu'il commençât par être admi-
rateur de Rienzi. L'Arioste est le plus charmant
des poëtes ; mais j'éprouverais quelque scrupule
à en faire un philosophe, si ce n'est à la façon

d'Aristippe et d'Horace. Quant au Tasse, c'est Virgile agrandi par une religion plus haute et plus sainte, et par les profondes études qu'il avait faites sur Platon, dont il expliqua la philosophie dans un cours public. Il a eu le bonheur de trouver des modèles du beau moral dans l'histoire et surtout dans la peinture des caractères de Godefroi de Bouillon et de Tancrède. Quel charme divin n'a-t-il pas su répandre sur ce dernier! Les femmes qui paraissent trop rarement dans l'épopée antique, font le charme de la sienne et du poëme de l'Arioste; elles y prennent ce modeste et délicieux empire qu'elles ont conquis dans la société chrétienne.

Mon respect pour le beau idéal est tel que je ne craindrais pas d'attribuer l'esprit philosophique à des artistes tels que Michel-Ange et Raphaël. Mais je craindrais une diversion qui m'entraînerait trop loin de mon sujet.

Je ne vois pas encore s'élever dans une région alors si féconde en talents créateurs, un seul philosophe qui me rappelle l'indépendance ni le génie, ni cet enthousiasme de vertu que j'ai signalé soit dans Platon, soit dans Épictète. Si je ne veux qu'une vaste étendue d'esprit observateur et une étonnante variété de talents, j'irai les chercher à Florence; mais c'est Machiavel que je rencontre, et je recule épouvanté de son livre *Du Prince*, de ce code si froid et si savant des crimes politiques dont regorgeaient les cours d'Italie. J'entends dire quelquefois que ce livre maudit est une ironie sanglante, une satire déguisée, sous laquelle se cache un républicain indigné. Mais il faut convenir que jamais satire n'a été plus indignement poltronne, que jamais ironie ne s'est couverte d'un voile plus épais, plus grossier; il faudra inscrire Machiavel, cet auteur qui dans la *Mandragore* a si puissamment créé la comédie moderne, parmi les écrivains maladroits qui ne savent jamais faire entendre leur pensée, même à la sagacité la plus commune. Il est évident par ses lettres que ce livre ne lui a été suggéré que par la faim, et jamais elle n'a mieux mérité l'épithète: *Male suada fames*. D'ailleurs ce même Machiavel, parlant en républicain dans ses discours sur Tite-Live, se montre fort porté aux moyens expéditifs et violents que nous appelons aujourd'hui révolutionnaires. Ne vous étonnez pas que ce livre soit devenu l'oracle familier de Catherine de Médicis et de tous les conseillers italiens de la saint Barthélemy. Je croirais prononcer un blasphème en donnant le titre de philosophe à cet empoisonneur de la morale publique.

Le véritable précurseur de la philosophie au XVIe siècle me paraît être Érasme, ce prince aimable et spirituel des érudits, ce cicéronien zélé qui reproduisait souvent dans son style les grâces sinon l'éloquence de son grand modèle. Le premier il s'était servi contre les abus de l'Église de cette arme de l'ironie qui devait être si tranchante dans les mains de Voltaire; mais il savait se contenir dans son zèle de réformateur, soit par l'étendue et la justesse de son esprit, soit par politique. Il s'essaya en vain à modérer les violences de Luther. Dans un siècle aussi orageux, ce n'était pas sa voix qui devait prévaloir; on était impatient de vider par les armes une querelle où l'on entendait peu de chose, mais où toutes les passions étaient aux prises. Son plus beau titre de gloire est d'avoir éloquemment défendu la liberté de l'homme contre l'atrabilaire apôtre de la réforme, qui, en faveur du pouvoir de la grâce, détruisait le libre arbitre dont lui-même faisait un si téméraire et si violent usage. C'est là le grand écueil de ces questions sur la grâce, si disproportionnées à l'infirmité de notre entendement. Comment ne nous en détournerions-nous pas avec crainte, puisque deux hommes de génie et de foi, tels que saint Augustin et Pascal, y ont trébuché et n'ont pas senti que toute la subtilité et la vigueur de leur argumentation pouvaient tendre à nous garrotter des chaînes du fatalisme musulman. Pour moi j'aime mieux expliquer tout ce qui tient à la liberté de l'homme par le sentiment que m'a donné ma conscience, que par les solutions hasardeuses, contradictoires et peu intelligibles de la théologie.

J'aborde enfin dans ma patrie, pour voir si au xvie siècle j'y découvrirai quelques premières lueurs d'une philosophie qui doit y jouer un si grand rôle, et en agiter tellement les destinées avec un si fort contrecoup sur celles du monde; et d'abord j'y découvre la figure grave et imposante du chancelier de L'Hôpital. C'est un philosophe en action qui a voulu devancer de deux siècles le règne de la tolérance. Oh! si cette profonde sagesse eût pu prévaloir sur tant de passions déchaînées, sur les fourberies politiques, que de flots de sang épargnés à la France! que de blessures et d'outrages épargnés à la religion, de honte à nos annales! Mais ce sont des faits qui appartiennent à l'histoire et non au genre d'examen que je poursuis. J'ajouterai seulement que Michel

de L'Hôpital doit être considéré comme le père
de la grande génération des jurisconsultes français. Cette école a su se perpétuer jusqu'à travers
les horreurs de la Ligue, elle prend un empire plus
ferme avec D'Aguesseau, brille de son plus grand
éclat avec Montesquieu, et vient unir les noms de
Domat, de Pothier, de Servan à ceux des Tron-
chet, des Portalis, et des autres jurisconsultes nos
contemporains, qui, en réformant la confusion de
nos coutumes et les froides barbaries de nos lois
criminelles, ont rédigé pour la France ce Code civil
dans lequel se résume, s'étend et se perfectionne
toute la sagesse des jurisprudences modernes, romaines et même athéniennes; car le premier anneau remonte à Solon. N'est-ce pas là une des
plus hautes branches de la philosophie? n'est-ce
pas celle qui répand le plus au loin ses fruits
salutaires et sait le mieux résister aux tempêtes
de l'ordre politique? Mais il ne m'est pas permis
de m'arrêter à un tel sujet; je rentre dans celui
que je me suis proposé, pour parler de Montagne.

Je lui ai déjà reproché deux fois son scepticisme, et c'est avec un profond regret. J'ai mauvaise grâce à l'accuser dans un moment où je
m'autorise de son exemple pour la fantaisie de
mes cadres et de mes excursions et pour la liberté

moins pardonnable encore de parler de moi;
mais je l'accuse peu; je déplore surtout qu'un
génie si aimable, qu'une âme si paisible, si bienveillante, si capable d'enthousiasme pour les plus
hautes vertus, ait été condamné à traverser le
siècle des guerres de religion? N'est-il pas évident
que sa pensée toute philosophique, toute charitable, toute française, était d'amener les esprits à ce
calme qu'il obtenait par la hauteur de son esprit,
et non par la froideur de son âme? L'ami de La
Boétie, de ce jeune philosophe, auteur énergique
et intrépide de la *Servitude volontaire,* le peintre
le plus ravissant et le plus naïf de l'amitié, le voyageur qui allait partout cherchant des diversions
à de cruelles pensées, le solitaire qui s'enfermait
avec les grands hommes de Plutarque, en gémis-
sant de voir les grands hommes ses contemporains
se livrant de si cruels combats, ou victimes de si
atroces perfidies, comprenait, savait peindre et
même quelquefois inspirer toutes les grandes vertus; puissance à laquelle ne s'élèvera jamais un
véritable sceptique. Mais l'espèce d'indifférence
religieuse et de doute philosophique auxquels il
avait recours pour modérer et refroidir des hommes qui ne savaient défendre leur opinion que par
la violence et le meurtre, ne réagit que trop sur

son esprit. Après s'être élevé avec Platon, Cicéron et Sénèque, il redescend et s'abaisse trop souvent avec Lucrèce, que les malheurs et les crimes de son temps ont peut-être conduit à sa morne incrédulité en affaiblissant sa vocation poétique. Son esprit ne reste en balance que parce que son cœur est trop souvent froissé. Je crois inutile de m'étendre sur ce sujet ; il a été traité avec autant de profondeur que d'éclat dans l'un des plus heureux concours académiques.

CHAPITRE XI.

Le xviie siècle est rapidement considéré dans son ensemble, au dehors aussi bien qu'au dedans de la France. — Descartes élève la philosophie à une hauteur nouvelle. — Ses Méditations ; ses combats contre Hobbes et Gassendi en faveur du spiritualisme. — Impulsion qu'il donne aux hommes de génie du grand siècle. — La philosophie d'accord avec la foi ; Mallebranche fortifie cette union. — Divisions intestines de l'Église. — Mesures despotiques et funestes de Louis XIV. — La philosophie va étendre plus loin et plus indiscrètement son domaine.

LA PHILOSOPHIE DANS LE GRAND SIÈCLE.

J'ENTRE enfin dans le grand siècle de la philosophie et je le vois contemporain du plus beau siècle de la religion, des sciences, des lettres et des beaux arts. La lumière me frappe de tous côtés ; mais elle est aussi douce que majestueuse. C'est une harmonie qui semble rappeler celle de l'univers. Les grands astres de la civilisation nouvelle suivent un cours régulier et décrivent leurs orbites sans se livrer de choc. C'est que jamais leur apparition simultanée n'avait été mieux préparée par le long travail de la société sur elle-même.

Ce grand XVIIᵉ siècle, je me garderai bien de
le placer sous l'invocation de Louis XIV, quelque
imposante que soit la figure de ce monarque. Je
ne voudrais pas non plus en faire un titre de gloire
exclusif pour ma patrie, quoiqu'elle y joue le rôle
le plus éclatant. Elle a recueilli le magnifique héritage de l'Italie et s'est encore enrichie auprès de
l'Espagne. Le Dante, le Tasse et l'Arioste se présentent avec leurs grands poëmes, comme pour
présider à cet essor poétique qui va successivement
emporter toutes les nations européennes. Voici le
moment où chacun apprend et perfectionne l'u-
sage des grands instruments de civilisation accordés
par la Providence. Un double sentiment d'ordre
et de grandeur vient partout animer le génie. Les
préjugés ne sont point vaincus; on ne leur fait
même qu'une guerre timide, mais on les adoucit;
la passion du beau est le premier mobile.

Dès les premières années de ce siècle et lors
même qu'il est encore agité par les longues calamités de la guerre de trente ans, il se montre déjà
plein de sève et de vigueur. S'agit-il de sciences?
Bacon a déjà indiqué la route qu'elles doivent
suivre, et leur a prescrit de se soumettre au frein
de l'expérience et de l'observation qui centuplera
leurs forces. Galilée a paru et confirmé par une

puissante démonstration la conjecture hardie du polonais Copernic sur le mouvement de la terre. Les Colomb, les Vasco de Gama, les Vespuce, les Magellan, les Drake avaient beaucoup étendu le domaine de la terre. Galilée, créateur du télescope, augmente indéfiniment le domaine des cieux. La navigation va profiter de ces découvertes. Toricelli et Pascal ont assujetti l'air à leurs observations, à leurs calculs. Gustave-Adolphe et bientôt après lui Turenne, Condé, Montécuculli et Vauban changent les lois de la guerre et les font mieux obéir, soit aux calculs de la science, soit aux inspirations du génie. Richelieu a créé le grand ressort d'une politique qui s'appuie sur de vastes et fermes conceptions.

L'Angleterre, qui va être déchirée à son tour par le fléau d'une guerre de religion mêlée à la terrible ardeur des débats politiques, a déjà produit son Shakspeare et son Milton, deux hommes de génie, rivaux et non imitateurs de ceux de l'antiquité et de ceux de l'Italie. En Espagne, Lopez de Véga, et après lui Guillen de Castro et Caldéron ont animé l'art dramatique de leur verve féconde, intarissable et déréglée. Souvent ils l'ont étouffé sous de folles richesses. Cervantes a laissé un monument plus durable dans un roman ou plutôt dans une épopée badine qui fait une guerre hardie, originale et gaie aux passions et aux préjugés de cette chevalerie, ornement et palliatif de l'anarchie féodale et qui doit tomber comme elle, mais en laissant d'heureuses traces dans nos mœurs.

La philosophie se montre enfin, avec Descartes, dans toute sa puissance. Je ne tenterai point sur les *Méditations* de ce philosophe cette espèce de mutilation que l'on appelle une analyse. Il y a bientôt trente ans que je l'avais essayée dans le ravissement où m'avait jeté la lecture tardive de ses ouvrages de métaphysique. Je m'indignais contre moi-même de l'avoir étudié si tard, je m'indignais encore plus contre l'oubli où était alors tombé le philosophe proscrit par Voltaire sous le nom de *René le songe-creux*. Aujourd'hui, sans doute, il est plus honoré, mais pas assez lu, pas assez médité et l'on s'en tient trop à lire son discours sur la méthode qui n'est pourtant qu'une admirable introduction à ses *Méditations*, à ses *Principes*. Je ne puis trop inviter les jeunes gens à ce puissant exercice de la pensée; une grande conquête en sera le prix; celle des vérités sur lesquelles reposent tous nos devoirs, toutes nos espérances.

Socrate avait l'art d'interroger les autres; Descartes sait surtout s'interroger lui-même; je le remercie de nous avoir fait connaître les procédés de son esprit, autant du moins que les secrets du génie peuvent se révéler à ceux que le ciel n'a point gratifiés de ce don.

Dans le cours de la guerre de trente ans, un jeune officier français a eu la curiosité de voir le couronnement de l'empereur. A son retour, il est arrêté par les neiges dans un village d'Allemagne. Point de société, point de livres. Il parle une langue étrangère. Les semaines s'écoulent : point d'issue; eh bien, cette insupportable prison est une bonne fortune pour Descartes. Il flottait encore dans mille incertitudes et n'avait pris nul soin d'écarter les nuages, il s'était plu à les épaissir; car sa pensée dominante était de sortir du scepticisme en le poussant à ses dernières limites. Il est armé d'un savoir plus profond qu'étendu. Mais on dirait que tout appui lui répugne; il veut s'élever par lui-même. Il médite un effort vigoureux que favorisent sa solitude monotone et cette nature inanimée qui n'a plus de séductions à exercer sur lui. Il fait l'inventaire de ses idées, et la critique opiniâtre de celles qu'il a regardées comme ses certitudes. Il les voit toutes disparaître suc-

cessivement sous la puissance et l'universalité de
son doute raisonneur. Déjà le monde matériel lui
échappe, et il n'a point encore posé un pied assez
ferme sur le monde intellectuel. La certitude de
son existence lui reste seule, et par quoi lui est-
elle attestée? par son doute même. Ce doute est
un produit de sa pensée. Deux certitudes corrélatives lui sont acquises ; sa pensée et son existence,
et il les exprime par ces mots qui ne sont point
un enthymème, quoiqu'ils en aient la forme : *Je
pense, donc je suis*. Mais le voilà déjà qui a reconnu sa nature ; il est un être pensant. Bientôt
les deux plus imposantes vérités vont se découvrir
à cet assembleur de nuages. Il s'y élancera d'un seul
bond. Il examine entre ses idées celle qui lui offre
le plus le caractère d'une nécessité absolue dans
l'être, dans l'objet qu'elle retrace. Il n'en voit
qu'une seule, et celle-ci subordonne toutes les
autres, car il n'en est aucune qui offre le même
caractère. Cette idée est celle de Dieu ; d'un être
doué de perfections infinies dont la pensée est
inabordable à la faiblesse humaine. D'où lui vient-
elle? Il démontre qu'il n'était pas au pouvoir des
hommes de forger une telle idée, d'inventer un
tel être. L'idée de Dieu lui vient de Dieu même ;
elle en est l'émanation et la preuve.

Ici je tremblerais de substituer le vague et l'in-
correction à la langue sévère et sublime de Descartes, c'est lui qu'il faut lire et non ses interprètes, à moins que ce ne soit Mallebranche,
génie qui procède de ce philosophe et qui en est
presque l'égal. J'ai dit ailleurs que le spectacle
de la création, quelque superficiellement qu'il
soit médité, et le fait de notre intelligence, four-
nissent des preuves plus faciles, plus directes de
l'existence de Dieu. Et si l'on veut de la métaphysique transcendante, la démonstration de Dieu
par le docteur Clarke me paraît mieux réunir les
conditions rigoureuses d'une démonstration mathématique; mais le chemin qu'a suivi Descartes
est le plus propre qu'on ait encore conçu pour dé-
montrer la spiritualité de l'âme. La séparation
qu'il fait des attributs de l'étendue et de ceux de la
pensée est si connue et si convaincante que je n'ai
pas besoin de la reproduire ici. Rien d'ailleurs ne
peut s'abréger dans un penseur de cet ordre.

Ce qui me paraît également sublime dans Descartes, c'est d'avoir recours à la pensée de Dieu,
de ce Dieu en qui réside toute vérité, pour rendre
la vérité au monde matériel auquel nous croyons
invinciblement. C'est là le point de départ de la
magnifique hypothèse de Mallebranche. Je ne dirai

point avec lui que nous voyons tout en Dieu, mais que nous voyons tout par la faveur de Dieu, et qu'il est le seul garant de la fidélité de nos représentations, quand la raison en a fait l'examen.

Cependant Descartes, avant de livrer au public ces *Méditations* qui vont créer et proclamer le règne de la philosophie en affermissant celui de la religion, va chercher les lois du monde matériel qui lui échappait tout à l'heure. Déjà il s'est créé un instrument merveilleux en appliquant l'algèbre à la géométrie. Viette avait ouvert cette voie, mais Descartes y est allé si loin que souvent on lui en rapporte tout l'honneur. Bientôt il conçoit la pensée la plus hardie qui se soit encore présentée à aucun mortel, celle d'expliquer quelle pensée première a présidé à la création du monde matériel. Il est vrai qu'Épicure et Lucrèce avaient aussi formé leur système du monde. Mais outre l'extravagance de leurs atomes crochus, ils n'étaient pas très-avancés en astronomie, puisqu'ils prétendaient que le soleil et la lune avaient tout juste la grandeur du disque sous lequel ils apparaissent à nos yeux.

Les tourbillons de Descartes ont cédé à un autre système qui part de lois plus certaines, et mieux vérifié par l'observation et qui fait la com-

mune gloire de Képler et de Newton. Mais il n'en
est pas moins vrai que Descartes a répandu sur
la physique, la dioptrique et même l'anatomie,
beaucoup de lumières qui s'accordent avec les découvertes les plus récentes.

Mais un tel génie ne peut se distraire longtemps du monde spirituel, objet de ses méditations les plus profondes. Il n'a cessé de les poursuivre dans la solitude; il se cache au monde pour
l'éclairer; il aime la gloire, mais il aime encore
plus la vérité. Ne pensez pas qu'il cherche le silence des forêts et les inspirations d'une belle
campagne, il y serait trop accessible aux séductions de l'éloquence et de la poésie; il se fait une
loi d'enchaîner sa belle et forte imagination; il a
cherché la liberté et l'obscurité en Hollande;
mais il ne peut longtemps y jouir ni de l'une ni
de l'autre. Le mouvement d'une ville industrieuse
telle qu'Amsterdam, la vue de mille vaisseaux qui
arrivent de toutes les parties du monde, celle des
négocians, des marins et des ouvriers qui ne s'in-
forment ni de son nom ni de ses ouvrages, voilà
ce qui convient à cet esprit aussi sévère que brillant et intrépide. Ses besoins sont si bornés, qu'il
ne saurait être pauvre. Il échappe à la protection
ainsi qu'aux ombrages de Richelieu. Plus sage

que Platon même, il n'a rien à craindre ni à espérer de ce nouveau Denys. Enfin, après neuf années de recueillement et de retraite, il publie ses *Méditations*, et par les soins du père Mersenne, qui s'est établi le secrétaire intelligent et zélé de tous les savants de l'Europe, il les appelle au champ clos, non plus de la scolastique, dont il brise le joug fastidieux, déjà fortement ébranlé par Galilée et Bacon, mais à celui de la philosophie dont il va faire renaître la gloire et les beaux jours. C'est un moment bien solennel que celui où les grandes puissances du raisonnement tentent de pénétrer la nature divine, interrogent celle de l'homme et délibèrent sur sa spiritualité. Le choix des athlètes est imposant, puisque ce sont en première ligne le grand Arnauld, dont le plus beau titre est celui d'avoir été le puissant et courageux fondateur de Port-Royal, et d'un autre côté Hobbes, dont la logique serrée, l'élocution nette et précise, le cœur sec et l'humeur chagrine se sont voués avec plus ou moins de mystère à la cause de l'athéisme, et Gassendi, élève d'Épicure au XVIIe siècle, sobre comme son maître, fin et spirituel argumentateur, précurseur de Locke, et moins scrupuleux que lui sur la Divinité. Il est beau de voir de quelle hauteur Descartes s'élève au-dessus de ses adversaires : Arnauld n'était point de ce nombre, mais il souffrait impatiemment que la philosophie formât un empire distinct de la théologie, même lorsqu'elle confirmait ses vérités fondamentales. Quant à Hobbes et Gassendi, Descartes repousse leurs objections matérialistes avec une fermeté de conscience et de raisonnement qui terrasse d'avance tous ceux qui depuis devaient sacrifier la pensée à la sensation. La grâce vient souvent se mêler à la vigueur de son génie. C'est la polémique la plus noble, la plus calme et la plus victorieuse que j'aie jamais lue; il ne fut pas donné à Platon, malgré tout le charme de son éloquence, de faire entrer une telle conviction dans les âmes.

Puisque je viens de parler de Hobbes et de Gassendi, on peut voir que la philosophie à sa renaissance était menacée de faire fausse route. Montagne n'avait point eu assez de vigueur pour se maintenir dans une voie plus large, plus sûre et plus élevée. Bacon avait principalement dirigé la justesse et la force de son esprit vers les moyens de donner plus de certitude et plus de salutaires effets aux sciences physiques et naturelles. Son génie tenait plus d'Aristote que de Platon; sa métaphysique était saine, mais un peu timide;

sa morale, quoique pure, ne partait pas assez du cœur. Il la respecta toujours dans ses écrits; heureux s'il ne l'eût pas cruellement blessée dans sa vie publique!

Dans cet état de mollesse d'un côté, et d'une fatale audace de l'autre, qui sait jusqu'où les esprits fatigués et indignés des guerres de religion qui avaient duré plus d'un siècle, eussent porté leur licence, si Descartes n'eût paru pour leur tenir les rênes, et n'eût fondé la philosophie sur de solides bases, et n'en eût appuyé l'édifice naissant sur de sublimes colonnes? La théologie, un moment alarmée à l'aspect de la puissante rivale qui venait la servir, finit par accepter ses secours avec reconnaissance; la première et la plus noble conquête de Descartes fut celle de Port-Royal, cette arche de tant de vertus, de lumières, et d'une sainteté si rigide. Cependant Pascal, génie non moins fier que Descartes, et qui l'avait suivi de fort près dans les sciences, parut croire que la foi n'avait pas besoin de la philosophie pour auxiliaire; il oubliait qu'elle lui avait déjà servi de précurseur; il était d'ailleurs voué à une autre mission, également utile à la religion et à la philosophie; celle de sauver la morale des décisions scandaleusement indulgentes, émanées des disciples d'Ignace de Loyola, qui pervertissaient les consciences pour étendre leur empire. Fénelon et Bossuet ne se firent point de scrupule, l'un avec tout son charme, l'autre avec toute sa grandeur, d'emprunter les armes de Descartes contre l'incrédulité qui ravale l'espèce humaine et lui fait oublier ses devoirs et ses destinées. Mallebranche développait les démonstrations de Descartes avec une sagacité philosophique qui le rend un inspecteur si sévère et si sûr de toutes les erreurs de notre sens et de notre imagination ; il savait en outre rendre ces vérités plus abordables à l'esprit par un style limpide et naturel, où l'effort ne se fait jamais sentir, même au milieu des travaux les plus intrépides de la pensée. Labruyère qui, en jetant ses idées sur la morale, a prouvé qu'avec une prose ingénieusement hyperbolique, on pouvait s'élever au-dessus de tous les poëtes satiriques, quand il a voulu prendre un essor plus élevé dans son chapitre sur *les esprits forts,* s'est appuyé sur Descartes aussi bien que sur Fénelon et Bossuet.

Fierté, ordre et grandeur, voilà quel fut le mouvement imprimé au xviie siècle. Il ne voulut pas tout changer, mais perfectionner le bien et adoucir le mal. Il eut la sagesse de comprendre que la civilisation est une œuvre progressive, et qu'en voulant tout faire à la fois on opère un bouleversement certain et des améliorations fort incertaines. Chacun sut se conformer à ce principe, qui avait réglé la vie et les opinions de Descartes; les lumières ne purent devenir des torches entre les mains de ses disciples; mais les conquêtes de la philosophie n'étaient point achevées.

L'esprit philosophique se répandit sans bruit, sans ostentation dans toutes les grandes productions du xviie siècle. Le génie de Corneille en fut illuminé; vous diriez, à ses élans rapides et sublimes, que c'est un frère de Descartes qui a suivi une autre carrière, mais qu'anime un même feu. Bossuet paraît encore un autre membre de cette grande famille. Ces trois hommes représentent trois facultés de l'homme élevées à leur plus haut degré de puissance, religion, philosophie et poésie.

L'esprit philosophique alimenta le génie de Molière, et donna de la profondeur, je dirais presque du sublime à sa gaîté. L'inimitable Molière n'a qu'un rival pour l'esprit d'observation; et c'est Shakspeare; en amusant la foule, il parle toujours au philosophe.

Voici un homme qui a le secret de nos passions les plus tendres, et sait comment elles peuvent se transformer en passions furieuses; Racine, aussi admirable peintre des unes que des autres, est moins occupé que Corneille du beau idéal dans les grandes figures qu'il retrace; mais c'est dans son style qu'il l'atteint et le réalise.

La religion appelle bientôt cette âme tendre; il vit dans un siècle où l'amour n'est qu'un premier pas vers la dévotion; elle augmente encore le charme divin de sa poésie.

Il semblerait superflu de chercher l'esprit philosophique dans La Fontaine, puisqu'il ne fut point l'inventeur de ses délicieux apologues, mais tout ce qu'il orne il semble le créer. Les animaux auxquels il donne nos passions, notre esprit, ou plutôt tout le sien, deviennent les sujets de drames touchants ou de fines comédies; son imagination facile et riante, sa poétique gaîté lui servent à graver les leçons de la sagesse pratique. Il les donne avec une aimable incurie qui lui sert à charmer nos loisirs, et à chasser de notre cœur des passions turbulentes et haineuses. Je ne connais point de meilleur antidote contre elles qu'une gaîté où la philosophie se fait sentir.

Chez Boileau c'est le droit sens qui se fait sentir avec le plus de force. Il l'applique au goût et justifie sa mission par d'excellents vers qui en deviennent les proverbes et les lois.

Tandis que brillaient tous les talents divers dont je suis loin d'avoir complété la liste, la philosophie vivait en paix avec la religion et l'autorité, ou plutôt elle était un appui de l'une et de l'autre. Mallebranche, qui était assez grand philosophe pour se passer d'être théologien, aimait à défendre les doctrines de saint Augustin et de la grâce sur le péché originel. La philosophie de Descartes fut ainsi jetée dans des controverses qu'il avait évitées avec soin de toute la hauteur et l'indépendance de son génie. Ce fut là peut-être ce qui dans le siècle suivant exposa le plus la philosophie cartésienne aux imprudentes et fatales agressions de Voltaire. Mais la discorde existait encore dans l'Église illustrée par les hommes les plus éloquents qu'elle ait produits. Sans parler des querelles du jansénisme qui ne vieillissaient pas, même quand le talent des docteurs avait veilli, ni de la guerre éternelle du protestantisme que Louis XIV et Louvois avaient voulu despotiquement étouffer, une guerre s'était allumée entre les deux plus admirables Pères de l'Église,

Bossuet et Fénelon. J'ai déjà manifesté tout mon penchant pour le mysticisme, pour ce culte d'amour rapporté à la source divine; l'effet nécessaire en est d'atténuer ou de modifier des menaces terribles qui arrêtent les épanchements du cœur, et ne causent le plus souvent qu'une stérile épouvante. L'âpreté que Bossuet porta dans le combat eût dû faire pencher la balance en faveur de son rival. Mais Louis XIV intervint, et commanda les rigueurs du saint-siége contre le plus fervent apôtre de l'amour divin.

Je ne puis croire que cette victoire fut utile à la foi; le combat lui fut surtout funeste; ces divisions de l'Église devaient appeler tôt ou tard la philosophie à s'en rendre l'arbitre, et pour peu que son audace fût faiblement réprimée, elle pouvait frapper de l'un et de l'autre côté, et négligeant la théologie, porter ses coups sur la religion même. Le moment se préparait et c'était le roi lui-même qui hâtait l'explosion en voulant la prévenir par la violence de ses mesures, par le sanguinaire et monstrueux apostolat de ses dragons convertisseurs, et enfin par la révocation de l'édit de Nantes, absurde et funeste coup d'État, auquel applaudit non-seulement le vulgaire, mais l'élite des sages et des saints. Ce

qui prouve que la philosophie était loin encore
de porter tous ses fruits dans le grand siècle.
Louis XIV, qui avait protégé la comédie du Tar-
tufe et fait proclamer par Bossuet lui-même les
libertés de l'Église gallicane, ébranla tout par
sa dévotion tardive et despotique; il devint le
vassal du saint-siége et l'instrument de la vengeance des jésuites contre le Port-Royal. Elle
se porta jusqu'à faire raser ce saint et docte asile
où les Lettres provinciales avaient été écrites.
Qu'arriva-t-il? c'est que les armes dont Pascal
avait le premier fait usage en matière de foi,
passèrent bientôt aux mains beaucoup moins scru-
puleuses de Voltaire. La tolérance était devenue
le besoin le plus impérieux du siècle qui s'ouvrait. Comment et à quel prix serait-elle obte-
nue? Il était aisé de voir que la liberté religieuse
appelait d'autres genres de liberté. La conquête
n'en serait-elle pas cruellement achetée?

CHAPITRE XII.

La religion chrétienne se combine très-bien avec l'optimisme,
surtout chez les auteurs mystiques tels que sainte Thérèse,
Gerson, saint François de Sales et Fénelon. — L'auteur
résume et essaye de résumer et de développer l'optimisme
de Leibnitz. — Influence de ce philosophe sur l'esprit et
le caractère allemand. — L'auteur parcourt rapidement
la philosophie anglaise avant l'*Essai sur l'homme* de Pope,
autre fondement de l'optimisme religieux ; il l'oppose au
pessimisme de lord Byron.

OPTIMISME DE LEIBNITZ ET DE POPE.

Je vais visiter maintenant l'Allemagne et l'Angleterre, et grâce à Leibnitz et à Pope, je me
retrouve à mon point de départ, l'optimisme religieux, et après une longue excursion, à travers
quinze siècles, dans le monde philosophique, je
rejoins mon drapeau. Nous avons vu cependant
la philosophie, après s'être confondue avec la
religion chrétienne qui en est le plus admirable
complément, reconquérir par degrés un pouvoir
à part. Mais elle est moins forte par elle-même
qu'elle ne l'est par le secours d'une religion qui

prête des ailes à l'amour et à l'espérance, et nage
au sein de la spiritualité.

La philosophie ancienne manquait de ce support. La spiritualité n'y était point assez fortement affirmée, et Platon lui-même l'ébranlait
quelquefois par son doute académique. Ce philosophe avait, comme je l'ai dit, deviné l'optimisme sans pouvoir l'établir en système. Ni lui,
ni aucun de ses disciples grecs ou romains, n'a-
vaient pu entrevoir l'œuvre progressive de la civilisation. Ils bornaient la perfectibilité à quelques hommes d'élite et ne l'étendaient point à la
société humaine. Ils formaient quelques sages,
et puis ils leur souhaitaient de régner sur quelques
peuplades, comme l'avait souhaité Platon dans sa
république imaginaire et impraticable, ou comme
Cicéron sur un grand peuple. Ces deux philosophes étaient contemporains de jours désastreux,
l'un de la guerre du Péloponèse, l'autre d'une
guerre civile de Rome. Que pouvaient-ils espérer
pour le genre humain?

Comme la philosophie ancienne s'était bornée
à former quelques sages, la religion sembla longtemps ne s'occuper qu'à former quelques saints.
Mais ses bienfaits positifs appliqués à la terre et
aux institutions sociales se révélaient par degrés.

Une grande force d'espérance est évidemment attachée à la religion chrétienne. L'école que l'on appelle mystique me paraît le plus pur sanctuaire de l'optimisme. Il se fonde sur l'amour. Voyez avec quelle onction il s'épanche dans les épîtres de saint Paul, de saint Pierre et de saint Jacques ! Vous le retrouvez encore dans les homélies de saint Basile, de saint Jean Chrysostôme, de saint Grégoire de Naziance, dans les sermons de saint Bernard, et dans plusieurs écrits de saint Anselme et de saint Bonaventure, souvent même dans saint Thomas d'Aquin, malgré la rigueur de ses formes scolastiques. Sa plus vive ardeur brille dans les écrits de sainte Thérèse, qui fut un ange d'amour sur la terre. Le savant chancelier de l'université, Gerson, le reproduit dans plusieurs de ses ouvrages avec tant de feu, que je me vois forcé de le regarder comme l'auteur de l'*Imitation de Jésus-Christ,* de tous les livres écrits de main d'homme, celui qui s'adresse le plus intimement à l'âme en souffrance et sait le mieux la réconforter.

Tout à l'heure je cherchais à excuser le scepticisme de Montagne par les calamités et les fureurs religieuses de son siècle. Saint François de Sales était contemporain de ce philosophe et avait vu les longues horreurs de la Ligue. Oh ! qu'il avait pris un refuge plus élevé contre tout ce qui pouvait percer son cœur et déconcerter sa raison! Il reste immuable dans sa foi, dans son amour. Il sait le répandre dans tous les cœurs tendres et religieux et surtout dans celui des femmes, par une dévotion pleine de charmes; il ne le cède point en imagination à Montagne lui-même. Mais il sait bien mieux en régler l'essor; il couvre de fleurs le chemin escarpé qui mène au ciel.

Ce qu'il y a de remarquable dans saint François de Sales et dans les orateurs mystiques, c'est que malgré leurs extases et leurs contemplations séraphiques, ils sont, je ne dirai pas de tous les chrétiens, mais de tous les sages, ceux qui savent le mieux enseigner la morale pratique et l'appliquer aux circonstances les plus difficiles de la vie sociale, c'est que l'esprit de charité réside surtout en eux, et qu'il leur suggère une indulgence ingénieuse. Ils abhorrent la violence; et l'excessive rigueur en est un commencement. Quoique je sois plus sensible aux charmes du style de Massillon qu'au style sévèrement logique de Bourdaloue, je préfère celui-ci parce qu'il me fait moins désespérer d'obtenir les vertus chrétiennes.

Je viens de parler de Fénelon; nul homme ne fut jamais plus propre à sceller l'alliance intime de la religion et de la philosophie; on voit dans son *Télémaque* même, mais surtout dans sa *Direction pour la conscience d'un roi*, qu'il voulait appliquer concurremment la religion et la philosophie aux institutions sociales et aux lois de sa patrie. Bossuet avait flatté l'autorité absolue, Fénelon s'occupait à la modérer dans le moment où par trop d'orgueil elle penchait vers l'abîme.

L'Église était menacée du même péril, et Fénelon savait le prévoir. Oserai-je dire ici ma pensée, c'est que Bossuet avait plus de vigueur et Fénelon plus d'étendue dans l'esprit. Celui que Louis XIV traitait de bel esprit chimérique était l'homme qui eût su le mieux conduire la transition difficile entre le xviie et le xviiie siècle.

Leibnitz était aussi un homme d'une haute prévision et doué du génie conciliateur, comme il l'avait prouvé dans ses négociations malheureusement avortées avec Bossuet pour l'union des églises catholique et protestante. Il offrait après Aristote le phénomène de l'universalité, quoique ce mot, en vérité, soit trop ambitieux pour l'homme. Dans quelque sphère qu'il fût rapidement porté par son génie, il y jetait des sillons lumineux; mais il semblait avoir besoin d'être provoqué par l'occasion et il négligea trop de résumer ses idées dans un vaste et majestueux ensemble. Cependant il partage avec Newton la gloire de la plus étonnante et de la plus vaste conception qui ait porté jusque dans l'infini les calculs certains de la géométrie. Dans la métaphysique, il marche l'égal de Platon et de Descartes, et forme avec eux, en y joignant leurs disciples et les siens, la plus magnifique partie du ciel philosophique.

Je n'aspire point ici à le suivre dans ses deux systèmes des *Monades* et de l'*Harmonie préétablie*. J'entends mal le premier ; le second me paraît admirable, mais d'une démonstration difficile. L'esprit de l'homme ne s'est jamais élevé plus haut ; mais peut-il s'y soutenir ?

L'optimisme de Leibnitz est bien plus abordable, et s'appuie sur des fondements plus solides et, grâce aux beaux vers de Pope, il est plus familier à tous les esprits. Je vais résumer cette doctrine, non avec les vastes et hardis développements que lui donne l'auteur de la *Théodicée ;* mais telle qu'elle est entrée, qu'elle est restée dans mon esprit ; telle qu'elle me paraît convenir à ceux qui, par une louable prudence, aiment à se tenir dans les régions moyennes de la métaphysique ; j'y ajouterai de mon chef quelques considérations.

Le monde est un ouvrage fini; car s'il ne l'était pas, il serait Dieu lui-même, Dieu matérialisé, confondu avec son ouvrage, et subissant toutes les imperfections de la matière, ce ne serait plus le Dieu que toute intelligence adore. Doué de toutes les perfections, il n'a pu concevoir que le meilleur des mondes possibles, dans un ordre fini; qui dit fini, dit imparfait, et l'imperfection indique la naissance du mal, c'est la création tout entière et non la terre qui est le meilleur des mondes possibles. Il nous est impossible de connaître l'ensemble, mais nous pouvons en juger par l'essence de Dieu qui est la perfection même. La bonté de Dieu veille à rendre la somme des biens plus grande que celle des maux. Tout ce qui vit chérit la vie; un bienfait précaire n'en est pas moins un bienfait. Si parmi les hommes il y a quelqu'exception à ce fait, c'est que l'ordre social est moins parfait que celui de la nature.

Le monde est construit sur une échelle où les perfections relatives vont toujours croissant. Cette gradation n'est-elle pas admirablement marquée dans les trois règnes de la nature? tout s'y tient, tout s'y enchaîne par de merveilleuses et presque insensibles transitions. En élevant nos regards jusque dans les immensités de l'espace, qu'y

voyons-nous? des globes successivement tribu-
taires d'autres globes, des satellites subordonnés
à des planètes, et tous ensemble formant leurs révolutions autour d'un soleil, qui lui-même gra-
vite autour d'un astre encore inconnu. L'esprit
se perd dans une gradation qui nous conduit aux
portes de l'infini, et reste frappé d'une délicieuse
extase à la vue du sublime spectacle que Dieu
offre à nos regards, ou qu'il fait concevoir à notre
esprit.

L'ordre intellectuel nous fait entrevoir quelque chose de plus grand; ce n'est plus vers un
soleil, roi d'autres soleils sans fin, qu'il nous
élève de degrés en degrés, c'est vers Dieu. Puisque l'homme seul sur la terre est doué du pouvoir,
non de le comprendre, mais de le conclure, et
du besoin de l'adorer, le véritable ordre intellectuel, l'ordre moral ne commence qu'à l'homme
sur la terre; c'est en lui exclusivement qu'existe le
principe de la perfectibilité; ce principe agit en
lui de deux manières : l'individu est appelé à se
perfectionner lui-même, et à perfectionner l'état
social auquel il appartient. Dieu est présent à tous
ces actes; tandis qu'il préside à l'univers physique par d'immuables lois, il assiste non-seulement en témoin, mais en juge, et souvent en

coopérateur aux actes de notre volonté variable.
Notre liberté est son présent le plus magnifique ;
elle nous rapproche de sa nature, ou peut nous en
éloigner infiniment, suivant l'usage que nous en
faisons. La perfectibilité nous sollicite à l'action,
elle nous indique notre haute destinée. Dieu se
présente à notre esprit comme l'architecte suprême, mais invisible de l'édifice social dont
nous sommes les maçons. Malgré les longs ébranlements qu'il a subis et auxquels il est exposé
chaque jour par le désordre de nos passions, nous
le voyons avec ravissement monter d'étage en
étage, et s'étendre sur un bien plus vaste théâtre.

Prenez un espace de mille ans, contemplez ce
qu'était la société européenne à cette ténébreuse
époque, et voyez ce qu'elle est aujourd'hui, quels
moyens elle a découverts pour étendre au loin et
perpétuer son ouvrage, vous ne douterez plus
que la perfectibilité sociale ne soit un fait certain
et un fait tout providentiel. Ce travail nous unit
aux hommes qui ont posé la première pierre et à
ceux qui doivent l'achever. Il demande de nous
plus que l'intelligence, il demande amour, justice
et vertu.

L'amour de nos semblables est pour nous une
introduction à l'amour divin, et Dieu s'y plaît

comme à celui que nous lui portons. Par un
principe de justice qui ne peut émaner que de
lui, et que nous n'aurions jamais trouvé dans nos
sensations ni dans leur réminiscence, il nous
donne un avertissement sévère; il voit, il juge
nos actions; en nous excitant aux grands efforts
de la vertu, il nous indique le prix élevé qu'il
nous destine. Tout ce que nous faisons de bon et
de juste pour la société humaine nous rendra
dignes d'entrer dans la société des saints, des
anges, et peut-être dans celle des intelligences
les plus rapprochées de Dieu. L'âme, suivant Platon, préexistait à ses organes, et Leibnitz, dans
sa *Théodicée,* incline vers l'hypothèse de la vie antérieure, qui est très-possible mais fort peu suscep-
tible de démonstrations. Il faudrait de la mémoire
pour prouver la continuité d'existence et l'iden-
tité de l'individu dans des mondes divers. Mais il
suffit que l'âme soit un être simple pour qu'elle
n'ait rien à craindre de la dissolution de ses organes, mort apparente qui n'est autre chose
qu'une nouvelle combinaison de la matière. Dieu
seul peut créer et annihiler des êtres simples :
Dieu n'anéantira pas une âme à laquelle il se révèle par la foi, l'espérance et la charité, qui
s'épuise en efforts pour monter jusqu'à lui, et

suit avec amour sa loi. L'être absolu, le principe
de toute vérité, ne peut être un souverain infidèle à ses promesses.

Les vastes systèmes de Leibnitz furent, du moins
dans sa patrie, un repos pour les controverses
théologiques dont il avait voulu s'établir le conciliateur avec Bossuet, et qui venaient de faire la
longue désolation de l'Allemagne. Leibnitz a été
plus qu'aucun autre philosophe le puissant direc-
teur de l'esprit de sa nation; il lui imprima une
vigueur nouvelle. Malgré la diversité des écoles
qui se sont élevées depuis en Allemagne, et quoique son optimisme soit devenu chez quelques-uns
un panthéisme spiritualisé, toutes les écoles l'invoquent encore comme leur commun patriarche.
Wolf, le juif Mosès Mendelohn, le baron de
Jacobi et M. Ancillon me paraissent ceux de ces
philosophes qui ont le plus religieusement conservé à la fois l'empreinte de Leibnitz et celle
de Platon. Le caractère allemand se ressent encore, après un siècle et demi, de l'impulsion
forte et mesurée qu'il lui donna. C'est le pays
des spéculations hardies et des applications ti-
mides. Je ne sais jusqu'à quel point le climat
favorise cette disposition. Partout ailleurs, les
passions concentrées acquièrent plus de violence.

Il semble qu'en Allemagne l'esprit de spéculation les volatilise; en s'élevant vers le ciel, elles ne pèsent presque plus sur la terre; là, les visages expriment plus de contentement que de joie. Je crois que c'est le pays de l'Europe qui abonde le plus en optimistes raisonneurs, parce que c'est celui où l'on rencontre le plus d'optimistes pratiques, ou du moins de ces philosophes d'instinct, tels qu'on en trouve encore quelques-uns dans nos fermes, bonnes gens et bonnes têtes, qui opposent à leurs maux une résignation forte et soutenue, sans manquer de compassion ni de soulagements actifs pour ceux de leurs semblables et qui tiennent un fidèle inventaire de tous les biens dont le ciel les gratifie.

J'arrive maintenant en Angleterre, et j'y trouve d'abord le plus rude adversaire de l'optimisme, le plus impitoyable flagellateur de tous les sentiments affectueux et tendres, que les matérialistes appellent nos illusions. Hobbes est comme Machiavel un génie perverti. Ce qu'il y a d'étonnant, c'est que ce fut son zèle pour la légitimité des Stuarts qui l'amena à la destruction commune de la religion et de la morale. Il ne voulut reconnaître d'autre droit que la force. L'homme fut créé à l'image de Dieu, il le fit à l'image du diable. Il ne tient aucun compte de nos sentiments sympathiques, ni même de nos affections de famille. Il veut que la société ait été formée par la crainte, et c'est la haine qui a uni les hommes. Son horreur pour la liberté va jusqu'à la détruire dans Dieu même; il en fait un esclave, un stupide. Tout pouvoir lui pèse s'il n'est tyrannique. C'est avec flegme et d'un ton dogmatique qu'il exhale ses chagrins et répand ses poisons. Ce ton sec lui enleva heureusement beaucoup de lecteurs, quoiqu'il eût le double mérite de l'ordre et de la clarté, funestes chez lui seul. Mais il n'aida que trop à corrompre les jours de la restauration anglaise, qui, d'ailleurs, fut presque aussi licencieuse sous Charles II qu'elle le fut depuis parmi nous sous la fameuse Régence.

Le vent du matérialisme commençait à souffler sur l'île verdoyante. Locke pouvait y contribuer par son système sur l'origine des idées, dont ni les Anglais, ni lui-même, j'aime à le croire, ne mesuraient toutes les funestes conséquences. Heureusement deux hommes d'un génie fort supérieur au sien, Newton et son ami le docteur Clarke, illustraient alors l'Angleterre et la société humaine. C'étaient deux rivaux et non deux adversaires de Descartes en métaphysique.

Newton, appuyé sur les lois de Kepler, rebâtissait le système du monde sur des fondements mystérieux (car quoi de plus incompréhensible que l'attraction universelle), et pourtant toutes les observations de la science les ont confirmés. Clarke s'établissait dans le monde intellectuel, et donnait la certitude mathématique à l'existence de Dieu. Cet ordre de preuves peut paraître un genre de luxe, puisqu'il en est de plus immédiates et qui n'ont besoin d'aucun effort de l'esprit, mais il devenait nécessaire pour confondre l'incrédulité savante.

Le règne de Charles II avait vu naître tous les genres de licence, et l'esprit philosophique s'y était plus d'une fois laissé débaucher. Après la révolution qui renversa les Stuarts et rétablit la liberté sur une base habilement et fermement aristocratique, les nobles principes reparurent et ne permirent pas au matérialisme des Collins et des Tindal d'étendre au loin ses progrès. La doctrine de Hobbes surtout faisait horreur; et déjà elle avait été fortement combattue par trois philosophes, Cumberland, Hutcheson et Shafterbury, qui, fidèles à l'inspiration du bon sens, rétablissaient la société sur le fondement des affections sympathiques et de la bienveillance. On considère

surtout Hutcheson comme le fondateur de cette
école écossaise qui devait si bien, par une profonde analyse, relever la dignité de notre nature.

Ce fut dans cette phase de la philosophie que
Pope conçut la belle et grande idée d'appliquer
à l'optimisme l'énergie et la richesse du talent
poétique, que Lucrèce avait prostitué aux leçons
d'Épicure, et dont il avait voulu embellir le
néant. La philosophie reçut des poëtes anglais un
hommage plus digne d'elle; mais il semble que
dans ce bel ouvrage elle lui tient les rênes de trop
près. Je regrette de n'y pas entendre assez souvent les sons de la harpe sainte, et de n'y pas
voir ces élans du cœur qui animaient les prophètes. Mais que son calme est imposant! que sa
marche est rapide et sûre! que son vol est facile
à travers les espaces célestes! les dieux de l'Olympe
ne voyageaient pas avec plus de vitesse, et n'avaient
pas à franchir l'infini. Sa poésie marche avec
grâce et facilité sous le poids des pensées les plus
abstraites; partout elle brille d'images pures,
grandes et variées, qui ne sont pas là pour remplacer le raisonnement, mais pour le finir et le
couronner! La concision y revêt trop souvent des
formes antithétiques, mais elle atteint son but.
Votre mémoire se prête avec plaisir à l'aide

qu'on lui donne. Le trait reste gravé dans votre
esprit. L'ode, nommée *la Prière universelle*, que
Pope composa depuis, est le complément de cette
grande œuvre ; c'est l'hymne qui lui manquait,
et dont le cœur avait besoin. Je sais un gré infini
à Pope d'avoir trompé l'intention de son ami
le lord *Bolingbroke*, qui dit-on avait fourni
au jeune poëte les matériaux de son édifice métaphysique. On ne peut douter, d'après les ouvrages connus de ce lord, qui, avec des facultés
supérieures, ne fut pas plus parfait philosophe
qu'un grand homme d'État, que son déisme ne
fût de la nature la plus tiède, et assez voisin du
panthéisme spinosiste. Eh bien, Pope sut s'éloigner à tel point de ces tristes données, que Bolingbroke, disait : *Ce pauvre poëte ne m'a pas
compris*, et Pope l'avait tout à la fois compris et
réfuté ; ce n'était pas sans raison que, dès le
début de son poëme, il l'apostrophait par ces
mots : « Réveille-toi, mylord. » Je crois entendre
par là : Réveille-toi des tristes songes d'un système ténébreux.

Un poëte contemporain de Pope vint s'unir à
son profond et brillant optimisme, et l'anima
d'un feu nouveau. Ce fut Thompson, l'auteur du
poëme des *Saisons*. Ne craignez ni la fatigue, ni

le vague d'un poëme didactique ou même vague-
ment descriptif. C'est la pensée de Dieu qui vient
illuminer pour Thompson le grand spectacle de
la nature. L'homme lui apparaît plus grand et plus
heureux sous cette invocation, sous cet empire.
Son enthousiasme pour la liberté coule encore de
cette source divine.

Pope ne fut pas moins heureusement secondé
par son rival en gloire, qui fut longtemps son
ami, par le sage Addison, car c'est aussi par la
pensée religieuse, la douceur exquise et la finesse
du sentiment moral qu'Addison et son spirituel
collaborateur Steele ont su faire un ouvrage immortel avec des feuilles périodiques.

Je ne puis m'abstenir de faire ici un rappro-
chement entre deux grands poëtes. Pope ne voit
dans toute la nature que des sujets de bénédic-
tions pour son auteur, et cependant il est affligé
dès sa naissance d'une disgrâce corporelle qui le
voue perpétuellement à d'ignobles risées. Sous
une forme de gouvernement qui provoque l'ambition, il doit étouffer la sienne, puisqu'il est catholique. Quel succès peut-il espérer en amour,
lui qu'on ne peut regarder sans pitié, sans tristesse, ou sans un rire insolent? et Pope est optimiste.

Un siècle après, il naît dans la même contrée un poëte, qui joint au tour vif et saillant de l'esprit de Pope, à sa concision énergique, une flamme beaucoup plus vive, un coloris, sinon plus pur, du moins plus original. C'est un lord ; il siége au parlement, et pourrait avec son génie intervenir dans les destinées de sa patrie et du monde. Il est ou sera bientôt comblé des dons de la fortune. Héros de la mode, doué d'une figure charmante et de l'art perfide d'exprimer avec feu ce qu'il sent faiblement ou du moins d'une manière fugitive, il peut savourer à longs traits les plaisirs de l'amour qui ne refusera rien à ses sens, rien à sa vanité. Ses ennemis, d'abord assez nombreux, ont été percés de ses flèches acérées, et plusieurs ont pris le parti de se ranger parmi ses admirateurs les plus ardents. Au milieu d'avantages dont la réunion pourrait paraître un prodige de la nature et de la fortune, un seul genre de disgrâce l'a mis dès son enfance en révolte contre la société, contre Dieu ; il est boiteux, et cette infirmité, qui ne coûte pas un seul soupir à son admirable contemporain Walter-Scott, aigrit son caractère, empoisonne sa vie et se renouvelle perpétuellement au milieu des chagrins qu'apporte avec lui un caractère hautain, capricieux, âcre et emporté. Pour combler son malheur, il craint les progrès de son embonpoint et s'en désespère plus que ne le ferait une favorite, une comédienne, une grande coquette, et cet embonpoint il le combat par des jeûnes d'anachorète. Le voilà créateur d'une école de pessimistes qui lui survit, race nouvelle dans le monde et qui ne tend certes pas à l'embellir, à l'égayer. Mais laissons en paix, au moins pour le moment, les pessimistes, ces ravageurs de toutes nos joies, et continuons à suivre la fortune de l'optimisme.

CHAPITRE XIII.

Le xviiie siècle est le prologue du grand drame de la révolution française. — Extrêmes différences entre la cause et l'effet. — L'incrédulité prépare ses armes dans les dernières années de Louis XIV ; elle se déclare à la cour sous la Régence. — Voltaire la répand dans le public ; il use d'abord de quelque réserve. — Ses exils le rendent plus audacieux. — Bizarre combat sur l'optimisme entre Voltaire et J.-J. Rousseau. — Examen de l'influence de ce dernier philosophe et de celle de Montesquieu.

PHILOSOPHIE DU XVIIIe SIÈCLE.

Le xviiie siècle, depuis 1715 jusqu'en 1789, est le prologue du plus grand drame qui ait bouleversé et renouvelé le monde depuis l'établissement du christianisme. Le prologue est loin d'avoir la couleur sombre et imposante du drame qu'il prépare ; c'est que jamais effet ne fut plus dissemblable à sa cause. Le drame est taillé à la façon de ceux de Shakspeare. L'ignoble, le burlesque, le bouffon s'y mêlent aux catastrophes les plus multipliées, les plus tragiques, et aux leçons les plus formidables de l'histoire ; la scène

y change à chaque instant; elle commence dans
l'Amérique du Nord; passe en France pour y
établir son centre, son trône le plus sanglant, et
ensuite le plus glorieux, et enfin son action la
mieux réglée; s'établit dans l'Espagne qui depuis
quatre cents ans était soumise au tribunal de l'Inquisition; repasse dans l'Amérique du Sud; traverse à plusieurs reprises l'Italie; s'identifie en
Allemagne avec le flegme et la sage lenteur de la
nation; et enfin s'introduit dans l'Angleterre pour
rivaliser avec l'aristocratie la plus forte et la plus
habilement combinée qui fut jamais. A l'aide des
armes, elle visite l'Égypte, les côtes barbaresques,
et la voilà qui pose le pied à Constantinople, et
dans le palais même des sultans. L'action se passe
toujours soit sur la place publique transformée en
champ de bataille, soit dans des sociétés sombres
et caverneuses; ses personnages varient infiniment de stature, de langage et de caractère. Plusieurs sont dignes de ce que l'antiquité a produit
de plus pur et de plus héroïque; d'autres retra-
cent pour les surpasser, les factieux et les tyrans
qui ont le plus mérité les éternelles malédictions
de l'histoire.

Le prologue dans sa longue durée est riant,
fleuri du moins à la surface. Il serait appelé ana-

créontique s'il n'était extrêmement licencieux.
La scène se passe dans un palais, dans les bou-
doirs des favorites transformés en jolis, folâtres
et très intrigants conseils d'État, souvent à la
table des fermiers généraux où sont appelés des
philosophes qui, sous le manteau d'Aristippe,
cachent ou plutôt énoncent librement des projets
de réformes bienfaisantes et universelles qui ne
s'opéreront pas suivant leur prévision. La plupart
des personnages n'ont plus que cette physionomie décolorée qui révèle la fatigue des plaisirs;
mais souvent l'esprit pétille dans leurs yeux, à
défaut du feu du génie et de celui même des passions. Les grandes commotions de l'âme déran-
geraient trop ces Sybarites, mais les témérités de
la pensée ne les étonnent pas, et c'est avec une
aimable indolence qu'ils remuent tout l'ordre
social si prodigue pour eux de faveurs et de priviléges.

Vers le milieu du siècle, la scène du prologue
s'agrandit. Le génie lance des éclairs plus vifs,
plus ardents et plus multipliés; mais on n'entend
pas encore les grondements de la foudre; il est
secondé dans ses efforts les plus hardis par le talent des uns, le bel-esprit des autres, et par l'audace de tous; audace qui se cache encore sous des

formes légères. Un roi gouverne l'action; c'est
Voltaire. Tout marche à la victoire. L'antique foi
chancelle et va tomber. Eh bien, il se forme
dans les esprits une foi nouvelle, c'est la foi dans
les lumières du siècle.

Qui le croirait? cette foi qui naît du scepticisme même aura un jour son fanatisme. Bientôt
la philosophie se dirige vers la conquête du gouvernement, vers la conquête du monde. Et cependant les deux plus grands rois de l'Europe,
Frédéric II et Catherine II ont paru se ranger
au nombre de ses vassaux. Tout lui profite, les
langueurs égoïstes et voluptueuses de Louis XV,
et la bienveillante sagesse de Louis XVI, qu'aucune force de caractère ne soutient.

Il ne faut pas croire que l'esprit de doute et
d'incrédulité ait fait en France une irruption subite au XVIIIe siècle. Déjà les frontières de l'empire de la foi avaient été menacées par de hardis
éclaireurs sous l'impérieux Louis XIV. Ce monarque y avait contribué lui-même en battant
des mains à la comédie du *Tartuffe,* le plus
étonnant phénomène d'un siècle si fécond en
merveilles. Pascal, auparavant, n'avait-il pas provoqué bien plus qu'il n'en avait l'intention, l'esprit de libre examen en matière de foi, et n'a-

vait-il pas révélé avec un succès qu'on pourrait
dire fatal, quelle serait la puissance de l'arme
du ridicule employée contre les armes théologiques? Tel vers du *Lutrin* et particulièrement
celui-ci :

Abîmez tout plutôt, c'est l'esprit de l'Église,

paraîtrait de nos jours sinon audacieux, du moins
inconvenant. L'indépendance des jansénistes in-
quiétait non sans raison l'autorité absolue. Le duc
de La Rochefoucauld avait posé dans ses maximes
les tristes bases du livre d'Helvétius. Gassendi
avait précédé Locke et Condillac, et s'était rendu
avant eux l'apôtre de la sensation. Saint Évre-
mont, le poëte Hainault, et depuis Chaulieu et
La Fare, appartenaient ouvertement à une école
épicurienne, fondée sous les auspices et dans l'al-
côve de Ninon de l'Enclos. Cette société allait
au moins jusqu'au déisme le plus tiède et le plus
insouciant. Enfin le sceptique Bayle préparait
plus directement et plus puissamment l'essor
d'une incrédulité que rien ne subjuguerait.

Elle avait fait des conquêtes rapides parmi
plusieurs princes du sang royal. On pourrait
presque y comprendre le grand Condé, dont la
conversion *in extremis* fut célébrée par Bossuet,

avec une pompe un peu suspecte. L'incrédulité
libertine était bien plus hautement affichée par
trois princes du sang de Henri IV, qui rappe-
laient son brillant courage et sa gaité spirituelle.
Le duc de Vendôme, son frère le grand Prieur,
et enfin le duc de Chartres, qui, depuis, devenu
régent, la fit régner en France. La mort du vertueux duc de Bourgogne avait renversé les vœux
de Fénelon, et ceux de tous les gens de bien,
comme de tous les gens éclairés. L'autorité du
sévère Louis XIV allait tomber pour dix années
entre les mains d'un prince qui n'avait point été
élevé par Fénelon, mais par un pernicieux et infâme corrupteur, l'abbé Dubois. Les orgies du
régent eurent l'effet d'une ligue irréligieuse qui
ne tarda point à sortir de l'enceinte du Palais-
Royal, et qui allait devenir l'esprit d'un siècle ; car
Voltaire écoutait. Quelle que fût l'intempérance
de ses saillies, je ne crois pas que dès sa jeunesse il
eût conçu le plan d'une attaque obstinée contre
la religion chrétienne, et formé le projet de l'extirper des cœurs où elle avait pris de si profondes racines. La passion de la gloire et du beau faisait chez lui une puissante diversion à son esprit
sceptique et railleur. La *Henriade* indiquait une
philosophie tempérée et conciliatrice. Tous ses

coups portaient sur l'intolérance et le fanatisme ;
la religion y était non-seulement respectée, mais
représentée avec grandeur et quelquefois avec
amour. Les premières attaques partirent d'un
jeune magistrat plein de génie. Montesquieu,
dans ses *Lettres persanes*, avait préludé à des hos-
tilités directes contre le christianisme ; mais il
s'arrêta et se détourna bientôt de pensées indiscrètes et périlleuses, pour se livrer à la recherche
des plus grands problèmes de l'ordre politique et
civil que déjà il avait effleurés dans son premier
ouvrage.

La principale force d'un réformateur est d'a-
voir un point d'arrêt fixe et déterminé, de le
faire comprendre et respecter, sans quoi il est
emporté par ceux qui le suivent, et c'est le
troupeau qui conduit le pasteur. Luther avait
marqué ses limites avec cette autorité et cette
âcre violence qui tenaient à son caractère, et cependant il les vit bientôt dépasser par Zuingle,
Calvin, et bien plus encore par Socin, dont le
déisme était faiblement déguisé ; mais enfin il lui
resta une église, et toutes les autres sectes dissi-
dentes ne laissèrent pas que de le reconnaître pour
un premier fondateur.

Voltaire flottait au gré des circonstances et

d'une opinion publique plus mobile encore que
lui-même. Dans la tragédie d'Alzire, il paraissait
revenir au plan qu'annonçait la *Henriade*, celui
d'honorer la religion en combattant le fanatisme
et l'intolérance. Eh bien, dans les mêmes jours
où il faisait parler le sage Alvarès avec une onction si touchante et montrait le farouche Gusman
honorant sa mort par une magnanimité chrétienne, il souillait son imagination en faisant
parler l'âne dans un poëme dont des flots d'esprit
et quelquefois de poésie ne peuvent laver le cy-
nisme. Son audace incrédule se renforce à la
cour du roi de Prusse et près de deux parasites
obséquieux du monarque, l'impur Lamétrie et le
marquis d'Argens. Cependant il y compose le
poëme de la *Religion naturelle*, assez froide reconnaissance de Dieu ; et il fait paraître en même
temps un poëme du *Désastre de Lisbonne*, accusation pleine de fiel contre la Providence divine.
C'était sa première déclaration de guerre contre
l'optimisme, vers lequel il s'était montré enclin
dans ses charmants discours en vers qui se sentaient de l'émanation de Pope.

Voltaire n'avait pas une métaphysique assez
forte, assez élevée pour se maintenir dans une région que Leibnitz avait parcourue d'un vol si

rapide et si ferme. Durant son voyage en Angleterre, il avait étudié les ouvrages de Locke, et il
en avait tiré des conséquences que s'était dissi-
mulées ce philosophe.

Bientôt Voltaire ne songe plus qu'à chasser
Descartes du double trône de la physique et de la
métaphysique pour y placer Newton et Locke : il
réussit pour le premier, et obtient un trop long
succès pour le second. Doué de toute l'ardeur, de
toute la flexibilité d'un chef de parti, à son retour
en France il s'occupe de ranger sous sa loi les
courtisans les plus frivoles et souvent les plus dis-
solus, en leur distribuant des brevets de philosophe. Il flatte leur épicuréisme ; mais il tâche
d'éveiller en eux un profond sentiment d'humanité ; car c'est une passion qu'il porte en son
cœur, et il ne veut pas s'avouer qu'il la tient du
christianisme, avec lequel il est en guerre. Quelquefois pourtant il s'en rapproche ; mais bientôt
il s'écarte de la ligne conciliante qu'il avait paru
se tracer dans *Alzire*.

Je ne le suivrai point dans les vicissitudes de
sa vie, dans ses traverses, ses immenses travaux,
ses combats et ses triomphes. Ce fut lorsque encore une fois exilé de la France, du moins par ses
craintes, il entra dans son château des Délices,

près de Genève, que commença son règne absolu
sur l'opinion. La propagande dont il était le chef
se trouvait toute formée. Les philosophes four-
millaient à la cour, dans les garnisons, les bou-
doirs ; ils peuplaient les académies et les ateliers
savants du *Dictionnaire encyclopédique*. Le héros
du temps, le victorieux Frédéric, se déclarait
hautement leur prosélyte, sous la condition de
les égratigner suivant son bon plaisir. Dangereux
adorateur de Voltaire, il oubliait la prison de
Francfort que celui-ci n'oubliait pas. Catherine II
cherchait auprès de l'auteur de *Sémiramis* l'ab-
solution du meurtre de son époux : elle était avec
lui en commerce d'encens. L'adroite souveraine,
en lui parlant de tolérance, le rendait imprudent
auxiliaire de ses vues cupides pour le partage de
la Pologne, et savait l'animer à la conquête de
Bysance, en caressant son imagination par la perspective de faire renaître la civilisation et la gloire
de la Grèce, comme s'il était au pouvoir d'une
femme coupable et despote de faire renaître des
Aristides, des Socrates, des Sophocles et des Thu-
cydides.

Les maitresses de Louis XV avaient pour tradi-
tion de flatter et de protéger en secret Voltaire,
qui en faisait des Agnès Sorel. Il y en eut même

une qu'il salua du nom d'Égérie ; ce fut à la comtesse Dubarry qu'il rendit cet hommage : étrange Égérie d'un étrange Numa! Déjà les dîners du baron d'Holbach étaient des provocations contre Dieu. Diderot gêné et presque étouffé par la concurrence de trois hommes tels que Voltaire, J.-J. Rousseau et Montesquieu, cherchait un support à sa renommée dans le scandale, et trouvait que Voltaire, en se bornant à l'attaque de la révélation, s'était arrêté en chemin. Ce fut contre Dieu qu'il fit jouer sa verve et son ton de prophète. Voltaire grondait sans se fâcher bien fort, il craignait la discorde et la mutinerie dans son armée.

Mais comment créer une propagande philosophique sans le secours des femmes? C'est le fond de leur cœur qui les rend religieuses. De plus, elles sont assujetties à la coutume, à l'exemple; elles savent qu'un air d'audace déplaît en elles; elles s'imaginent que l'habitude de raisonner les enlaidit; enfin elles cèdent beaucoup à la crainte, et la religion les menace, pour des fautes auxquelles nous les induisons, de peines cruelles dans cette vie et de plus effroyables dans l'autre. Il fallait toucher leur cœur, éblouir leur vanité et flatter leur penchant pour le plaisir. Voltaire remplit admirablement le premier de ces emplois; car il fit *Zaïre*,

Mérope et depuis *Tancrède*. Ses pièces, nommées *fugitives,* et qui dureront toujours, donnèrent à la galanterie une grâce plus facile, plus diversifiée, un coloris plus poétique qu'elle n'en avait inspiré même sous Louis XIV; enfin il appuya sa propagande auprès des femmes en levant les scrupules qui pouvaient leur rester sur les infidélités conjugales.

Dans les temps féodaux, l'amour même le plus coupable avait fait une alliance mystique avec la religion : maintenant il se mettait sous la protection de la philosophie. L'horreur de l'adultère, qui, à la cour de nos rois, n'avait jamais été ni bien franche ni bien vive, tombait au rang des préjugés. On ne rencontrait que professeurs de la vie commode; le petit et trop joli poëme du *Mondain* était le catéchisme de la bonne compagnie.

Malheureusement la France venait de voir, dans la guerre de sept ans, ce que c'est qu'une armée dont les chefs n'oublient pas, sous la tente, de molles habitudes. Après tout, c'était la cour qui déteignait sur la philosophie. La Régence n'avait-elle pas donné le branle au désordre des mœurs plutôt masqué que contenu sous le règne de l'hypocrisie? Et puis y avait-il dans le royaume un plus puissant corrupteur que le sultan français du Parc aux cerfs, que celui qui avait vu reculer sa cour même devant l'ignominie de ses dernières et lascives amours? Et certes Louis XV n'était pas un élève de la philosophie.

Il y a dans la culture des lettres un principe d'enthousiasme et de sensibilité qui tend toujours à les relever lors même qu'elles s'éloignent le plus de leur vocation première. La propagande moderne différait beaucoup de l'épicuréisme ancien qui se tenait à l'écart dans une inertie systématique. Ici tout était action. Il se fit une chasse aux abus, c'était une battue universelle; il n'était pas malaisé de les découvrir. Dans un système disparate, où la philosophie portait sa cognée, le temps avait déjà porté la sienne. Les vices de l'administration se trahissaient par des prodigalités infâmes que suivaient autant d'exactions fiscales. Les lois civiles étaient un chaos où la féodalité luttait encore contre l'équité naturelle. La législation criminelle était hérissée de piéges, de tortures et de supplices atroces. Les billets de confession n'avaient paru que la ridicule agonie de l'esprit d'intolérance; mais cet esprit pouvait renaître, et avec lui, tous les fléaux dont l'image odieuse était présente aux esprits, et que Voltaire ne cessait de retracer avec feu. La liberté de pensée, dont on achevait la con-

quête, non sans quelques périls, portait les esprits
à la recherche de tous les genres de liberté. La perfectibilité sociale, la perfectibilité indéfinie était
le mot de ralliement; afin de la rendre plus accessible, on la faisait dépendre non du progrès des
vertus, mais de celui des lumières. C'était marcher
en sens inverse de la philosophie platonicienne, stoïque et chrétienne; aussi les esprits acquéraient-ils
de la vigueur sans que le caractère se fortifiât beaucoup : fâcheux prélude pour une révolution qui
était en germe dans une philosophie si aventureuse, si novatrice et si accréditée.

Il semble d'abord que cette disposition générale des esprits, que cette fièvre d'espérance devait favoriser l'introduction de l'optimisme dans
un pays, dans un siècle qui faisait bonne guerre
à toutes les théories chagrines, et surtout à des
terreurs exagérées; mais cet optimisme nouveau
péchait par la base, il n'était que trop faiblement
religieux. Il choquait ouvertement le parti janséniste, le seul en qui se conservait une foi
austère. *L'Essai sur l'homme* trouva en France
plus d'admirateurs que de prosélytes, et je crois
que ce sera toujours son sort; car il parle plus
à la raison qu'au cœur. Mais voici que bientôt
il est frappé d'anathème par un poëte, et qui

plus est, par un poëte religieux, par le fils de
Racine. On se souvient de ces vers du poëme de
la Religion :

> Peut-être qu'à ces mots, des bords de la Tamise,
> Quelqu'abstrait raisonneur qui ne se plaint de rien,
> Dans son flegme anglican, me dira : tout est bien.

Mais n'est-ce donc pas une vertu chrétienne
que de ne se plaindre de rien et d'accepter tout
de Dieu avec soumission et reconnaissance? *Tout
est bien* serait-il donc un cri blasphématoire?
Dites-moi, dévots atrabilaires, quel autre genre
d'hommage lui substituerez-vous? Oui, tout était
bien, répondrez-vous; mais le péché originel a
tout renversé et a fait du primitif Éden une vallée
de larmes. Eh bien, cet Éden est encore, et vous
le dites vous-même dans une poésie quelquefois
digne du grand Racine, un magnifique témoignage, non-seulement de la grandeur, mais de la
bonté divine. S'il nous a punis dans l'auteur de
la faute, c'est un père. J'ai peur que les disciples
du grand saint Augustin, en insistant sur le péché originel avec acrimonie, ne bornent trop les
effets de la rédemption, et ne réduisent à peu
de chose le sacrifice de Jésus-Christ.

Mais voici un bien plus puissant adversaire
qui se présente contre l'optimisme; c'est le roi

du siècle, c'est Voltaire lui-même. D'où peut lui
venir cette antipathie contre un système sur lequel il devrait s'appuyer, lui qui prêche la religion
naturelle? C'est la direction que d'abord il avait
prise. Personne n'avait plus que lui vanté l'*Essai
sur l'homme*, de Pope ; on en retrouve la bienveillante et vive inspiration dans ses discours en
vers que je regarde comme le meilleur et le plus
pur de ses ouvrages philosophiques. Mais J.-J.
Rousseau avait paru avec un éclat qui faisait
craindre à Voltaire que son sceptre ne fût partagé. Un grand duel littéraire et philosophique
avait commencé.

    J.-J. Rousseau n'était encore célèbre que par
le don d'une éloquence impérieuse, entraînante,
qu'il avait employée à deux insoutenables paradoxes : l'un sur le danger des lettres et des
arts, et l'autre *Sur l'Inégalité des conditions*.
Jusque-là il avait marché sous la tutelle de Diderot. Oppressé par l'exigeante amitié de ce philosophe, il méditait de conquérir sa liberté pour
donner un plus vaste essor à son génie et peut-
être aussi pour se dégager des doctrines sombres
et désespérantes que lui imposaient Diderot et
la cohue encyclopédique. Tous les prétextes lui
furent bons pour amener cette rupture ; mais il

y fut surtout entraîné par des susceptibilités que
l'usage du monde amortit, mais qui deviennent
des coups de poignard dans la solitude. Ce fut
après l'éclat de cette rupture, qu'il s'avisa d'écrire
au chef même des philosophes, à Voltaire, une
lettre âcre et hautaine où il levait d'une main
puissante l'étendard de la rébellion. Plus heureusement inspiré, il publia ensuite ses quatre
admirables lettres à Malesherbes. Son âme et
sa magnifique imagination s'y épanchaient dans
un théisme riche de consolations présentes et
d'espérances futures. Voltaire ne put méconnaître un rival déclaré et le plus dangereux des
rivaux dans un homme éloquent dont il aurait fait volontiers son second. Ce qui l'avait le
plus blessé, c'est que le pauvre Jean-Jacques se
proclamait plus heureux que le seigneur *des Délices*. Pour croiser la route de son rival, il se
détourna de la sienne, et lui qui professait le
déisme avec plus de constance que de ferveur, il
se fit en plusieurs points le détracteur de l'ouvrage de Dieu, et donna ainsi gain de cause aux
athées. Il est vrai qu'avant cette époque, il avait
déjà fait un premier pas dans cette voie aussi
triste que coupable en publiant son poëme sur
le désastre de Lisbonne ; mais on pouvait n'y

voir qu'un égarement, qu'un excès de la pitié pour les victimes de ce fléau.

Dans le badinage impitoyable et cynique de *Candide*, il prit corps à corps l'optimisme pour l'étouffer. Parce qu'il a été blessé de quelques phrases de J.-J. Rousseau, il attaque le grand Leibnitz avec le même dédain qu'il a prodigué au grand Descartes, qui n'est pour lui que René le songe-creux. Jamais réfutation ne fut plus empreinte de mauvaise foi; il y confond sans cesse l'ouvrage de Dieu et celui de la société humaine. Certes, ce n'était pas J.-J. Rousseau qui était porté à pallier, à excuser les torts et les crimes de la société, lui qui en était le détracteur le plus implacable. Est-ce que Leibnitz, est-ce que Pope s'étaient rendus les apologistes des bûchers de l'inquisition, de toutes les lois barbares, de toutes les tortures, de tous les gibets par lesquels il fait passer avec un rire affreux un vieillard innocemment sophistique et rêveur et un jeune homme plein de la candeur attrayante qui fait le délicieux attribut de son âge? Ces philosophes ont-ils manqué d'indignation contre de telles horreurs? se sont-ils refusés au combat? Mais leurs systèmes, dit Voltaire, énervent la pitié. Et toi, cruel, que fais-tu donc? La forme de ton récit n'est-elle pas la plus cruelle insulte à ce sentiment? Tu poursuis d'un insupportable ricanement *Pangloss* et *Candide*, lorsque leur sang coule et que tu les vois mutilés. Voilà ce que tu appelles une réfutation!

Tandis que Voltaire égarait et attristait ainsi sa vieillesse, J.-J. Rousseau, tout en poursuivant ses attaques obstinées contre la société qu'il semblait vouloir refaire à neuf, restait fidèle à la cause de Dieu et la plaidait éloquemment; mais la cause de l'optimisme était mal tombée entre les mains de ce philosophe humoriste qui devint un âpre visionnaire dans sa défiance universelle. Le plus beau de ses ouvrages, *l'Émile*, porte dès le début l'empreinte de ses farouches exagérations. « Tout est bien, dit-il, sortant des « mains de la nature; tout est mal entre les « mains de l'homme. » Voilà un manichéisme d'une nouvelle sorte. Ne dirait-on pas, en effet, d'après ces paroles, que l'homme remplit sur la terre l'office du diable, et qu'il est au moins son délégué, son vicaire? Et cependant Rousseau, dans le même ouvrage, déclare que l'homme est né bon. Alors ce ne serait plus que par sottise que l'homme aurait construit la société tout de travers.

On voit dans l'*Émile*, et même encore dans les *Confessions*, à quel point leur auteur était frappé de la prévision d'une révolution formidable, et son cœur était loin d'y applaudir. Mais ne voyait-il pas que par l'emportement et l'universalité de ses vagues chagrins, il irritait les passions qui allaient se livrer le combat? La vérité est que ni Rousseau, ni même Voltaire n'eurent un sentiment complet de l'ascendant qu'ils exerçaient sur leur siècle. S'ils s'étaient posés en francs réformateurs, en arbitres de nos destinées; s'ils avaient pu juger, par des effets immédiats, de la force et de l'étendue de l'ébranlement qu'ils causaient; s'ils avaient reconnu quelles passions fougueuses couvaient parmi leurs légers contemporains, l'un aurait moins cédé à des saillies indiscrètes de son esprit; l'autre, aux bouillants accès de sa misanthropie.

Ah! quel supplice pour ce Voltaire qui, dans les trente dernières années de sa vie, fut toujours prêt à combattre pour toutes les victimes de l'oppression; pour ce J.-J. Rousseau qui, plus humain encore, ne voulait pas que la liberté d'un peuple fût achetée par le meurtre d'un homme innocent! quel supplice pour ces dieux de notre nouveau Panthéon, s'ils avaient été réveillés du sépulcre, rappelés des ombres, ou tirés des champs Élysées pour voir, dans cette enceinte, les bacchanales de la raison, et pour entendre leurs noms invoqués par des bourreaux sortant des massacres du 2 septembre, ou de ceux du tribunal révolutionnaire; ou si rentrés dans leurs tombeaux, ils avaient trouvé l'odieux Marat, établi leur voisin et le collègue de leur divinité. L'imagination du Dante pourrait-elle trouver un supplice plus cruel?

Me voilà par ces souvenirs hideux jeté loin de mon optimisme. J'y reviens en pensant que le mouvement philosophique du xviii° siècle nous a délivrés, au moins à l'époque où nous sommes parvenus, du plus grand fléau des temps modernes, les guerres et les persécutions religieuses. L'énumération des autres bienfaits civils et politiques qui en sont résultés serait longue. Quelques-uns ne sont pas encore développés; d'autres sont sujets à discussion; mais la génération qui a cruellement souffert de l'épreuve, est en droit de dire que les philosophes qui lui ont donné cette impulsion se sont plutôt conduits en conquérants qu'en législateurs.

Ce n'est pas à Montesquieu que peut s'adresser un tel reproche. Si dans ses *Lettres persanes*

il donna le premier essor à l'esprit indiscret, railleur et tranchant, dès qu'il eut dévoué les plus
belles années de sa vie à son immortel *Esprit des
lois*, il ne s'éloigna plus de cette philosophie
bienveillante, que j'appelle optimisme. On a
donné à Périclès le nom d'*Olympien*, je le donnerais volontiers à Montesquieu, non qu'il lance
des foudres, mais parce que rien n'échappe à sa
vue perçante, ni le mal ni le bien. Il est le confident du temps, il sait toutes les améliorations
qu'il peut faire sortir de vieilles institutions,
fruits de la nécessité, plus encore que de la raison.
Il ne brise rien avec violence, il ne veut que déraciner lentement les abus et les préjugés. Bien
différent de l'auteur du *Contrat social*, il voit
dans son étendue le bien possible, et ne veut rien
voir au delà. Il dirige, ou plutôt il indique la
marche vers le but, mais en signalant à l'aide de
l'histoire les précipices qui bordent la route. Si
Montesquieu eût été le seul guide d'un siècle dont
la mollesse devait se montrer si orageuse, la révolution ne se serait faite qu'en détail, et par
des gradations si naturelles, qu'on n'eût pas songé
à donner à ce grand événement le nom de révolution. C'est Montesquieu, du moins, qui nous a
recueillis au sortir du naufrage.

Ainsi devrait se régler l'optimisme, c'est-à-dire la saine philosophie appliquée à la politique et à la législation. Mais j'entends s'élever contre moi quelques jeunes réformateurs, animés de l'ardeur de leur âge, de l'orgueil de leur siècle ou d'une exaltation philanthropique et démocratique.

« Venez-vous, me dit-on, nous proposer
« comme un *nec plus ultrà*, le terme auquel
« l'auteur de *l'Esprit des lois* a paru s'arrêter,
« et qu'il n'a même indiqué que sous une forme
« timidement hypothétique? Ce beau idéal de
« Montesquieu, n'est-ce pas la constitution an-
« glaise avec toutes ses ruses et son arrogance
« aristocratique? Tout défectueux que sont en-
« core notre gouvernement et l'ordre social, nous
« nous sommes déjà bien élancés au delà des li-
« mites un peu étroites, posées par votre Solon,
« et l'Angleterre ne se dispose-t-elle pas elle-
« même à un divorce éclatant avec son aristocra-
« tie? Nous prescrirez-vous le repos parce que
« vous êtes fatigué du voyage? Votre siècle a eu
« ses découvertes; laissez le nôtre s'avancer vers
« les siennes. Vous avez reconnu quelques îles de
« ce nouveau monde social; eh bien, nous vou-
« lons, nous, en parcourir, en explorer le conti-

« nent et y former des établissements solides.
« Qu'on accorde, si l'on veut, la gloire de Chris-
« tophe Colomb aux philosophes du xviiie siècle ;
« mais pourquoi nous disputer celle des Améric
« Vespuce, des Magellan, des Fernand Cortès, et
« surtout celle de Washington. Vous avez fait
« des naufrages douloureux ; mais la mer est
« moins dangereuse quand on en connait les
« écueils. Vos pilotes n'étaient pas sûrs, vos ma-
« telots étaient bien neufs, nous en choisirons
« de meilleurs. Votre optimisme est stationnaire,
« il flatte un peu trop l'égoïsme du siècle. Ne
« nous forcez pas à répéter ce mot ambitieux ou
« dérisoire pour les misères humaines, tant qu'on
« ne nous présentera qu'une liberté restreinte,
« engourdie et chancelante. »

Il faut que je réponde avec franchise à ces objections ; mon optimisme n'est pas de ce monde,
ou du moins n'y est pas borné. (J'espère qu'on
ne verra pas dans ce mot une insolente parodie
des paroles divines.) Rien n'est parfait en nous
ni pour nous sur le globe ; plusieurs de nos qualités sont perfectibles, je ne reconnais pas de colonnes d'Hercule en fait de législation ; mais je
crois peu aux conquêtes indéfinies de la liberté
politique. Quand nous voulons user sagement de

notre liberté morale, nous commençons par y
mettre des limites, nous concentrons l'attention
de notre esprit, nous fixons notre volonté, nous
lui marquons un but constant, et, autant qu'il se
peut, invariable. J'aime assez qu'il y ait aussi un
but et un repos pour la liberté politique. Je me
figure mal les terres nouvelles dont vous voulez
faire la découverte et la conquête. Ma crainte est
qu'elles ne ressemblent beaucoup à d'effroyables
régions que nous avons parcourues en 1792, 1793
et 1794. Sans doute nous avons passé au delà des
limites qu'avait pu entrevoir Montesquieu pour la
liberté de ses compatriotes, et je m'en félicite;
mais on ne disconviendra pas que nous y avons
été menés violemment. Les améliorations à venir
ne seraient que mieux affermies par une progres-
sion plus lente, et j'estimerais heureux qu'on y
fût conduit par des hommes animés du génie et
de la prudence de Montesquieu. Pendant vingt-
cinq ans, c'est-à-dire depuis 1789 jusqu'à l'année
1814, j'ai vu la France rouler du régime des ordonnances royales de nos rois absolus, à une
constitution où la royauté n'était plus guère portée que pour mémoire; sauter dans la république
à travers un abîme de sang; courber, sous une dictature aussi atroce qu'ignoble, sa tête altière, et

que des victoires remportées sur les rois rendaient plus glorieuse; prêter serment à un avorton constitutionnel, fils de l'anarchie; oublier bientôt ce monstre pour revenir à une république moins désordonnée; recevoir une constitution nouvelle, qui fut bientôt éventrée par les pentarques eux-mêmes qui lui devaient leur pouvoir, et dont les derniers lambeaux furent déchirés par l'un de ces hommes devant qui la terre se tait; se prêter encore sous ce puissant, glorieux et absolu modérateur, au mensonge dérisoire d'une république; puis, pour dernière parodie de celle des Romains, passer sous un empire avec toute la variété de statuts organiques qui paraissaient assez bien dictés par la loi du bon plaisir. Nous conviendrait-il après vingt-cinq autres années d'une épreuve plus heureuse, celle d'un gouvernement représentatif plus franc, de recommencer ce long cercle d'erreurs, et de tourbillonner encore à la façon des républiques de la Plata ou du Mexique? Il n'est pas sans vigueur parmi nous, puisqu'il a pu résister à de fatales ordonnances, résister à l'entraînement d'une victoire populaire, et à la fougue moins générale, mais plus intrépide d'un nouvel esprit révolutionnaire. Avant d'arriver aux meilleures lois possibles, il faut savoir se re-

poser à l'ombre des lois, ou ne plus s'agiter que
sous leur égide qui s'interpose entre des combattants trop acharnés. Ce que nous avons à consti-
tuer aujourd'hui, c'est le respect et l'amour des
lois, à le faire entrer dans nos mœurs nouvelles.
L'édifice, tel qu'il est, a plus besoin de recevoir
du ciment que des ailes nouvelles. La perfectibilité des lois ne peut dépendre que de celle des
mœurs. Tant que les unes marchent en sens inverse des autres, elles sont détestables, eussent-
elles été rédigées dans un conseil de sages. Il ne
faut pas que les générations se piquent successivement de la belle émulation de s'immoler pour
les générations futures.

CHAPITRE XIV.

Idées de félicité générale que l'on se formait avant la révolution. — Influence merveilleuse que l'on attribuait aux
lumières du siècle. — La philosophie qui régnait n'était
point assez élevée. — Considérations sur les mœurs de
cette époque. — Réponse à des censures exagérées. —
Divers entretiens de M. de Malesherbes, de M. de Saint-
Lambert et du marquis de Condorcet, qui peignent cette
époque sous deux faces différentes.

DE L'OPTIMISME AVANT LA RÉVOLUTION.

A mon arrivée à Paris, en 1787, je fus bientôt,
grâce à mon frère, admis dans des cercles philosophiques où chaque Socrate du jour avait son
Aspasie, et où circulait plus d'un brillant Alci-
biade. Ceux-ci étaient de jeunes nobles qui revenaient de soutenir avec honneur la cause de l'indépendance en Amérique. Une opposition mena-
çante contre la cour, annoncée dans l'assemblée
des notables, était continuée avec plus de vigueur
par les parlements aidés des pays d'État, des
privilégiés et même du clergé, qui, pour ne
pas payer leur part dans les charges communes,

jouaient le rôle des plus fiers tribuns du peuple.
Déjà la révolte s'essayait dans quelques provinces.
Un grand coup de foudre avait éclaté, car les parlements avaient appelé les États-Généraux qui
allaient engloutir dans un même abîme et la cour,
et les parlements, et les pays d'État, et toute espèce
de priviléges, et le clergé, et la monarchie, et la
religion. Les cercles philosophiques applaudis-
saient à ce mouvement, et y voyaient une occasion
de changer sans secousse et tout philosophique-
ment les destinées du genre humain.

On était charmé de l'approche de la meilleure
et de la plus douce des révolutions. Préparée et
méditée à loisir par des sages dans le cours d'un
demi-siècle, elle allait être empreinte d'indépendance et d'humanité. Les coups de marteau ne
devaient être ni violents ni multipliés puisque
l'édifice des abus tombait de vétusté; un beau bâti-
ment de style grec succéderait au donjon de la
féodalité. L'imagination semblait avoir fait des
lumières du siècle un fluide réel et non méta-
phorique, un fluide d'une élasticité merveilleuse
et d'une propagation presque aussi rapide que celle
de la lumière du soleil; les intelligences les plus
grossières seraient amenées par degrés au niveau
des intelligences supérieures, grâce à la logique

de Condillac, à un certain catéchisme de morale auquel on travaillait, et à une bonne déclaration des droits de l'homme. Mais en attendant, les classes encore ignorantes laisseraient faire les sages avec docilité et les seconderaient avec dévouement. Le monarque était d'humeur facile et bienveillante. Tous les ministres passaient successivement sous le joug de l'opinion publique, et devenaient en dépit d'eux-mêmes les ministres de cette reine absolue. Ne venait-elle pas de conquérir les fiers parlements, et de les amener à une opposition, sinon plus irritée, du moins plus dangereuse que celle de la Fronde? C'était un problème de savoir si le tribun d'Épresménil commandait aux clercs de la basoche, ou si ces clercs, par leurs acclamations, ne commandaient pas à d'Épresménil.

Il est vrai que les vieux nobles, les vieux prélats et les vieux moines ne comprenaient pas trop que c'était pour leur bien qu'on allait les dépouiller de leurs priviléges, de leurs titres et de la plus grande partie de leur fortune; mais les jeunes nobles, et surtout ceux de la cour, marchaient gaîment au-devant de ces sacrifices; c'étaient autant de jeunes Cincinnatus qui revenaient de la guerre d'Amérique; n'en portaient-ils pas déjà la décoration? Aux murmures des princes de l'Église, dont plusieurs jouissaient d'un revenu égal ou supérieur à celui de tel prince d'Allemagne, on opposerait le patriotisme et l'esprit vraiment évangélique des curés sur lesquels allait se répandre le superflu enlevé à leurs évêques, et qui seraient jugés dignes de la croix épiscopale. Les vieux moines se fâcheraient d'être troublés dans leur indolence quelque peu voluptueuse, mais les jeunes seraient charmés de recouvrer leur liberté. Enfin, quand il y aurait quelque choc, on n'avait rien à craindre de sérieux chez la plus douce et la plus polie des nations, dans le plus humain et le plus éclairé des siècles.

Ce fut dans ce temps-là, c'est-à-dire dans les années 1787 et 1788, que l'on représenta deux aimables comédies de *Colin d'Harleville*, qui sont un peu trop sœurs jumelles : *Les Châteaux en Espagne* et *l'Optimiste*. Quoique la grâce, l'élégance et d'aimables sentiments tinssent lieu dans ces comédies de peintures énergiques et de caractères originaux, tous les fronts s'épanouissaient, chacun battait des mains à ses propres rêves, à ses illusions; je m'unissais de bon cœur à mes voisins, jeunes ou vieux, qui se reconnaissaient dans le gai visionnaire des deux comédies, et qui disaient tout bas ou tout haut : *c'est moi, c'est encore moi.*

Il est vrai qu'en causant au foyer nous trouvions le poëte un peu timide, et nous convenions qu'il n'avait fait qu'une peinture incomplète de la félicité promise à notre âge. J'entendais dire à mon frère, le plus doux, le plus pur et le plus persévérant de tous les optimistes, qu'avec plus de philosophie, *Colin d'Harleville* aurait fait un tableau magnifique, et, secondé par la vive et féconde imagination de son ami Garat, il esquissait un tableau auquel la réalité fit bientôt un douloureux contraste.

Tel était l'esprit des cercles philosophiques où à l'âge de vingt et un ans je payais mon écot en beaux rêves. Mais quel cercle, quelle école, quel atelier même n'étaient pas alors plus ou moins imbus de philosophie? Les controverses ou plutôt les attaques contre la religion étaient bannies des sociétés d'élite, soit par l'effet des préoccupations politiques, soit par une juste et tardive satiété des sarcasmes impies que personne n'osait ressusciter après Voltaire. On se fût encore moins exposé à propager l'athéisme. En recueillant mes souvenirs sur cette époque, je suis convaincu qu'il y avait alors esprit de réaction contre le matérialisme. Ce fut la révolution qui interrompit et fit cruellement rétrograder cette impulsion salutaire.

Malgré le désaveu des savants et les railleries de plusieurs philosophes, les jeunes gens et les femmes avaient vivement accueilli les *Études de la nature* de Bernardin de Saint-Pierre, et s'étaient enthousiasmés pour *Paul et Virginie*, où se trouvaient de délicieuses peintures de la *Bible* mise en poudre par Voltaire. Il ne lui eût fallu qu'un continuateur d'un génie plus vigoureux, mais Chateaubriand n'avait pas alors vingt ans.

Plus d'un fanfaron d'athéisme croyait s'amender en devenant sceptique. Cette fluctuation est le partage ou plutôt le combat intérieur des esprits ardents et mobiles qui n'ont point la force de donner un centre d'unité à leurs pensées ni une ferme direction à leurs volontés : vous ne vous attendez pas à trouver au nombre des sceptiques ce fougueux Diderot, qui convertit d'Holbach à l'athéisme et se rendit son véhément collaborateur pour l'œuvre glacée du *Système de la nature*. Vous savez tous qu'il se prenait d'enthousiasme pour la barbe d'un capucin, et ce qui était plus raisonnable, pour la procession de la Fête-Dieu. Mon frère m'a raconté qu'il vit Diderot peu de temps avant sa mort, et qu'avec une vive satisfaction il l'entendit parler éloquemment de Dieu. Il ne put s'empêcher de lui témoigner sa surprise, et celui-ci lui répondit :

« Je vous parle d'après mon inspiration présente.
« Je puis bien être athée à la ville, mais je ne puis
« l'être à la campagne. Je ressemble à un certain
« personnage dont parle Montesquieu dans ses
« *Lettres persanes.* Je suis athée ou déiste par se
« mestre. » Et maintenant voici ce que l'on peut
répondre à Diderot : Quoi! c'est avec une opinion si vacillante que vous vous jouez à renverser
la plus douce, la plus intime et la plus nécessaire
des certitudes! Vous gardez pour vous seul l'opinion la plus consolante et vous nous communiquez
celle qui flétrit l'âme et qui doit la dépraver!

J'ai entendu maint et maint sceptique s'excuser
en répétant ces vers si connus de Voltaire, leur
chef :

> Bonne ou mauvaise santé
> Fait notre philosophie.

Il faudrait réformer cet adage honteux, en y
substituant ces mots : *Bonne ou mauvaise santé
de l'âme.* Tel qui nie la liberté de l'homme, quand
il vient de faire une sottise ou pis qu'une sottise,
jouit avec orgueil de ce sentiment au sortir d'une
belle action, ou dans le feu d'un bel ouvrage. La
société élégante et philosophique du XVIIIe siècle,
à l'approche et jusque dans les plus grandes horreurs de la crise sociale qui devait le terminer,

offre un tableau permanent des combats et souvent des triomphes du sentiment moral sur les sèches doctrines que la bouche avait professées ou que la main plus coupable avait écrites. En quel siècle l'intérêt personnel, l'amour de soi, le plaisir physique, furent-ils plus impudemment présentés comme les mobiles uniques de nos actions et même de nos vertus? Eh bien, cherchez dans l'histoire des républiques anciennes une époque plus fertile en exemples de désintéressement que le règne de l'Assemblée contituante? Croyez-vous que dans les plus beaux jours de la vertu romaine les Fabricius et les Fabius eussent été aussi prodigues de sacrifices? J'en appelle à la nuit du 4 août; j'en appelle surtout à la fatale abdication de cette même assemblée. Loin de moi toute pensée d'apologie de l'émigration, hormis le cas où il s'agissait d'échapper à une mort violente ; mais cette faute si désastreuse et si contraire à la morale politique n'en était pas moins un exemple inouï de désintéressement et de sacrifices faits à l'honneur, à cet honneur monarchique dont Montesquieu a fait le portrait et la satire déguisée. Les croisés conduits par un mobile bien plus ardent ne s'exposaient pas à une ruine aussi complète. Après tout, les compagnons de Godefroi s'ap-

pauvrissaient, mais n'abandonnaient pas tout pour
marcher à la conquête du tombeau de Jésus-Christ.
Dans l'émigration, on exposait, et en dernier
résultat, on livrait tout pour la promenade de
Coblentz. Qu'on fasse ici la part de la mode, de
la honte attachée à l'envoi d'une quenouille, de
l'esprit d'imprévoyance, et enfin d'une crédulité délirante pour un succès facile ; je l'admets
pourvu que l'on m'accorde aussi que le mobile dominant fut un devoir mal entendu, et je demande
à l'école d'Helvétius ce que le plaisir physique
avait à gagner là.

Pour revenir à une époque antérieure, le sujet
de blâme moral le plus constaté qu'ait encouru
le xviiie siècle, c'est le chapitre des infidélités
conjugales. Je commence par convenir qu'il est
mérité, et qu'un des grands torts des philosophes
du xviiie siècle est de lui avoir fourni mainte
apologie directe ou déguisée. Rien de plus con-
tagieux que de tels désordres excusés systéma-
tiquement. Il ne faut pas d'ailleurs faire alliance
avec le vice pour le succès d'une doctrine, et
Voltaire ne s'est pas beaucoup piqué de ce scrupule. Toutefois je dirai, et cet aveu m'est pénible,
que ce reproche n'était pas nouveau dans nos
mœurs, et qu'il se produisit dans le grand siècle

avec une autorité qui valait bien celle des philosophes, l'exemple de Louis XIV. En remon-
tant plus haut, je trouverais bien pis; j'ajouterai,
en fidèle contemporain qu'il y avait encore de
bonnes mœurs dans la magistrature, au barreau,
dans la classe marchande, et quelques unes même
à la cour.

Eh bien, c'est dans ce siècle que l'amour maternel a repris tout son empire, dans les classes
opulentes ou aisées, et qu'a cessé cet exil de l'enfance qui avait souvent les effets d'un abandon
meurtrier. Qu'on ne vienne pas s'écrier ici : Effet
de la mode! prestige de l'éloquence de J.-J. Rousseau! L'éloquence ne crée pas des sentiments
nouveaux, elle les réveille. Ce grand écrivain a
exercé ici un pouvoir supérieur à celui d'un
souverain, mais c'est qu'il faisait parler le grand
législateur de l'univers. Les effets de la mode
n'ont point cette douce et sainte permanence.
Ces femmes qui se sont dévouées aux soins les
plus constants de la maternité, qui en ont connu
les dévorantes alarmes, ont été dignes d'être les
mères de celles qui ont fait éclater un sublime
courage dans les jours d'horreur de la révolution.
Je n'aime pas les arrêts de proscription portés
en masse sur tout un siècle, sur toute une na-

tion, et principalement lorsqu'il s'agit de ma patrie, lorsqu'il s'agit des femmes. Il est toujours bon de rabattre beaucoup sur les scandales courants et sur ceux que reproduisent des romans, des mémoires, des compilations dont ils sont la pâture. Gardons-nous de troubler dans leur tombe, ou d'insulter dans leur gloire, des femmes qui ont fourni tant d'admirables pages aux annales de l'héroïsme. S'agit-il d'expiation? l'échafaud a pu tenir lieu d'une pénitence austère dans un cloître.

S'il est un sentiment ou plutôt une vertu qui approche aujourd'hui de la perfection, c'est la maternité chez les belles âmes; je dis vertu, car elle suppose une justice qui souvent résiste à des motifs de préférence; je dis vertu, car elle ne court pas après la récompense, et ne peut en obtenir une proportionnée à l'étendue de ses sacrifices; je dis vertu, car elle élève jusqu'à des âmes assez vulgaires, et purifie des âmes trop accessibles à des passions dangereuses; je dis vertu, et je m'indigne du langage grossier de la phrénologie qui ne voudrait voir qu'un instinct animal, qu'une bosse, qu'une protubérance dans la princesse de Schwartzemberg se jetant et mourant dans les flammes, pour arracher sa fille à l'incendie. Il est vrai que nos lois civiles ont rendu l'effet de la maternité plus vaste et plus facile en supprimant d'odieuses inégalités. C'est l'ouvrage de la révolution, va-t-on me dire; mais sur ce point, la révolution était inspirée par la philosophie, et la philosophie l'était sans doute par le cœur des mères. Changez ces lois, et vous aurez sinon supprimé, du moins altéré la plus belle des vertus; aussi ce sont les femmes qui ont élevé le cri le plus puissant contre une tentative encore timide faite il y a quelques années pour rétablir le droit d'aînesse. Dans cet hommage que je viens de leur rendre, et dont j'ai saisi avidement l'occasion, je ne veux rien dire qui humilie ou qui blesse le sentiment de la paternité dont les matérialistes ne parlent guère, parce qu'ils ne le trouvent pas assez directement émané de la sensation physique. S'il ne se produit pas en nous par des soins aussi inquiets, aussi salutairement minutieux, si les démonstrations n'en sont ni aussi vives, ni aussi aimables, quel écrivain osera dire qu'il manque chez nous de vigilance, de dévouement, qu'il ne devient pas un but habituel de notre prévoyance, de nos privations, de nos sacrifices, et trop souvent de notre ambition qu'il égare? D'autres soins, d'au-

tres devoirs qui n'entrent pas dans le partage des
femmes, nous réclament sans affaiblir en nous
ce sentiment, parce qu'il trouve toujours moyen
de s'y introduire. Une des plus belles harmonies
du monde moral, c'est le concours du père et
de la mère dans la longue éducation de leurs
enfants, et dans l'amour vigilant qu'ils ne cessent
de leur porter ; la tendresse et la raison sévère
viennent s'y mêler. Ce que le père ordonne, la
mère l'inspire ; ce qu'il démontre, elle le persuade ; et puis le mélange se fait si bien que les
deux époux se servent souvent de supplément
l'un à l'autre, et que l'indulgence passe souvent
du sexe tendre au sexe raisonneur.

Qui a donné d'excellentes et judicieuses leçons
de cette indulgence ? C'est ce même Jean-Jacques
Rousseau dont je viens de célébrer un éminent
bienfait. N'est-ce pas à lui que l'on doit d'avoir
modéré les imbéciles et cruelles rigueurs exercées sur l'enfance ou le jeune âge, depuis le mail-
lot jusqu'au supplice immodeste et barbare des
esclaves dont nos rois mineurs n'étaient pas affranchis. L'auteur d'*Émile,* j'en conviens, a émis
bien des idées bizarres et impraticables dans son
système d'éducation, et il nous les eût épargnées
s'il eût élevé et nourri ses propres enfants; l'a-

bandon calculé d'un tel devoir est le plus grand
reproche qui pèse sur sa tombe. Peut-être est-ce
le remords qui lui a suggéré l'idée de se rendre
protecteur de l'enfance. Il faut accepter cette
expiation, mais en protestant contre l'exemple.
Le cœur des pères est aujourd'hui très porté à
l'indulgence; mais elle devient fatale si elle n'est
accompagnée d'une tendresse judicieuse et vigilante, et si elle n'est appuyée par le concours de
deux volontés qui se fondent en une seule. Il en
est des pères comme des rois, leurs exemples
font plus que leur législation; n'espérez pas ramener par des rigueurs les enfants que vous avez
pervertis par vos doctrines et vos actions, ou
même par une folle complaisance.

Je sors de cette digression où mon cœur m'a
conduit et retenu, pour revenir au xviiie siècle,
qu'on attaque aujourd'hui avec peu de ménage-
ment et peu de reconnaissance. On oublie que,
sans compter les quatre hommes de génie qui
remplirent l'ardent midi de cette littérature, ce
siècle s'ouvrit par Massillon, d'Aguesseau, Domat,
Rollin, l'abbé Fleury, et pour ajouter un nom
profane à ces noms presque saints, par l'auteur
de *Gil Blas;* et que sa clôture, du moins avant une
révolution qui brisa tout, se fit par des hommes

tels que Thomas, Delille, Ducis, Laharpe, Marmontel, l'abbé Barthélemy, Bailly, Pothier, le
président Dupaty, l'avocat général Servan, et
enfin par Bernardin de Saint-Pierre, précurseur
de Chateaubriand, qui semblait s'être imposé la
tâche difficile de concilier les doctrines de Fénelon et de J.-J. Rousseau, et qui du moins reproduisait les couleurs pures ou brillantes de leur
style, en y mêlant une originalité qui lui était
propre. Que de noms encore il me faut omettre
pour ne pas prolonger cette nomenclature! si je
n'y ai compris ni Beaumarchais ni Mirabeau, ce
n'est certes ni manque d'attrait pour l'esprit original de l'un, ni d'admiration pour les grands
mouvements oratoires de l'autre; mais on conviendra que ce n'étaient pas là des autorités à
citer en morale. Il en est deux surtout devant lesquels le xixe siècle doit rester prosterné; Turgot,
concepteur aussi hardi que mesuré de tant de
grandes réformes et améliorations qu'il voulait
opérer sans le secours terrible d'une révolution,
et son ami Malesherbes, nom qui suffirait à lui
seul, je ne dirai pas pour l'apologie, mais pour
la gloire du siècle auquel il appartient.

Un bonheur particulier de ma destinée m'a
fait connaître et entendre plus d'une fois M. de

Malesherbes. Il avait pour mon frère une amitié
presque paternelle. Celui-ci travaillait alors au
Dictionnaire de morale pour l'Encyclopédie,
par ordre de matières. Ce frère, à jamais honoré
et regretté par moi comme un père, avait acquis
une considération assez voisine de la gloire, par
plusieurs écrits et surtout par son éloquent Mémoire contre les lettres de cachet, et son Discours
contre les peines infamantes, dans lequel une
haute philosophie était animée par des tableaux
pathétiques. Occupé de soins divers soit pour le
barreau, soit pour la littérature, il me chargea de
recueillir des matériaux pour ce Dictionnaire qui,
à parler franchement, devait être par-dessus tout
une compilation. Je n'avais que vingt et un ans,
mais j'avais beaucoup lu ; j'étais un lauréat de
l'Académie de Nancy ; mon frère et ses amis me re-
gardaient comme un élève d'assez belle espérance.
A sa demande, M. de Malesherbes consentit à
m'ouvrir sa bibliothèque. Je tressaillis de joie en
apprenant cette faveur. Il n'y avait pas un nom
qu'on prononçât avec plus de respect que celui
de l'éloquent et courageux auteur des remon-
trances de la cour des aides, de ce ministre qui
avait fait avec Turgot l'heureuse inauguration
d'un règne qui devait finir d'une manière si dé-

sastreuse. C'était une de ces popularités durables
qui viennent d'en haut, c'est-à-dire qui sont for-
mées par les sages et par les gens de bien. Il
entrait souvent dans sa bibliothèque où je tra-
vaillais avec assiduité, et souriait en comparant
ma jeunesse avec le travail dont j'étais chargé;
mais quel sourire de bienveillance! Je lisais parfois un dialogue de Platon, pendant que l'ex-mi-
nistre s'entretenait avec ses amis (c'était le plus
souvent Barthélemy, Dupont de Nemours, l'historien Gaillard et mon frère; je me disais : C'est
encore Socrate que j'entends. Avec quelle joie je
montais tous les matins la rue des Martyrs où
était son hôtel! Combien de fois depuis je me
suis rappelé le nom en quelque sorte prophétique
de cette rue! Cette madame de Rosambo que je
voyais rendre à son père des soins si touchants,
et qui le charmait par les nobles grâces de son
esprit; sa petite fille, madame de Chateaubriand,
dans la fleur de l'âge et de la beauté, dans l'épa-
nouissement du bonheur, ces deux dames et leurs
dignes maris, c'étaient là des martyrs encore.
M. de Malesherbes m'interrogeait parfois sur mes
lectures. Un jour il me trouva lisant la traduction
d'un mauvais ouvrage anglais, dont l'objet est
d'effacer toute distinction entre les vertus et les

vices, et de les faire partir d'une même source :
c'était la fable *des Abeilles*, par le docteur Mandeville. « Quel effet vous fait cette lecture? me de-
manda-t-il. » — « Ce livre, lui répondis-je, m'inspire
du dégoût et de l'horreur. » — « Je partage ces sentiments, reprit-il avec feu, et ce qui me désespère,
c'est que des principes à peu près semblables,
non moins pernicieux, quoique un peu plus dé-
guisés, aient été propagés en France, et par qui?
par un homme d'une humeur bienfaisante, par
cet Helvétius qui diffamait l'amitié dans le moment où il obligeait des amis pauvres avec la
libéralité la plus délicate.

« Voilà où l'a conduit la fureur d'entrer en ri-
valité de gloire avec le président de Montesquieu.
Il voulait être original et n'a guère fait qu'exagérer l'auteur des maximes, et commenter le triste
Mandeville, en estropiant Locke. — *Juger* c'est
sentir, nous dit-il dès son début avec une audace intrépide. Ainsi, Copernic, Galilée et Newton ont
senti, ont vu que c'était la terre qui tournait et
non le soleil. Il ne voit qu'un côté des objets, et
c'est le mauvais. Il tisse sa toile d'araignée avec
art, et la parcourt avec rapidité, ce qui me fait
souvenir que, dans sa jeunesse, il s'essayait à dan-
ser sur la corde. Il tranche, il décide, comme un

jeune officier de cavalerie dans un salon. Madame
du Deffant, qui avait quelque affection pour lui,
avec un grand fonds d'antipathie pour les philosophes, tout en feignant d'adorer Voltaire qu'elle
craignait et qui la craignait elle-même, disait
d'Helvétius que c'était un pigeon à qui des cor-
beaux avaient persuadé d'entrer dans leur société,
pour le plumer tout à leur aise. C'était une in-
jure bien imméritée pour ces philosophes que le
livre de *l'Esprit* a fort contristés; et j'en connais
plus d'un pour lesquels il a été un sujet de scandale. La même dame lui reprochait d'avoir révélé
le secret de tout le monde. Quant au secret de
madame du Deffant, je n'ai rien à dire; elle était
bien la maîtresse de se reconnaître dans les por-
traits d'Helvétius; mais je n'ai vu personne qui
eût la même franchise..... ou le même front.

« C'est là une pierre de touche dont il faut toujours faire usage, mon jeune philosophe; il n'en
est point de plus sûre pour rejeter les sophismes
malveillants. A vingt ans j'avais le bonheur de ne
pas me reconnaître dans le livre des Maximes du
duc de La Rochefoucauld. Cet âge est, il est vrai,
celui des illusions, mais c'est aussi celui de la sincérité et d'un riche enthousiasme. On n'y désespère pas de la perfection, et l'on fait toujours

quelques pas pour en approcher. On s'interroge
avec franchise pour ne pas manquer le but ; et je
me disais : si je ne me reconnais pas dans ces por-
traits plus satiriques que philosophiques, pourquoi irais-je y chercher l'image de mes amis, de
mes parents, de mes instituteurs, de tous ceux
qui ont pu me former au bien ? me placerais-je
dans une orgueilleuse exception ? y ferais-je entrer complaisamment tous ceux qui me sont
chers ? Mais quel droit aurais-je alors de condamner tous ceux qui me sont inconnus, et ceux
mêmes dont les vertus me sont révélées par une
estime générale ou par l'estime et l'admiration
de plusieurs siècles ? Je n'ai pas besoin de ces thèses
générales pour reconnaître ces âmes viles et bas-
sement intéressées, il me suffit de l'expérience de
la vie. Je sens assez tout ce qui me choque, je
m'en éloigne avec précaution, mais avec le moins
d'humeur que je puis, et je me dis : il y a là peut-
être un principe du bien qu'une meilleure culture ferait valoir. Or, cette culture, je n'irai la
demander ni à La Rochefoucauld ni à Helvétius ;
car pourraient-ils développer chez d'autres un
principe de bienveillance, de pitié, d'amour vrai,
de penchant pour la vertu, qu'ils n'ont pas su reconnaître en eux-mêmes, l'un, après avoir fait

des actions assez éclatantes, et l'autre, une multitude d'actes de bienfaisance.»

On ne s'étonnera pas que j'aie conservé, après cinquante ans, quelques lambeaux de cette conversation : j'étudiais la morale, je détestais le livre de *l'Esprit*, et j'écrivis quelques traits de cet entretien.

La conversation de M. de Malesherbes était abondante, enjouée, familière, et finissait souvent par quelques traits où éclatait la beauté de son âme. Il parlait de J.-J. Rousseau avec une vraie tendresse de cœur, et se plaignait de n'avoir pas eu, ou du moins de n'avoir pas conservé assez d'empire sur ce caractère ombrageux. Je comprenais que dans sa direction de la librairie, poste qui dans l'état de l'opinion était d'une importance extrême, il avait voulu faire de J.-J. Rousseau un modérateur de l'essor philosophique, mais que l'ardent écrivain, dans sa brusque franchise, avait dépassé le but.

C'était en parlant de Turgot qu'il s'abandonnait à son éloquence naturelle. Dans tout ce qu'ils avaient fait, conçu, médité ensemble, il s'oubliait lui-même pour grossir la part de son ami. Cette ombre chérie semblait toujours grandir à ses yeux ; il n'eût pas voulu avoir une pensée dont

Turgot n'eût été encore le confident et l'appro-
bateur. C'était un parfum d'antiquité que ma
jeune âme aspirait avec délices. Il me semblait
lire quelques pages ajoutées au traité *de l'Amitié*
de Cicéron.

C'était souvent avec l'excellent et aimable Dupont de Nemours, autre confident des grandes
pensées de Turgot, et qui avait pour sa mémoire
le même culte, qu'il reprenait ce cher sujet d'entretien; et leurs yeux s'humectaient. On s'avançait à grands pas, (c'était en 1788) vers la crise
que Turgot avait prévue et voulu éviter. Dupont
et mon frère étaient loin d'en craindre les approches. Tout optimiste qu'était Malesherbes par le
fond de son cœur religieux et de son esprit philosophique, il était loin d'envisager cet événement
avec la même sérénité et la même ferveur d'espérances. Les illusions de ses amis ne faisaient que
redoubler ses alarmes. « C'est trop de confiance,
c'est trop de précipitation, s'écriait-il : vous ne
pourrez plus modérer le char, et je vois d'ici venir les fous, et peut-être les furieux, qui en ar-
racheront les rênes aux mains des philosophes. Je
n'ai que trop appris à connaître ces dangereux esprits, dans ma direction de la librairie. Eh! qui
l'arrêtera ce char emporté? sera-ce notre ver-

tueux Roi? Hélas! n'avons-nous pas déjà vu sa faiblesse à l'épreuve?» Et comme s'il avait eu à se reprocher ce léger blâme, il racontait mille traits de bonté du jeune monarque; on eût dit un instituteur parlant de son élève, un tuteur de son pupille chéri; que dirai-je? un père parlant d'un fils dont l'avenir l'inquiète. Ah! du moins, noble vieillard, quels que soient les malheurs de Louis, et quoiqu'ils doivent surpasser de beaucoup tes plus vives alarmes, un ami ne lui manquera pas dans sa prison, devant ses terribles juges, et c'est toi qui sauras t'emparer de ce rôle glorieux!

Mes souvenirs m'entrainent, et dans leur diversité m'offrent le moyen de peindre sous plus d'un aspect les cercles philosophiques à l'approche de la Révolution. Mon frère avait parlé de moi et des études auxquelles je me livrais à M. de Saint-Lambert, auteur du poëme *des Saisons*. Ce vieillard s'occupait alors d'un catéchisme moral dont les philosophes de son école espéraient la régénération sociale. Il n'était pas fâché, je crois, de faire un prosélyte de mon âge; il témoigna le désir de me voir à la campagne. C'était cette maison d'Eaubonne, dans la vallée de Montmorency, où J.-J. Rousseau, dans tout le feu de sa passion pour madame d'Houdetot, avait fait des visites et passé des soirées pleines d'enchantement, sans être un amant heureux. La seconde partie de ses *Confessions* venait de paraître, et rien ne m'avait plus ravi que ce tableau décrit avec tant d'ivresse, et j'avais pris parti pour lui contre l'amant préféré, ce même Saint-Lambert; en sorte que c'était plein des souvenirs de Jean-Jacques que j'allais visiter son rival.

Malheureusement madame d'Houdetot n'habitait plus Eaubonne, mais une maison voisine, à Sannois. En parcourant, dans une belle matinée du printemps, la vallée de Montmorency, en passant sous de longues allées d'arbres fruitiers, dont les blanches fleurs tombaient sur ma tête et charmaient mes yeux, je croyais entrer en communication avec les rêveries, les extases et les mâles pensées de l'auteur de la *Nouvelle Héloïse* et d'*Émile*. C'était là une assez mauvaise disposition pour aborder M. de Saint-Lambert. Même en causant avec lui dans son jardin, mes regards cherchaient le berceau, où dans une belle nuit d'été, J.-J. Rousseau, s'abandonnant à tout le feu de son amour et de son éloquence, et profitant de l'absence de Saint-Lambert, qui alors était à l'armée de Hanovre, avait ébranlé un moment la fidélité de madame d'Houdetot, et avait été réprimé par ce mot charmant : *Votre ami est là qui nous écoute.* Mais il y a toujours moyen d'être bien venu d'un poëte dont on sait par cœur les plus beaux vers. Son accueil fut aimable, sa conversation piquante et instructive. Pourtant je fus obligé de laisser passer silencieusement cet apophthegme qui ne me plaisait guère : *Tout ira mal, tant que l'on ira chercher là-haut ce qu'il faut faire ici-bas.*

Il me retint à dîner; comme J.-J. Rousseau avait parlé de lui dans les termes les plus honorables, rare privilége dont il pouvait se glorifier, je témoignai pour cet auteur une naïve admiration, sans pourtant me jeter à corps perdu dans ses paradoxes. Quelle fut ma stupéfaction quand j'entendis M. de Saint-Lambert éclater à ce nom, et se répandre en invectives contre le rival dont il avait triomphé, en amour s'entend. Je me souviens encore d'un de ses coups de pinceau. C'était, me dit-il, le fou le plus méchant, et le méchant le plus fou que j'aie connu. Il insistait sur l'horreur des soupçons que l'auteur d'*Émile* avait conçus contre des hommes aussi bienveillants, aussi droits, aussi exempts de toute intrigue, aussi purs de tout fiel que Diderot, le baron d'Holbach et Grimm, et sur l'imputation absurde d'une

ligue formée contre lui. Il prétendait que le talent
de Jean–Jacques avait toujours été en déclinant
depuis son discours sur l'origine de l'inégalité des
conditions, préférence qui me parut inconce-
vable de la part d'un homme qui affectait les manières et les principes aristocratiques, et qui
bientôt se montra un ennemi invétéré de la Révolution. Je conjecturai que Saint-Lambert avait
su mauvais gré à Jean–Jacques de ses révélations,
quoique flatteuses pour lui, et que sa jalousie
s'était allumée par quelques phrases qui auraient
pu faire soupçonner une infidélité mentale de
quelques minutes chez madame d'Houdetot dans
la scène du berceau. Je devenais assez morne pendant tout cet accès. Saint-Lambert se calma pour
faire la paix avec moi, et il me lut plusieurs chapitres de son catéchisme de morale, mais de la
morale sans Dieu : c'était une mer de glace à
traverser.

Je me souvenais encore du froid mortel que
cette lecture m'avait fait éprouver, lorsque deux
ans après madame d'Houdetot, que j'eus le bonheur de connaitre et de voir souvent, et qui
me parut digne de l'aimable portrait que Jean-
Jacques en a tracé à la figure près, me dit, en me
parlant de Saint-Lambert et de son admirable

catéchisme : *En vérité, quand je rends des soins à sa vieillesse, je crois acquitter la dette du genre humain.*

Le genre humain se montra fort peu reconnaissant. Ce fut au temps du Directoire que Saint-Lambert fit paraître cet ouvrage. Il put à peine trouver cinquante lecteurs dans un temps où des ouvrages d'un athéisme bien acéré, tels que *les Ruines,* par Volney, et *l'Origine des Cultes,* par Dupuis, étaient loués, prônés et achetés. C'était jouer de malheur. Le pauvre vieillard en fut terrassé; mais son amour-propre lui suggéra la ressource la plus bizarre ou plutôt la plus folle. Comme dans son catéchisme il avait fait une satire plus amère que piquante des femmes, sans même faire une exception pour celle qui lui rendait tant de soins et tant de culte, et sans parler des prodiges d'héroïsme et de dévouement que les femmes venaient de faire éclater, il s'imagina que les femmes de sa société avaient fait le complot d'étouffer son ouvrage, en achetant toute l'édition à son libraire, sous la condition qu'il n'en serait livré qu'un petit nombre d'exemplaires au public. Les dames qu'il accusait étaient les ornements de leur sexe par leurs vertus, les grâces et l'élévation de leur esprit, et par une piété tendre et tolérante; il me suffit de nommer mesdames de la Briche, de Vintimille et de Montesquiou-Fézensac. Il me semble qu'une vision si chagrine et si absurde allait bien au delà de celles qu'il reprochait à J.-J. Rousseau.

Cette anecdote pourra paraître un peu étrangère à mon sujet. Mais elle prouve quelle confiance avaient les philosophes, surtout ceux de l'école matérialiste, de pouvoir pétrir la société à leur gré, et d'enseigner la vertu comme on enseigne l'arithmétique. Combien de fois ne leur ai-je pas entendu dire, que si les hommes ne s'entendaient pas, c'était faute d'avoir lu Condillac. Il semblait que la plus pure harmonie devait régner sur la terre dès que les peuples sauraient par cœur le *Traité des Sensations*.

Je vais citer un autre exemple de ce genre d'optimisme, que la Révolution dans sa marche ne se plut que trop à confondre : Je vis un soir entrer dans le cercle de M. Suard le marquis de Condorcet; on venait d'en faire l'éloge le plus complet, et on avait surtout vanté son active obligeance et la douceur de son commerce; mais je savais les deux mots que mademoiselle Lespinasse avait dits sur lui, *que c'était un mouton enragé, et un volcan couvert de neige.* J'étais impatient

de juger. Il y avait bien une écorce de glace à
percer pour jouir de tout ce que sa conversation
avait de riche et de l'étonnante variété de ses connaissances.

L'effort se fit et réussit. Nous étions dans
l'hiver de 1789; c'était le temps où le tiers-état
marchait à sa conquête et à sa suprématie, avec
une bonne escorte de brochures, et où l'abbé
Sieyes dirigeait l'attaque, avec la foudroyante artillerie de ses raisonnements *à priori*. Les États-Généraux n'étaient point encore assemblés; M. de
Condorcet était déjà si sûr de la victoire, qu'il
en analysait tous les magnifiques résultats, comme
s'ils eussent été présents à ses yeux. Son flegme
philosophique voilait tout ce que ses espérances
et les nôtres avaient d'intrépide et de démesuré.
Le cri commun était alors : *A bas les illusions !*
et jamais on n'avait été plus emporté par leurs
flots. On ne se défiait pas du torrent, parce qu'il
présentait une surface limpide. Cependant il y
avait dans le cercle de madame Suard quelques
personnes à qui les réformes annoncées par M. de
Condorcet ne plaisaient nullement. L'abbé Mo-
rellet, excellent philosophe d'ailleurs, entrait en
fureur quand on parlait de l'abolition des dîmes.
M. de Condorcet, qui tenait le dé de la conver-

sation, la détourna sur un sujet dont il était
rempli : ce que la société devait attendre du progrès illimité des sciences. Vraisemblablement il
avait déjà commencé sur ce sujet cette brillante
esquisse, le plus renommé de ses ouvrages. Il
nous offrait le tableau d'un âge d'or tout à fait
inverse de celui d'Ovide. Car la mythologie faisait
de l'ignorance la compagne du bonheur, et maintenant on faisait jaillir des lumières tous les
genres de félicités, de perfections, à l'innocence
près. Et puis les poëtes voyaient bientôt périr leur
âge d'or, et dans une triste transfusion de métaux, ils se hâtaient de faire arriver l'âge de fer,
avec la promesse que nos descendants seraient
encore pires que nous. M. de Condorcet voyait
au contraire la raison, la prospérité et les vertus
croître d'âge en âge. Il enrichissait notre postérité de tant de dons magnifiques, grâce aux progrès de la médecine, de l'hygiène, d'une bienfaisante politique et de la chimie, dont Lavoisier
révélait et commençait les hautes destinées; grâce
à la navigation aérienne, et à la découverte des
fluides électriques et magnétiques, capables d'opérer la résurrection à volonté; grâce à l'application
des mathématiques à la morale, sujet auquel il dé-
vouait ses veilles; il étendait tellement les bornes

de la longévité humaine, qu'il ne se serait pas contenté pour notre vingtième ou trentième génération de l'âge des patriarches antérieurs au déluge; en sorte que nous disions en soupirant : « Quel dommage que nous ne soyons pas notre postérité ! » Il ne s'arrêtait pas là, et arrivait de degré en degré jusqu'au beau secret qui assurerait aux hommes l'immortalité sur la terre. Une objection se présentait ici : la terre ne pourrait suffire aux besoins de tant d'immortels avec leurs descendants. Par convenance, le philosophe ne crut pas devoir indiquer devant des dames la ressource qu'il a fait connaître dans son ouvrage, pour ne pas priver des plaisirs de l'amour des hommes d'ailleurs si favorisés. Une dame fort spirituelle, madame Pourat, mère de madame Hocquart, digne héritière de tous ses agréments, interrompit ce tableau en ces termes : « En vérité, mon « cher marquis, vous nous feriez sécher de jalou- « sie pour le sort de nos chers descendants. Ne « pourriez-vous augmenter notre part aux dé- « pens de la leur qui me paraît excessive ? et « puis tout bien compté, cette immortalité-là « me paraît assez pauvre. Fénelon ne nous dit-il « pas que Calypso, abandonnée par son amant, « se plaignait d'être immortelle ? Or, j'imagine

« que beaucoup de femmes se trouveront fort dé-
« laissées, non par un seul amant, mais par tous
« les hommes, lorsqu'elles arriveront à l'immor-
« talité, toutes ridées, tout édentées, et avec
« tous les autres désagréments de la vieillesse dont
« je n'ose faire l'énumération. Puisque vous êtes
« en train de faire des découvertes physiques et
« chimiques, trouvez-nous donc une fontaine de
« Jouvence, sans quoi votre immortalité me fait
« peur. »

« A quoi pensez-vous ; reprit M. de Condorcet?
« c'est la résurrection chrétienne que vous pré-
« férez? Eh bien, sera-t-il fort agréable à des
« dames arrivées à cet âge malencontreux dont
« vous redoutez les misères, de ressusciter avec
« toutes leurs dents de moins, et de voir fleurir
« éternellement à leurs côtés de jeunes filles, de
« jeunes dames enlevées à la fleur de l'âge et dans
« tout l'éclat de leur beauté? Je crains bien que
« les anges et les saints ne se sentent un peu plus
« portés à favoriser le chœur des vierges aux dé-
« pens de celui des dames douairières. » Une dame
jeune et jolie, madame Laurent Lecouteux, fille
de madame Pourat, répondit à cette interpella-
tion voltairienne : « Je ne sais pas, dit-elle, de
« quel prix seront ces pauvres charmes formés

« du limon de la terre, aux yeux des anges et des
« saints. Mais je crois que la puissance divine
« saura mieux réparer les outrages du temps, s'il
« en est besoin dans un tel séjour, que votre phy-
« sique et votre chimie ne pourront y parvenir
« sur cette terre. Il me semble que tout s'embel-
« lit avec une auréole céleste. »

Tandis que je rapporte cet entretien commencé
d'une manière scientifique et terminé d'une manière frivole, je me sens poursuivi d'une image
funeste. Je vois ce même Condorcet proscrit,
mis hors la loi par la Convention, quoiqu'il n'y
eût pas montré tout le courage d'un Lanjuinais;
je le vois s'arrachant à la plus généreuse hospitalité par la crainte de compromettre une noble
amie, qui lui disait pour vaincre ses scrupules :
« Oui, vous êtes hors la loi, mais vous n'êtes pas
« hors l'humanité. » Je le vois errant, passant les
nuits dans les cavernes de Montrouge; puis forcé
de quitter cet insalubre asile pour venir réparer
l'affreux désordre de ses vêtements, frappant à la
porte d'une jolie habitation de Montrouge, chez
cet ami même où il avait naguère exprimé les
rêves de sa philanthropie, et ne pouvant y trouver un abri de quelques heures..... Vous savez le
triste dénouement. La meilleure inscription à

graver sur la tombe de Condorcet, serait le noble
distique qu'il fit en apprenant sa proscription :

Ils m'ont dit : « Choisis d'être ou tyran ou victime : »
J'embrasse le malheur et leur laisse le crime.

Même en éloignant de notre esprit de telles
catastrophes, nous pouvons nous convaincre que
rien n'est plus borné, ni plus caduc, qu'un optimisme matérialisé. Sans doute, il est doux de
rêver le bonheur de ses semblables, il est beau
d'y donner ses soins; mais il ne faut pas les considérer comme des machines perfectibles sur lesquelles on peut agir mécaniquement par le moyen
de quelques idées, matérielles elles-mêmes, qu'on
fera entrer de force ou de gré dans leur cerveau.
On ne connaît plus rien de l'homme en sortant
du domaine moral qui concentrait toute l'attention de la philosophie ancienne, et sur lequel
plane avec plus d'empire la religion chrétienne.
Cette méthode n'est qu'une abdication du savoir
en faveur de la plus grossière ignorance. On croit
former des sages, et l'on forme des brutes parmi
lesquelles les tigres ne manquent pas.

CHAPITRE XV.

COUP D'ŒIL SUR LA PHILOSOPHIE AU XIX⁰ SIÈCLE.

J'AI rapporté les rêves d'une félicité trompeuse et d'un optimisme sans bases solides qui se formaient à l'approche de la révolution. Qu'on me prête une plume de fer pour décrire l'horreur du

réveil! Il y avait eu pendant trois années un règne
de la terreur, qui déjà s'était annoncé par de sinistres préludes. Sous le règne de l'Assemblée constituante, il jetait quelques sinistres lueurs dans
les attentats d'une multitude forcenée, qui trans-
portaient les vengeances des sauvages dans la nation la plus polie de l'Europe. Un règne de la
terreur était donc venu terminer le siècle des
lumières et couronner l'âge de la philanthropie!
Un règne de la terreur en France! dans un
pays où le moindre signe de peur était le plus
sanglant reproche! Un règne de la terreur au
dedans, quand brillait sur nos frontières un héroïsme naissant qui devait nous ouvrir quelques
années plus tard toutes les capitales de l'Europe!
et de quelle terreur! Les haches de Marius, de
Sylla, de Marc-Antoine et d'Octave n'en égalent
pas l'horreur, et les cruautés les plus délirantes
des Caligula, des Néron, des Héliogabale, n'en
égalent pas les turpitudes! un règne de la terreur!
Je ne connais pas un mot qui condamne plus éloquemment une philosophie sans vigueur, fondée
sur la sensation, et où la philanthropie ne faisait
que la dorure de l'égoïsme.

Plaçons l'époque du réveil à un moment où
l'on pouvait se reconnaître et respirer un peu, à

la journée du 9 thermidor dont il fallait décider les résultats salutaires et fort incertains encore.

Cette philosophie, qui avait presque ouvert le siècle, était morte, morte des coups de ses enfants. C'était un camp abandonné, après avoir été jonché de ruines et couvert de sang et de boue par des barbares qui prétendaient en porter le drapeau. Les philosophes avaient été cruellement décimés par leurs prétendus et ignorants disciples. Plus de ralliement; on errait au hasard. L'abbé Raynal, un de leurs plus fougueux apôtres, avait donné le signal de la révolte, même sous le règne de l'Assemblée constituante; Marmontel revenait à la religion de ses pères, et La Harpe combattait avec acrimonie et virulence des erreurs qu'il avait partagées non-seulement avec la philosophie, mais avec la révolution, parvenue à la désastreuse journée du 10 août. Je laisse à juger quel eût été le désespoir, quelles eussent été les imprécations de Voltaire, de J.-J. Rousseau, si quelque lieu de l'Europe avait pu les soustraire aux haches de leurs adorateurs.

Lorsque l'explosion d'un magasin à poudre a fait sauter une grande partie d'une cité florissante, ceux qui survivent sont d'abord portés à rechercher les causes et les auteurs du désastre;

mais ici tous les partis avaient à se reprocher des imprudences et des fautes funestes. L'extrême malheur amena des confessions sincères; on savait gré à ceux qui avaient arrêté l'incendie, même après l'avoir allumé.

Il fallait marcher; les événements et de nouveaux périls nous pressaient. C'étaient au dehors de généreux combats; au dedans, des combats trop souvent signalés par la vengeance et par d'atroces représailles. On allait au gré de ses sentiments, de ses passions politiques : plus de systèmes; on s'était passé de religion, on se passa de philosophie; on fit de la politique au jour le jour. On était tout à l'action, puis on se délassait dans des plaisirs avidement goûtés. On se hâtait de cueillir des fleurs à côté des laves de l'Etna; on regardait comme des moments faits pour la joie ou pour la volupté ceux où le volcan fumait encore, mais où il ne lançait plus des tourbillons de flammes et de cendres.

Ce fut à l'époque du Directoire que les matérialistes s'efforcèrent de rouvrir leur école, protégée par le gouvernement, quoique l'un des directeurs se fût créé le pontife d'une religion naturelle qu'il appela *théophilanthropie*. Les prédicateurs de la sensibilité physique ne se tinrent

pas pour battus. On eût dit que pour eux la révolution française, dans ses plus terribles égarements, était un effet sans cause, ou bien que
l'épreuve n'avait manqué que parce qu'elle avait
été un moment abandonnée à des mains brutales
et maladroites. Savez-vous pourquoi l'on s'était
trompé d'une manière funeste? c'est que l'on
n'avait pas assez bien compris Locke et Condillac; et que l'idéologie n'éclairait encore les esprits que d'une lumière inégale. Trois hommes,
trois philosophes, se présentèrent pour réparer
les brèches faites à l'édifice du matérialisme, et
pour lui donner une enceinte plus spacieuse où
le jour luirait encore mieux. Aucun de ces trois
philosophes n'était souillé des turpitudes de la révolution, et tous trois avaient été menacés de fort
près du sort funeste de leur patriarche Condorcet.
M. de Tracy joignait une âme bienveillante à un
esprit subtil; il pratiquait le bien autour de lui,
à l'exemple d'Helvétius; il avait comme ce philosophe le don d'enchaîner habilement ses idées.
M. de Volney, sans avoir une âme fort expansive,
montrait de la droiture, de la fermeté, et encore,
plus une indépendance hautaine et mêlée d'âcreté.
Il avait mérité une juste estime par un ouvrage
plein d'observations judicieuses, présentées dans

un noble style, son *Voyage en Égypte et en
Syrie*. Le troisième, M. Cabanis, l'emportait sur
les deux autres par l'énergie d'un caractère presque romain; c'était un ami exalté, courageusement fidèle des puissants et malheureux orateurs
de la Gironde. Eh bien, ce furent ces trois hommes qui entreprirent de relever le drapeau du
matérialisme pour en faire l'oriflamme de la félicité universelle. Ainsi parurent à peu de distance
les *Ruines* de M. de Volney, ouvrage écrit
avec une verve sombre qui cherche la poésie et
ne peut que la contrefaire, parce que toute poésie
doit émaner d'un cœur religieux. Puis vinrent
les *Eléments d'Idéologie* de M. de Tracy, qui
furent débités, mais peu lus, dans les écoles qui
venaient de renaître.

Quant à M. Cabanis, beaucoup plus habile écrivain que M. de Tracy, et qui savait imiter quelquefois le coloris de Buffon, il parlait au nom de
la physiologie pour écraser le monde moral et le
soumettre despotiquement au monde physique.
Ces trois ouvrages n'eurent d'abord qu'un succès
assez médiocre et un effet peu sensible sur les
esprits. Il est vrai qu'ils reprirent de la vogue à
l'époque de la Restauration, dans le moment où
toutes les armes, même celles du matérialisme,

parurent bonnes pour combattre l'invasion des jésuites et de l'esprit ultramontain.

Ces ouvrages nous laissaient la liberté de croire en Dieu ; mais c'était pour les auteurs une question assez indifférente qu'on pouvait décider à coups de dés. Cette *recrudescence* du matérialisme ne fut après tout qu'une crise légère et momentanée. L'érudition lui prêta de tristes secours dans l'ouvrage de Dupuis, sur l'*Origine des cultes*. Pour celui-ci, l'ennui en fit prompte justice. Ce travail, longtemps vanté d'avance, tendait à prouver que l'athéisme loge au sein de toutes les religions, et surtout au sein de la religion chrétienne. Y eut-il jamais absurdité plus révoltante? Au bout de quelques années, et sous la Restauration, il en parut un abrégé auquel l'esprit de parti fit un plus favorable accueil; mais il n'en est pas moins un témoignage de toutes les absurdités dont l'érudition peut surcharger un esprit faux et lourd. J'ai parlé ailleurs du déplorable succès du catéchisme moral de Saint-Lambert. Cependant après la mort de son auteur, il y eut une forte brigue pour lui faire décerner, à titre d'un grand service rendu à la morale et à la société, l'un de ces grands prix décennaux dérisoirement institués par Bonaparte. L'astronome La-

lande et le vieux complaisant de Diderot, Naigeon,
l'un des hommes les plus vides d'idées que j'aie
jamais connus, nageaient dans la joie et reven-
diquaient leur suprême titre de gloire, celui
d'être des athées déclarés ; mais c'était un honneur
qu'il fallait partager avec Hébert et Chaumette.
Lalande fit paraître avec une impudence risible,
si elle n'eût été révoltante, une liste d'athées, où
presque tous les savants du premier ordre étaient
placés à côté de Jésus-Christ, Pascal et Bossuet,
déclarés athées eux-mêmes. On ne savait plus
comment faire, comment écrire pour échapper
à ce brevet d'athéisme. Bonaparte, sans beaucoup
d'effort et sans beaucoup de zèle, fit courir à la
messe nombre de ces philosophes, de ces prétendus athées devenus barons, comtes, ducs, et
même princes.

Mais un autre homme produisit un bien plus
puissant effet sur les âmes ; ce fut M. de Chateaubriand. Comme le prophète qui fit reculer l'ombre
sur un cadran, il fit rétrograder l'ombre qui depuis près d'un siècle obscurcissait le sentiment religieux. Mais c'est dans un autre chapitre que j'in-
diquerai le prodigieux et salutaire effet du *Génie
du Christianisme.* Ici je ne veux considérer que la
philosophie proprement dite, alors qu'elle se dé-

tourna d'une route qui convenait mal à sa dignité, et plus mal encore à sa divine mission, à son titre même. C'était à la religion à donner le signal d'un retour qu'appelaient des âmes épuisées de souffrances, et fatiguées de rouler d'abîmes en abîmes, de ténèbres en ténèbres. La philosophie ne parle qu'à un petit nombre d'hommes. La religion parle à tous ; elle va directement au cœur, et c'est le cœur qui décide à l'action. A l'aide de la foi, elle supprime l'examen ; c'est le rayon de feu qui terrasse et illumine saint Paul. Mais tout ne peut pas être matière de foi dans la conduite de la vie, ni dans l'empire moral et politique. S'il est bon de soumettre sa raison, il est déplorable et funeste de l'abdiquer ; la philosophie a pour essence l'esprit d'examen. Il lui reste donc encore une très-vaste portion d'empire ; elle doit donc marcher à pas lents, scruter avec détail, procéder souvent par l'analyse, s'affermir par l'expérience. Il me semble qu'il y a un double triomphe pour la religion et pour la philosophie, quand des résultats lentement acquis viennent confirmer une inspiration subite et céleste.

Telle est la marche que la philosophie me paraît suivre dans cette première moitié du xixᵉ

siècle, celle qui fortifie mon optimisme religieux
et qui étend mes espérances, bien moins pour
l'âge toujours agité où nous vivons, que pour les
âges lointains auxquels Dieu a fixé le repos de
notre course sur la terre.

Comme la réforme de la philosophie du xviiie
siècle n'a pas commencé en France, je vais jeter
un rapide coup d'œil sur la philosophie nommée
écossaise, ensuite sur la philosophie allemande,
avant d'examiner les progrès qui nous sont
propres.

J'ai déjà montré le noble essor que prit la
philosophie anglaise après l'expulsion du dernier
des Stuarts et le ferme établissement d'une constitution libérale, quoique aristocratique. Il y eut
une puissante réaction contre les doctrines sombres, matérialistes et tyranniques de Hobbes. Le
principe de la bienveillance sociale fut invoqué.
Il n'y avait nul mérite à le découvrir, puisqu'il
coule à pleins flots de l'Évangile. Toutefois ce
fut une base philosophique; et Pope, aidé de
Leibnitz, en profita pour exprimer le système de
l'optimisme dans un poëme bien ordonné, noble-
ment écrit, mais qui ne va point assez droit au
cœur. J'ai dit aussi l'heureux concours qu'il
reçut d'Addison, de Steele et surtout du poëte

Thompson. Je me crois obligé de rappeler aussi
le peu de succès qu'obtint en Angleterre l'incrédulité radicale des Collins, des Tyndal et des lord
Bolingbroke. Locke avait posé des principes dangereux, mais dont les conséquences ne furent pas
d'abord aperçues.

Voici ce qui neutralisa le plus dans ce royaume
l'effet d'une doctrine mal méditée. L'évêque
Berkley, l'un des hommes les plus vertueux dont
se glorifie l'Église anglicane, tira des principes
même de Locke des conséquences fort inatten-
dues en faveur d'un spiritualisme absolu, tranchant, qui ôte toute réalité au monde extérieur.

Cette hypothèse n'était pas nouvelle, puisqu'elle avait été présentée par Descartes au commencement de ses *Méditations*, et qu'elle avait
fait partie du scepticisme ancien. Mais comme
Berkley l'affirmait plus fortement qu'aucun philosophe ne l'avait fait encore, et qu'il l'avait
munie d'un grand appareil de dialectique, peu
de personnes consentirent à faire le sacrifice de
leur corps et celui des objets aimés et des merveilles du monde. Un tel spiritualisme parut dépasser le but, et ce tour de force rendit peu de
services à la philosophie. Les matérialistes eurent
beau jeu pour l'attaquer par le ridicule. Pour

eux, ils ne croyaient qu'à l'existence des corps,
et l'esprit ne leur en paraissait être qu'une mo-
dification accidentelle, à peu près comme l'étincelle qui sort d'un caillou. Dans leur impertinent
dogmatisme, ils raisonnaient toujours comme si
les objets extérieurs entraient dans leur entendement comme de fidèles miroirs, hypothèse que
rien n'appuie et que tout dément, puisque les couleurs, les saveurs, les sons, le froid, le chaud, etc.,
n'appartiennent qu'à nous. Je sais que parmi
eux, quelques-uns témoignent parfois quelque
doute sur la fidélité de ces représentations; mais
suivez-les, vous verrez qu'ils ont cru faire un
aveu sans conséquence, et qu'il ne leur échappe
pas un mot qui n'en soit la rétractation.

Aussi nos philosophes français furent-ils mé-
diocrement satisfaits de voir le sceptique Hume
partager ses doutes entre l'existence des corps
et celle des êtres immatériels; mais il rentra en
grâce auprès d'eux lorsqu'il eut la hardiesse de
nier le principe, qu'il n'y a point d'effet sans
cause, ce qui fournissait un moyen très-commode
de nier l'existence de Dieu. Suivant Hume, nous
prenons pour des causes des faits et des modi-
fications qui ne font que se succéder. Ce principe désastreux a été ruiné de fond en comble

par Kant, ainsi que nous le verrons tout à l'heure.

Les nuages s'épaississaient ainsi des deux côtés, lorsque vint à paraître dans son pur éclat la philosophie écossaise. C'est un de ces événements qui ne frappent point l'imagination par de merveilleux et soudains résultats : grâce au ciel, ce ne fut point une révolution. Ah! que la philosophie ne les recherche jamais! Mais je trouve dans l'essor de cette littérature nouvelle un doux et imposant spectacle. Elle se forme, vers le milieu du XVIIIᵉ siècle, dans la patrie d'Ossian, des bardes, des nuages, des ombres, des visions et des tempêtes. Vous la croiriez formée sous un ciel serein, splendide, et dans le climat le plus tempéré. L'Écosse vient de sortir sanglante d'un dernier combat que ses montagnards ont livré au bout de soixante ans pour la cause désespérée des Stuarts. Leur défaite a été suivie de supplices aussi cruels que multipliés. L'Écosse a perdu non pas son indépendance qu'elle a défendue si vaillamment sous les Bruce, les Vallace et les Douglas, mais sa nationalité propre. Eh bien, elle va ajouter le plus beau fleuron à la couronne littéraire de l'Angleterre, son heureuse rivale. Ce pays a longtemps appartenu à la vengeance. On y poursuit

les vengeances héréditaires de famille en famille ;
la dette du sang s'y paye comme en Corse. Eh
bien, cette philosophie, ou plutôt cette littérature écossaise respire un calme presque idéal.
Pas un souffle des passions haineuses ne s'y fait
sentir et ne ride la surface de ce lac argenté.
Elle est un modèle d'urbanité, de sobriété, jusque dans la sagesse, dans un temps où parmi
nous la philosophie usait sans scrupule de toutes
les armes qui servent la conquête. Son principal
sanctuaire fut dans les universités. Je ne reconnais pas aujourd'hui de meilleurs asiles pour le
recueillement philosophique.

Il est vrai que le sceptique Hume paraît ouvrir
cette école, mais il y est combattu et non suivi.
Comme historien, il ajoute beaucoup à la gloire de
l'Écosse. Je conviens que son impartialité paraît
se ressentir de son scepticisme métaphysique et
moral. Il s'anime peu ; il s'indigne encore moins ;
mais il dispose son vaste sujet avec ordre et précision. L'élégance et la lucidité suppléent chez
lui à ces grands mouvements de l'âme qu'exprime
si bien la concision énergique, profonde et enflammée de Thucydide et de Tacite ; et certes les
grandes catastrophes de l'histoire de l'Angleterre
prêtaient beaucoup à ce noble genre d'éloquence.

Robertson, à qui convient aussi le style tempéré, agrandit encore le domaine de l'histoire par l'étendue de son coup d'œil philosophique. Il me semble avoir tracé avec génie les progrès de la civilisation jusque dans les temps barbares. Nous autres, qui traitons aujourd'hui le même sujet, nous marchons à sa lumière. L'extrême partialité de Voltaire avait empêché son génie d'aller aussi loin et de voir aussi juste.

Qui refuserait de ranger Adam Smith au nombre des esprits supérieurs du xviiiᵉ siècle? C'est un de ces flambeaux qui luisent pour tous les âges. Il partage avec Turgot la gloire d'avoir fondé la science économique sur des bases qui n'étaient point de vaines théories et que l'expérience a confirmées. Je veux payer ici un tribut à la mémoire trop peu honorée aujourd'hui d'un ministre qui fut presque idolâtré. Necker a bien mérité de la philosophie, parce qu'il a prouvé l'alliance nécessaire de la morale avec les finances. C'est une des plus hautes vues du xviiiᵉ siècle, et le nôtre en a profité.

Ce même Adam Smith mérite un rang éminent parmi les moralistes pour sa *Théorie des sentiments moraux;* il montra comment la plupart de nos actions dérivent d'un principe de sympathie,

qu'Helvétius et tous les autres défenseurs matérialistes de l'intérêt personnel n'avaient pas su
apercevoir. Ils en rougirent d'abord , et puis ils
s'épuisèrent en efforts pour matérialiser un principe dont nulle physiologie ne pourrait s'emparer. Je sais bien qu'un tel principe, s'il était isolé,
laisserait encore la morale bien vacillante ; mais
il prépare au moins l'application plus féconde et
plus sûre de la théorie du devoir.

La philosophie écossaise s'appuie plus directement encore , et avec plus d'honneur , sur deux
métaphysiciens qui ont porté des coups plus dé-
cisifs à la philosophie de Locke et de Condillac ,
c'est-à-dire à celle de la sensation. Leur marche
est circonspecte ; tous deux , pour combattre
Locke , prennent son point de départ, et lui
empruntent ses armes , l'analyse et l'observation
des faits, et se montrent sur ce dernier point ri-
gides observateurs de Bacon. Mais leur analyse ne
s'arrête point à la surface , comme celle des sen-
sualistes. Profonds et ingénieux observateurs des
faits psychologiques, ils retrouvent tous les principes actifs de l'âme, que Condillac surtout avait
paralysés. L'automate disparaît; l'homme renaît
avec sa liberté.

C'est chez Dugald Stewart que l'optimisme religieux se conclut avec le plus de netteté. Ce n'est pas qu'il l'exprime avec flamme, mais il y marche d'un pas tranquille et d'un cœur serein. Il n'entreprend pas de résoudre toutes les difficultés de la métaphysique; il me laisse possesseur, au moins provisoire, du monde matériel; je puis avec lui conserver mon corps avec assez de sécurité. J'y crois, me dit-il, parce qu'il m'est impossible de n'y pas croire. J'aime beaucoup une limite de cette sorte posée en philosophie.

J'arrive au suprême honneur de la philosophie et de la littérature écossaise. On ne s'étonnera pas que je nomme Walter Scott. Ici je demande la liberté de m'épancher un peu; je suis, j'en conviens, un métaphysicien vulgaire, et je n'en rougis pas. Mais dès qu'il s'agit de cette philosophie qui va droit au cœur, qui, en causant mes délices d'un jour, m'en prépare de plus longues et de plus délectables en me rendant meilleur, je prends feu; mes idées et mes sentiments coulent à pleins flots. Plus de méthode, plus de frein. C'est plus qu'un devoir; c'est une joie intime pour moi que d'acquitter la dette de la reconnaissance; il me semble que je ne fais plus qu'un avec l'auteur, dont les leçons ont pénétré dans mon âme. Quelque distance de génie qui nous sépare, je communique avec lui par l'amour; il est le prêtre, et je suis le répondant.

A un romancier tel que lui on ne peut pas plus refuser le titre de philosophe que celui d'historien. N'a-t-il pas créé une vie nouvelle pour l'histoire? n'a-t-il pas rendu vivantes les leçons de la philosophie? L'érudition d'antiquaire est chez lui pleine de grâce et d'enjouement; souvent elle allume sa verve comique, sans qu'il cède jamais à l'esprit de satire. Elle lui sert à éclairer des parties que l'historien, dans la dignité de son travail, laissait obscures et presque invisibles. Une foule de nouveaux acteurs figure sur ce théâtre et ne l'embarrasse point; il lit de plus près dans l'âme des principaux personnages; son flambeau c'est une indulgente équité. Jusque dans des caractères tristement exaltés par l'esprit de parti, par le fanatisme, il sait observer des passions bienveillantes ou généreuses qui soutiennent le choc contre des passions aigres et violentes, peuvent succomber et se relèvent quelquefois. C'est l'homme tout entier qu'il nous montre; c'est cette foule d'êtres mixtes dont la société se compose. Observateur plein de finesse, il est un ami passionné de la vertu ; c'est souvent dans de jeunes filles qu'il se plaît à en trouver le type le plus aimable et le plus ravissant :

Pulchrior et veniens in pulchro corpore virtus.

Il trace l'idéal de la vertu. Les vieux royalistes obstinés de Walter Scott ont une noblesse qui demande grâce pour la ténacité de leurs préventions et la direction bornée de leur esprit.

Voltaire a passé sa vie à combattre ce qu'il appelait des préjugés. Walter Scott en est un bien plus habile et bien plus intègre investigateur ; il attaque l'esprit de parti dans toutes ses directions les plus opposées. Vous croiriez souvent que sa main ne tient pas ferme la balance, et qu'en parlant des guerres civiles de l'Angleterre et de l'Écosse, il incline pour la cause des cavaliers et de ces jacobites toujours obstinés à rallumer le feu de la guerre dans leur patrie. Non, cette apparente partialité, il ne l'a que pour la souffrance. Cavaliers et puritains passent également sous une censure dont il sait diversifier et même égayer les tons, mais qui reste toujours inflexible pour tout genre de désordres et de crimes. Si les uns croient les légitimer en invoquant la cause de

Dieu, et les autres celle du Roi, Walter Scott
saura bien rechercher et poursuivre tout ce que
leur cœur renferme d'inhumain. Il ne fait pas
plus de grâce au libertinage effréné, à la cruauté
militaire des cavaliers qu'au fanatisme atroce des
puritains ; il sait distinguer les exaltés des hypo-
crites ; il s'amuse des premiers ; leurs sermons où
la bible est mise au pillage sont pour lui et deviennent pour nous un sujet intarissable de gaieté,
sans qu'il y perce la moindre étincelle d'esprit ir-
réligieux. L'éloquence comique de sa vieille puritaine met en défaut tous les sermons des prédicants, elle y mettrait tous les sermons de la ligue
et tout le mysticisme amphigourique des discours
parlementaires de Cromwell.

La même justice, il l'exerce envers les moines.
Après vous avoir amusé des tours que joue à l'un
d'eux la dame blanche, il les peint avec un intérêt respectueux dans leur chute. Tout ce qui
tombe ou va tomber a droit à un tribut de sa justice, de son bon cœur. Fidèle anglican, il ne
craint pas quelquefois de se prosterner devant la
fermeté des croyances du catholicisme. Il a peint
deux tyrans, Cromwell et Louis XI. Sans les épargner, il se pique pourtant envers eux de la plus
scrupuleuse équité. Ses armes ne sont point celles

de Tacite, mais elles ne sont pas moins aiguisées.
Voyez de quels êtres il entoure Louis XI dans sa
captivité; comme il sait bien donner à l'atroce et
rusé monarque le masque du bonhomme; comme
il aime à le perdre dans les filets de sa politique.
Quelle idée de génie d'avoir entouré, dans sa captivité, le tyran de Plessis-les-Tours, de deux
bourreaux, dont l'un montre un genre de piété
tout semblable à la sienne, et l'autre la joyeuse
humeur qu'il porte dans l'invention des supplices. Quant à Cromwell, il lui laisse toute l'abjection de l'hypocrisie; mais dans l'homme coupable, dans le vieux régicide, il nous montre encore l'esprit du profond politique, qui sait user
de tout, même de la clémence. Je ne sais si je
n'aimerais pas mieux avoir tracé le portrait de sa
jeune puritaine que celui de Clarisse même. Voilà
l'optimisme judicieusement appliqué à l'histoire
comme à la pratique de la vie. Socrate ne nous
apprendrait pas mieux à marcher sans trouble,
à mieux régler notre âme au milieu des plus terribles convulsions de la société.

Est-il un homme de lettres dont la vie glorieuse se soit laissé plus doucement couler au gré
des plus naïves, des plus saintes affections? C'est
un amant de sa patrie; il aime, il célèbre les

montagnes de l'Écosse, comme pouvait le faire
un fils de Fingal ou d'Ossian. Un sage doué d'un
si vaste discernement aurait-il été déplacé parmi
les hommes d'État de l'Angleterre? Il reste le
fidèle et scrupuleux greffier d'un tribunal. Pas
une jalousie, pas une susceptibilité littéraire ne
trouble la vie de l'auteur le plus fécond, le plus
admiré, et par conséquent le plus envié. Cruellement blessé par la verve satirique de lord Byron,
il lui répond par les plus tendres avances et par
un tribut d'admiration, et lorsque le poëte aven-
tureux et misanthrope part pour la Grèce, il lui
applique ce vers si touchant :

I decus, i nostrum, melioribus utere fatis.

Pendant plus de vingt ans il se dérobe autant
qu'il peut à sa gloire, tandis qu'il monte de chef-
d'œuvre en chef-d'œuvre; il ne veut rester que
l'auteur anonyme de Waverley. Enfin, c'est une
catastrophe accablante qui lui arrache son secret.
La faillite d'un libraire, son ami, lui enlève l'opu-
lence à laquelle il était arrivé par ses heureux travaux, et le rend responsable de fortes dettes qu'il
n'a point contractées. Il soutient le choc avec la
plus touchante constance d'âme; il n'accuse point
son ami, il le console. Pour acquitter des dettes

si fatales, il se voue à une série de travaux expéditifs, commandés, qui seraient mortels pour le
génie de tout autre, mais qui ne font qu'affaiblir
le sien. Il meurt prématurément sous cette chaîne.
Qui de nous ne l'a pleuré comme le plus sage et
le plus aimable ami du foyer? qui de nous ne
songe maintenant, avec un profond regret, à ce
moment où nous arrivaient à la fois deux ou trois
romans de Walter Scott, et où nous bénissions
avec attendrissement l'admirable fécondité de cet
homme de génie? C'était la famille entière qui
s'associait à cette douce lecture; les jeunes filles
y étaient appelées, et jamais leurs couleurs virginales ne brillaient de plus d'éclat et de pureté
que lorsqu'elles paraissaient refléter les traits de
ses chastes, nobles et spirituelles héroïnes.

Voilà une longue digression, et l'on peut voir
que j'y ai été retenu par un vif attrait. Elle m'a
servi d'ailleurs à reculer le moment où j'aurai à
parler de la métaphysique allemande telle qu'elle
a paru dans le xixᵉ siècle. Je n'y arrive pas sans
une sorte d'effroi qui, à coup sûr, est bien partagé par la plupart de mes lecteurs. Les savants
vont me trouver bien superficiel, et les autres
bien lourd. Je ne sais point l'allemand; il faut de
plus se familiariser avec une autre langue quand

on étudie la nomenclature du philosophe de Kœnisgberg. Le premier reproche que je lui adresse est de l'avoir inventée sans nécessité, et d'avoir ainsi redoublé les difficultés que présentent les longues et éternelles abstractions. Mon esquisse sera rapide, et j'userai du style tranchant, auquel ont souvent eu recours tous ceux qui ne savent guère. Ce que je fais surtout dans ce chapitre, c'est l'histoire de mes pensées, à l'exemple de Montagne.

La guerre élevait son mur d'airain entre nous et l'Allemagne; nous étions encore plus séparés de l'Angleterre par le blocus continental, mais c'était surtout la ténacité de notre foi dans Locke et Condillac qui nous empêchait d'observer les progrès de la nouvelle philosophie que le XIXe siècle devait faire éclore. Il y a une trentaine d'années que le nom de Kant commença à retentir faiblement parmi nous. Je vis un jour arriver chez moi un émigré français qui m'était recommandé par madame de Staël : c'était M. de Villiers, homme fait pour captiver l'attention par les dons heureux de sa personne, ses nobles manières, son élocution facile et séduisante, et enfin par l'intérêt de ses malheurs et l'usage heureux qu'il avait fait d'un long exil. C'était à la philosophie allemande qu'il s'était adonné avec un labeur infini. Il avait fait un exposé de la doctrine de Kant, toute nouvelle parmi nous, et avait eu le tort de l'annoncer avec un peu trop de faste. « Je viens, avait-il dit, jeter « au milieu de la France une bombe qui boule- « versera tout l'édifice de la philosophie du « XVIIIe siècle. »

Je ne pouvais m'empêcher de lui savoir gré de cette tentative, quoique le succès m'en parût fort problématique. Je l'écoutai avec une profonde attention ; mais je ne pus le suivre qu'avec une extrême difficulté.

Je crus m'apercevoir que le grand et respectable objet du philosophe de Kœnigsberg était d'unir et de faire en quelque sorte marcher de front le génie de Platon et celui d'Aristote. Il rectifie avec une habileté merveilleuse les idées innées du premier, et celles de Descartes et de Leibnitz en les considérant comme les facultés nécessaires de notre entendement, et c'est là qu'il applique les catégories d'Aristote en les réduisant beaucoup et leur donnant plus de grandeur et de généralité. Les quatre forces primitives de notre esprit sont la quantité, la qualité, la relativité et la modalité. Je ne le suivrai point dans ce labyrinthe : les catégories, soit qu'elles viennent d'Aristote, des

Scolastiques ou de Kant, me paraissent toujours un peu suspectes d'arbitraire. La raison respecte peu ces clôtures artificielles.

Kant est admirable lorsqu'il établit avec vigueur le principe de *causalité*, si impudemment attaqué par le scepticisme de Hume ; mais j'ose dire qu'il ne sait pas en tirer un parti puissant, puisqu'un tel principe ne le fait pas remonter à Dieu avec assez de fermeté, ainsi que nous le verrons tout à l'heure. Il me semble aussi qu'il se plaît trop à établir une barrière insurmontable entre le *subjectif* et l'*objectif*, c'est-à-dire entre le *moi* et le *non-moi*, entre le monde des idées, qu'il appelle *nouménal*, et le monde des apparences, qu'il appelle *phénoménal*. C'est en vain qu'on lui crie de jeter un pont, de construire un navire, ou même une simple barque qui nous conduise de l'un à l'autre ; il recule devant la difficulté et laisse à d'autres le soin de la résoudre : et c'est de là qu'est née la grande et déplorable confusion qui s'est établie dans la philosophie allemande.

Mais je ne puis exprimer quel fut mon étonnement, mon effroi, lorsque, dans l'exposé de M. de Villiers, j'arrivai à ce fatal chapitre où Kant pose la thèse et l'antithèse sur l'existence de Dieu, et finit

par déclarer qu'il ne peut se déterminer ni pour
l'une ni pour l'autre à l'aide de la *raison pure*. Il
est vrai que ce qu'il appelle la *raison pratique* lui
offre, dans un autre ouvrage, tous les moyens de
se déterminer victorieusement en faveur de Dieu.
Mais pourquoi a-t-il d'abord méconnu la puissance des démonstrations métaphysiques fournies
par Descartes, Bossuet, Fénelon, Mallebranche,
et surtout par le docteur Clarke? et pourquoi leur
avoir fait subir l'affront de les mettre sur une
ligne parallèle soit avec les raisonnements de
l'inintelligible Spinosa, soit avec les absurdités
palpables du baron d'Holbach et de Diderot?
Pourquoi n'a-t-il pas su faire un usage simultané
de sa *raison pure* et de sa *raison pratique*? Est-il
rien de plus révoltant que d'appeler *raison pure*
celle qui laisse Dieu en problème?

Oui, je le dis à regret, Kant, quoique dans son
second ouvrage il ait fourni la plus puissante démonstration de la loi du devoir, et qu'il s'y montre
complétement religieux, a mal servi la cause du
spiritualisme. Elle était plus florissante avant lui,
en Allemagne. Les sages disciples de Leibnitz, de
Descartes et de Platon, Wolf, Mosès-Mendel-
sohn, et surtout le baron de Jacobi, l'avaient
maintenue, le premier par sa raison, qui pour-

tant est méthodique à l'excès, et les deux autres
avec une éloquence qui reproduit Platon même.
Kant, bien involontairement sans doute, n'a que
trop servi la dédaigneuse paresse des esprits super-
ficiels, qui, à la vérité, ne le lisent pas du tout,
mais qui s'autorisent de sa thèse et de son antithèse pour déclarer *qu'on ne tient pas Dieu par
la métaphysique*. Il n'y a pas aujourd'hui une
erreur plus funeste, une allégation plus impu-
dente et qu'il soit plus nécessaire de repousser.
Deux disciples de Kant se sont bientôt présentés
pour résoudre le problème qu'il avait laissé indé-
cis entre le *subjectif* et l'*objectif;* et c'étaient
deux autres hommes d'un esprit supérieur : l'un
Fichte, et l'autre Schelling, deux écrivains beaucoup plus éloquents que leur maître; mais tous
deux étaient portés à une exagération absolue
et tranchante. Pour établir la communication
entre le monde intérieur et le monde extérieur,
ils se placèrent sur les deux rives opposées, et la
communication fut rompue plus que jamais.
Fichte se logea dans le *moi* et ne sut plus comment en sortir, de manière que le *monde extérieur* disparut à ses yeux, et ne sembla plus que
peuplé de fantômes. Schelling eut pitié de ce
pauvre monde extérieur qui semblait devenu

inabordable, et s'y campa fièrement, comme s'il
y posait un pied ferme. Mais, qu'arriva-t-il?
c'est que le *moi* disparut à son tour, ou du moins
qu'il s'engloutit à la fin dans la totalité des êtres.
C'était là du spinosisme. Il est vrai que Schelling
l'avait spiritualisé de son mieux et qu'il semblait
d'abord en rougir ; mais il finit par prendre son
parti, et par déclarer que tout son mérite était
de comprendre Spinosa. Je le lui laisse volontiers,
et j'aime à me trouver à cet égard la même inca-
pacité d'esprit que se sont reconnue Bossuet, Fénelon, Clarke, et même Condillac.

Hégel, qui vint après Schelling, suivit la direction de son maître, et se jeta à corps perdu
dans le panthéisme c'est-à-dire, qu'il redoubla
l'épaisseur des ténèbres. Je confesse avoir fait
très-peu d'efforts pour le suivre et le comprendre.
Je fus effrayé, dès le premier pas, lorsque je
vis qu'il entreprenait de construire une logique
nouvelle, c'est-à-dire de refaire l'entendement
tout entier. Ce que j'ai pu discerner, c'est que
le panthéisme de Schelling et de Hégel cherche à
différer du matérialisme des philosophes français du xviii° siècle. Spinosa lui-même avait
admis de l'intelligence dans le grand tout, et faisait
de l'univers un animal qui avait des idées et des

perceptions. Ses deux disciples allemands ont fait de leur mieux pour lui donner de l'esprit ; mais ils n'ont pu se décider à accorder au grand tout une liberté qu'ils ne refusent pas à l'homme. Eh! qu'en ferait-il de cet esprit, ce Dieu garrotté dans les liens de la matière, son sujet, son esclave, impuissant pour le bien, indifférent au mal, ce Dieu qui ne vaut pas l'une de ses faibles créatures, puisque j'ai le sentiment de ma liberté, de ma volonté, et que cet être énigmatique ne l'a pas? Il semble donc, au moins jusqu'à présent, que le règne du spiritualisme ait cessé, ou du moins soit actuellement interrompu dans cette Allemagne qui en avait été le glorieux refuge, et que l'on regardait comme son trône permanent. Je ne puis douter qu'il n'y reparaisse bientôt avec gloire, et cependant il sera bon qu'en ressuscitant, il se montre moins absolu, moins tranchant que ne l'a été l'éloquent et sublime Fichte, et qu'il dise avec la bonne foi de la philosophie écossaise, qui maintenant, grâce à Dieu, est notre philosophie nationale : « Il m'est impossible de ne pas accorder quelques « degrés d'existence à la matière. Le Dieu de la « vérité ne m'a pas entouré d'illusions perpé- « tuelles. Si ma raison est encore enveloppée de

« nuages, Dieu m'a donné la force de les percer,
« au moins lorsqu'il s'agit de m'élever jusqu'à
« lui. »

Les Allemands ne seront un grand peuple qu'en
revenant à la cause du spiritualisme, principe de
toute poésie et de la seule philosophie réellement
transcendante. Du reste, je conviens avec plaisir
que le panthéisme germanique n'a point eu jusqu'à présent, chez ce peuple plein de bonne foi
et invinciblement porté à des rêveries mystiques
que toute sa poésie atteste, les effets dissolvants
que le matérialisme a eus en France au XVIII° siècle, et qui se manifestent encore trop souvent
dans nos mœurs actuelles. Cette bonne foi, on
ne peut la refuser à Schelling, qui, tout pan-
théiste qu'il est, se croit encore chrétien. Il en a
donné une preuve dont le public s'est étonné, en
quittant la religion protestante pour la religion
catholique. Hégel, de son côté, dans sa politique, se montre si zélé pour les principes con-
servateurs, qu'il va jusqu'à favoriser le pouvoir
absolu. Fichte, par l'effet de sa doctrine, plus
encore que par son génie, est celui de tous ces philosophes qui a le plus puissamment exalté et enno-
bli le caractère allemand. C'est lui que l'on peut
considérer comme le véritable créateur, comme

le nouvel ermite Pierre de cette croisade patrio-
tique qui a relevé l'Allemagne foulée sous les pas
du cheval de Napoléon. La philosophie a obtenu
tous les effets du zèle religieux; son étincelle vi-
vifiante a volé d'universités en universités; elle
a pénétré dans les ateliers des villes et dans la
ferme du laboureur; bientôt devenue un globe
lumineux et embrasé, elle a plané sur les cabinets
des hommes d'État et sur les palais des rois terri-
fiés; elle s'est revêtue du casque et du mousquet,
s'est élancée sur les champs de bataille comme une
Bellone ardente, et a planté son drapeau sur les
hauteurs de Montmartre. Fichte et un grand
nombre de professeurs, enflammés de son esprit,
figuraient sans aucun grade, et le sac sur le dos,
dans ces rangs belliqueux. Je rappelle ici des
blessures cruelles de ma patrie dont mon cœur a
saigné; mais je ne me fais aucun scrupule d'admirer chez nos voisins des élans de courage, d'honneur et de patriotisme dont nos fastes contemporains sont presque surchargés.

Enfin je reviens en France pour terminer et
compléter mon voyage autour du monde philosophique, et je me replace au commencement du
xixe siècle. Glacées par l'horreur des événements
et desséchées par des doctrines qui faisaient mou-

rir la plus sublime espérance, les âmes avaient besoin de respirer une plus douce et plus pure atmosphère. Sans doute il fallait appeler contre le matérialisme le secours le plus puissant, et c'était celui de la foi. Elle seule pouvait dispenser de recherches arides et périlleuses pour lesquelles tous les esprits ne sont pas faits. C'était elle qui pouvait le mieux tout purifier par une flamme vive, pénétrante et douce à sentir. Les femmes se précipitaient en quelque sorte vers ce guide bienfaisant. Les jeunes gens hésitaient et commençaient à s'émouvoir. Mais après un si long usage d'une métaphysique inféconde, ou plutôt d'une logique obstinée à la détruire, il importait que tous les esprits sérieux vinssent se replacer sous l'abri de cette haute métaphysique qui, depuis Descartes, avait dirigé avec tant d'ordre et de grandeur la philosophie du XVIIe siècle. J'ai à m'occuper ici de cette renaissance; c'est dans un autre chapitre que j'aurai à parler des efforts religieux de MM. de Chateaubriand, de Bonald, de Maistre et Frayssinous.

Madame de Staël, née au milieu des cercles philosophiques, mais instruite par un père et une mère toujours fidèles aux sentiments religieux, et que l'élévation de son âme, aussi bien que la puissance précoce de son génie appelaient vers le spiritualisme, fut la première qui nous fit comprendre le besoin de revenir à cette haute philosophie. Mais les événements et quelquefois même les intrigues politiques la jetaient souvent hors de cette sphère. Au milieu de ses malheurs et de ses persécutions, elle sut se montrer la puissante et valeureuse Clorinde de la philosophie, dans son ouvrage sur l'Allemagne, et particulièrement sur la philosophie allemande. Elle sut marcher à travers les ténèbres, d'un pas dégagé, la tête haute et avec un regard inspiré. Le matérialisme n'avait pas encore été combattu avec une logique plus sûre, ni avec un pareil feu de sentiment.

Ce fut seulement vers 1810 que s'annonça ce retour salutaire aux saines et puissantes doctrines. Le mouvement partit de l'université de France qui venait de renaître, ainsi qu'ailleurs il était parti des écoles d'Édimbourg, de Kœnigsberg et d'Iéna. Vieux murs du Plessis, que de fois j'ai cru goûter sous votre ombre sévère la fraîcheur des ombrages d'Académus! Qu'il m'était doux en descendant de ma chaire de professeur d'histoire, de me poser aux bancs des élèves pour recevoir une instruction plus forte sur des sujets que je n'avais encore abordés que timidement. Avec quelle vigueur de pensée et quel pur éclat d'images s'opérait la réforme de la philosophie ! Certes on voit plus clair dans ces conférences matinales où n'agit nul prestige, que dans ces soupers où tout était séduction pour l'esprit et pour les sens. Quel recueillement ! quelle attention profonde dans ce jeune auditoire auquel on rendait Dieu, l'âme et son immortalité ! Rien n'avait été concerté entre les professeurs. Ils partaient de divers points de l'horizon politique, comme de diverses écoles de philosophie ; mais ils étaient mûris par les méditations du malheur. L'excellent Laromiguière, avec un charme socratique qu'il tirait de son âme autant que de son esprit, s'annonçait humblement comme un disciple de Condillac ; mais il complétait ses analyses trop superficielles, il relevait une confusion de mots fort étonnante chez le philosophe qui en avait tant recommandé la précision, faisait jaillir le sentiment moral et la conscience métaphysique là où Condillac n'avait vu que la sensation, et retrouvait, à l'aide de l'attention, de la délibération et de la volonté, des principes actifs, des forces vives là où le fabricateur d'une froide statue n'avait paru voir que des mouvements imprimés du dehors, et de la passivité ; il substituait une autre philosophie

à celle qu'il prétendait continuer, et croyait de
la meilleure foi du monde n'avoir pas blessé son
maître quand il l'avait tué.

M. Royer-Collard, voué à ce même combat
avec plus d'ardeur et de puissance, usait d'armes
plus tranchantes et forgées à un triple feu par
Platon, Descartes et Leibnitz. La beauté toute
virile de son élocution qui, jusque dans les plus
légères incises, va toujours réveillant et fortifiant
la pensée, excitait et payait richement le travail
d'un jeune auditoire qui se voyait transporté
dans des régions nouvelles. Car, il faut bien le
dire, la doctrine de Descartes décriée par Voltaire
sous le nom de *Songe-creux*, paraissait alors
quelque chose de nouveau dans cette France qui
n'a rien produit de plus grand que son génie.
Je me souviens encore des longues courses qu'il
me fallut faire pour me procurer ses divers ouvrages philosophiques. Il semblait que ce nom
suranné faisait sourire dédaigneusement les libraires, tandis que je voyais briller sur leurs
rayons Locke, Condillac, Helvétius, Cabanis et
Volney, embellis de tout le luxe typographique.
Je ne puis exprimer quelle révolution se fit en
moi, et quels tressaillements de plaisir et d'admiration j'éprouvai quand je pus lire les *Médita-*

tions de Descartes et son livre de *la Méthode*. Ce fut dès ce moment que je me sentis prendre terre dans le monde philosophique. Il est vrai que je reculai d'abord, épouvanté de l'immensité des doutes dont il venait, dès son début, accabler mon esprit; mais bien différent de tous les philosophes vulgaires et surtout de ceux du xviiiᵉ siècle, Descartes commence par le doute pour finir par la certitude. Il ressemble à la sibylle de l'*Énéide*, qui se précipite avec le héros troyen dans le gouffre des enfers, lui fait traverser des régions où n'habitent que le deuil et la terreur, mais qui le conduit rapidement vers ces champs Élysées où règne une éternelle fraîcheur et où brille un soleil nouveau.

M. Royer-Collard, en rappelant la haute philosophie de Descartes et de Mallebranche, sans renouveler toutefois leur tranchante hypothèse sur les bêtes considérées comme machines, introduisait la philosophie de Reid et de Dugald Stewart, ou plutôt il la devinait ; car nous ne possédions pas encore en France les écrits du premier de ces philosophes. Le blocus continental s'opposait même à ce genre de commerce avec l'Angleterre. Je l'ai vu plus d'une fois, malgré la gravité habituelle de ses discours, lancer une pi-

quante ironie contre les deux apôtres, ou plutôt
contre les deux rois de la philosophie de la sensation. Son école n'attirait pas encore une grande
affluence; mais elle se peuplait d'esprits fermes
et droits qui se sentaient la puissance de changer le cours des idées d'un siècle.

Trop tôt pour l'université, mais fort à propos
pour la France monarchique et constitutionnelle,
M. Royer-Collard fut appelé sur un plus grand
théâtre. La tribune put s'étonner d'abord d'entendre ce langage élevé; car depuis qu'elle était
ouverte, tout s'était placé sous l'invocation de la
philosophie du XVIII⁰ siècle, et souvent de ses organes les plus discrédités. Je me souviens d'avoir
entendu, dans l'Assemblée législative qui précéda la
Convention, une déclaration ouverte d'athéisme,
dont le scandale ne fut pas réprimé. Maintenant,
au milieu des discussions parlementaires, s'introduisait une philosophie à la fois religieuse et tolérante, sévère dans sa logique aussi bien que dans
sa morale, qui venait forcer la politique de s'unir
avec elle. C'est surtout par ce moyen que M. Royer-
Collard a su donner une force monumentale à ses
discours parlementaires.

M. Cousin, brillant et chaleureux continuateur
de M. Royer-Collard, développait les mêmes doc-

trines, avec tout l'entraînement d'une improvisa-
tion riche d'idées et même d'images. Quelquefois
il paraissait gêné par ce grand effort de l'esprit,
il s'arrêtait un moment, semblait absorbé dans
sa méditation ; ses nombreux auditeurs s'asso-
ciaient au travail de sa pensée ; ses yeux lançaient
de la flamme, et bientôt jaillissait une expression
nouvelle et pittoresque, et chacun triomphait
avec lui de la difficulté vaincue. Il brillait surtout
dans la réfutation de la doctrine de l'intérêt personnel, conséquence forcée, abjecte et sinistre
du matérialisme.

Tel fut M. Cousin, tant qu'il s'enferma dans
les limites de la philosophie française et écossaise.
Mais j'avoue avoir suivi, ou du moins avoir lu
ses leçons avec moins d'attrait lorsqu'il servit
d'interprète à la philosophie allemande, et surtout à celle de Schelling et de Hégel. Mais sans
doute ces obscurités seront éclaircies dans un
nouvel ouvrage que va publier le célèbre professeur, si j'en juge d'après un fragment lumineux
que je viens de lire.

Les philosophes qui s'avancent dans ces régions
hyperboréennes de la métaphysique, me paraissent ressembler à ces navigateurs qui tentent de
pénétrer vers l'un ou l'autre pôle à travers un

océan de glace. A chaque instant ils se heurtent
contre des écueils ; ils terminent la navigation la
plus triste et la plus périlleuse avec l'unique satisfaction d'avoir imposé quelques noms à de
longs bancs de glace qu'ils prennent pour des
îles. Toutefois, les efforts intrépides de ces nouveaux Cooks peuvent n'être pas stériles, et amener
des découvertes précieuses ; mais il me paraît impossible qu'on en fasse jamais dans les voies ou-
vertes par Spinosa.

Chacun de nous secondait cet effort rénova-
teur. M. Guizot appliquait à l'histoire cette haute
et saine philosophie, avec cette originalité d'aperçus et cette élocution noble et ferme qui lui
ont valu un rang éminent parmi nos orateurs.
M. Villemain excitait un vif enthousiasme dans
la jeunesse, soit en animant son éloquence de
celle des Pères de l'Église et des orateurs chrétiens de notre grand siècle, soit en faisant un
examen sévère et judicieux des bienfaits et des
erreurs du XVIIIᵉ siècle, et en condamnant la
pente fatale qui l'entraînait vers le matérialisme.
Un nouveau professeur, tout à l'heure élève de
M. Royer-Collard, M. Jouffroy, a fortifié et lu-
mineusement développé ce que nous nommons
encore la philosophie écossaise, mais qu'il faut

regarder comme la philosophie nationale, puisqu'elle émane évidemment de Descartes. On van-
tait la limpidité de Condillac, dans ses recherches
trop superficielles, et M. Jouffroy l'a surpassée
dans des recherches profondes. Rien ne manque à
ses analyses consciencieuses qui vous font lire dans
tous les actes de votre intelligence, et rendent
votre volonté plus puissante, parce qu'elle est
mieux éclairée. Qu'il est beau de voir les vérités
métaphysiques si importantes à la dignité de notre
être, appuyées sur cet examen scrupuleux des
faits, et sur cette méthode d'induction par laquelle
Bacon a donné un essor si heureux, et souvent
tant de certitude aux sciences naturelles! M. Da-
miron continue avec succès cette noble tâche. La
doctrine se maintient homogène en s'enrichis-
sant toujours; l'âme ne s'y sent pas élevée d'un
seul bond, comme dans les Méditations de Descartes; mais elle s'élève progressivement, se souvient avec netteté de tout l'espace qu'elle a parcouru, et ne s'épouvante pas de tout le chemin qui
lui reste à faire. Les rochers de la science s'apla-
nissent sous des mines savamment pratiquées,
comme ceux du Simplon et du Mont-Cenis se sont
ouverts sous les efforts des ingénieurs français.

J'aime une philosophie qui s'humanise et ne

fait pas la fanfaronne; je veux, comme Montagne, qu'elle soit accorte et familière; mais je
ne souffre pas qu'elle soit molle et ondoyante
comme l'est lâchement le scepticisme. Cette philosophie régit ou plutôt elle enflamme tous les
esprits élevés de notre époque.

La lumière philosophique n'est pas comme
celle du soleil qui nous arrive de trente-trois
millions de lieues en sept minutes. Sa marche
est lente, embarrassée, mais progressive; elle
rencontre une foule d'esprits opaques et creux
dont elle éclaire à peine quelques points; elle se
brise en rayons divergents, en miroirs infidèles
chez des esprits anguleux et subtils. Les éclipses
du soleil durent à peine une heure; la lumière
philosophique a subi une éclipse qui a duré mille
ans. Mais elle n'était qu'apparente, elle s'était
fondue dans la lumière plus vive et plus ardente
de la religion; elle y est restée absorbée jusqu'à ce
qu'elle se soit sentie assez forte pour combattre
l'hypocrisie, la superstition et le fanatisme. Malheureusement dans ce choc, elle a fait tomber
ses coups d'abord sur la religion révélée et ensuite sur le principe religieux sans lequel toute
société recule jusqu'à un état pire que la barbarie.

J'ai joui d'une satisfaction profonde en prolongeant cette esquisse, tout imparfaite et superficielle qu'elle doive paraître; j'en résume ici les aperçus principaux. Je continue un usage que je pratiquais dans mes leçons d'histoire; ces redites peuvent paraître importunes à des esprits fort exercés, mais je dois consulter avant tout mes jeunes lecteurs, comme je consultais auparavant mon jeune auditoire. On a pu voir que l'optimisme religieux dont j'ai suivi tantôt le déclin et tantôt les progrès, peut être regardé comme la philosophie universelle; car celle qui rapporte tout aux sens, à la matière et constitue notre raison, notre âme dans un état de passivité, dans un état de brute, n'est autre chose que la négation même de la philosophie.

L'optimisme, pour ôter toute ambiguïté à ce mot, est une fervente adoration du Dieu très-grand et très-bon que reconnaît le polythéisme même, du Créateur et du père qu'invoque tendrement la religion chrétienne. C'est une haute faculté d'espérance fondée sur l'amour et sur la pratique du devoir. Tout être, rempli de la pensée de Dieu, est par cela même perfectible. La société humaine l'est encore plus que l'individu. Quelques avantages matériels qu'elle·puisse ac-

quérir, elle rétrograde si la pensée de Dieu s'é-
loigne. La philosophie s'approche de la bienveillance universelle ; le christianisme l'inspire avec
plus de force et d'autorité. La charité est la meilleure garantie de la foi. Tout est perdu, la religion est compromise et dénaturée, si la foi fait
taire la charité, et si elle devient inhumaine dans
ses actes. C'est là ce qui rend nécessaire le concours de la religion et de la philosophie. Le mal
est une épreuve et un exercice pour la vertu ; il
peut donc être considéré comme la source du plus
grand bien. Dieu a donné à l'homme le sentiment de son immortalité. La philosophie, qui démontre invinciblement la spiritualité de l'âme et
par conséquent son indissolubilité, prête un appui rationnel à une haute espérance suggérée par
le sentiment et affirmée par la foi. Voilà pourquoi et dans quel sens j'ai dit que l'optimisme
est ou doit être la religion universelle, le point
de ralliement de toutes les croyances philosophiques et religieuses.

J'ai présenté Socrate et Platon comme les pères
de cette douce et sainte doctrine ; j'aurais pu remonter jusqu'au livre de Job, ouvrage contemporain de la Genèse, et que l'on attribue au
même auteur, à Moïse. La destinée de Platon et

de son maître a été d'être un point d'appui pour
tous les esprits élevés, et une source d'inspiration pour toutes les âmes qui se passionnent
pour le beau, qui aspirent à la vertu. Elle
contient, je l'avoue, une partie systématique et
en quelque sorte vaporeuse dont il est facile de
la dégager. Aristote, esprit aussi positif que vaste,
a tenté cette opération; mais il a trop affaibli
l'autorité du sentiment pour augmenter la puissance de la raison, et cette raison même, il
l'a emprisonnée dans ses *Catégories*. La doctrine
de Platon, et surtout celle de Socrate, se retrouve encore dans les leçons de Zénon et du
Portique; elle y prend seulement un langage plus
sévère, un extérieur plus rude. Platon a laissé sa
plus belle postérité dans Cicéron et dans Virgile,
et puisque je lui donne un poëte pour disciple,
j'aurais bien envie d'y joindre Ménandre et Té-
rence. Il fortifie Sénèque, Épictète et Marc-Aurèle, et plus intimement encore Plutarque.

Quand le genre humain, après avoir subi la
tyrannie de monstres créés par une civilisation
dissolue, se laisse déchirer sous les coups d'autres
bêtes féroces qu'on appelle Barbares, la philosophie, impuissante pour soutenir cette lutte, se
réfugie dans le christianisme; Platon y apparaît

encore. Lisez l'Évangile de saint Jean et les épîtres de saint Paul.

Il anime, il attendrit les Pères de l'Église latine; il s'exhale avec une éloquence plus entraînante dans ceux de l'Église grecque.

Mais voilà que la nuit devient plus profonde. Après un immense interrègne de trois siècles, la philosophie aspirait à renaître dans les écoles. saint Bernard et Abailard avaient paru; mais s'épuisant par de stériles combats, elle imite follement les tournois féodaux, se fournit d'armes dans la *Logique* d'Aristote et ferraille inutilement avec les *Catégories*. Cependant le génie de Platon, quoiqu'il soit alors très-peu connu, se retrouve dans saint Thomas, saint Anselme, et saint Bonaventure, dans tous les mystiques, et surtout chez Gerson, à qui je crois pouvoir rapporter la gloire du livre de l'*Imitation de Jésus-Christ*.

Les lettres renaissent, et la poésie obtient leurs premiers hommages, leur premier culte. Pétrarque se voue à un mysticisme amoureux qui reproduit et qui exagère l'amour platonique. Le Tasse, à vingt ans, est nommé professeur de la philosophie de Platon; peut-on douter de l'influence qu'eut ce sage sur le génie de celui qui put créer une épopée plus habilement composée que celle même d'Homère et de Virgile? Mais les vices et les crimes débordent dans l'Italie : alors se présente Machiavel, corrupteur profond des princes et des hommes d'État.

La France, après avoir lentement imité l'Italie dans la passion des lettres, des arts et de l'érudition, est fatalement entraînée par le zèle religieux, ou plutôt par les intrigues des cours, dans les vices, les crimes, les meurtres et les atroces coups d'État dont l'Italie a tenu école. Montagne n'ose ou ne sait opposer à ces fureurs que les armes du doute. L'Angleterre, livrée aux mêmes convulsions, produit dans l'athée Hobbes un philosophe encore plus pernicieux peut-être, mais heureusement moins lu que Machiavel.

Tout renaît enfin avec Descartes; un siècle entier se range sous sa loi, et c'est le siècle du génie et de la gloire. La religion joint un moment ses enseignes avec celles de la philosophie; mais on peut voir qu'elle l'observe avec défiance et comme une rivale qu'elle craint. Cependant que ne peut-elle braver avec des défenseurs tels que Pascal, Bossuet et Fénelon? Mais elle est travaillée par des guerres intestines; elle garde encore son esprit d'intolérance, elle applaudit à des mesures despotiques telles que la révocation de l'édit de Nantes.

Tandis que le mouvement philosophique se ralentit en France, il s'étend en Angleterre et en Allemagne, avec une indépendance mesurée que la religion réformée provoque et maîtrise. Newton, sans avoir spécialement appliqué son génie aux vérités métaphysiques, exalte l'orgueil de l'homme par ses sublimes découvertes, et comme le spectacle de la nature, admirable à notre vue, l'est encore plus à notre télescope, l'observateur s'agrandit autant que le tableau, et une hymne brûlante échappe à son ravissement. Clarke complète la tâche de Newton, son maître et son ami, en démontrant l'existence de Dieu par des preuves merveilleusement enchaînées, dont la réfutation me paraît impossible et n'a encore été tentée que par le baron d'Holbach, avec autant d'impudence que de maladresse. Toutes les bases de l'optimisme religieux sont posées; Leibnitz élève l'édifice dans de magnifiques proportions. L'Allemagne, pendant un siècle, reste illuminée par le génie de Leibnitz. Wolff tente d'appliquer à ce système les rigoureuses démonstrations de la géométrie; mais le théisme, et l'optimisme, qui en est le couronnement, ont surtout besoin d'éloquence. Le juif Mosès Mendenson reproduit Platon, mais en prêtant à son *Phédon*, c'est-à-dire à son *Dialogue sur l'immortalité de l'âme*, la métaphysique plus forte et mieux armée de Descartes et de Leibnitz. Le baron Jacobi se voue à la cause du spiritualisme, lorsqu'elle commence à s'ébranler, et la défend avec les mouvements d'une âme noble et candide. Ancillon, après lui, résiste aux efforts d'un nouveau scepticisme, et se montre aussi sage dans sa carrière philosophique que nous l'avons vu depuis dans sa carrière d'homme d'État.

Il serait injuste d'oublier l'Italie dans ce concours de grands et puissants athlètes du théisme. Elle ne nous fournit, il est vrai, qu'un seul nom à inscrire dans cette liste : c'est celui de Vico. Ses écrits ont été longtemps un trésor presque ignoré en France; M. Michelet les a fait reparaître dans tout leur lustre; et qui de nous n'a été frappé de la hauteur de ses vues en métaphysique, ainsi que des nouvelles lumières qu'il a répandues sur l'histoire?

Je ne veux pas faire entrer dans ce résumé tout ce qu'on vient de lire sur la philosophie du dix-huitième siècle; mais je ne puis trop déplorer qu'un génie tel que Voltaire, qu'un homme destiné à imprimer un mouvement si hardi à sa nation, à son siècle, se soit glacé par la philosophie de Locke, et que ses dédains indiscrets se soient étendus jusque sur Platon, Descartes et Leibnitz, les seuls philosophes qui auraient pu le diriger, l'inspirer et le contenir dans une audacieuse réforme. Je regrette même que J.-J. Rousseau, dont la gloire serait sans tache s'il avait été toujours et avec une mission mieux suivie le plus éloquent interprète d'une doctrine si sublime, se soit laissé distraire d'une telle entreprise par l'amertume de ses chagrins et par la triste et infertile originalité de ses paradoxes. Il voyait venir une révolution, il la jugeait formidable, et prévoyait qu'elle serait un bouleversement universel; cependant il lui prêtait le plus dangereux des leviers par les doctrines tranchantes du *Contrat social*. Sa dialectique le conduisait tout droit à l'impossible, c'est-à-dire à la souveraineté du peuple presque directement exercée par le peuple même. Il fractionnait l'univers en petites républiques, en petites communautés de deux à trois mille âmes, et exagérait la république de Platon en la réduisant à des fractions presque imperceptibles. Les jeunes gens admiraient, et malheureusement ils se prennent encore trop souvent à préconiser une telle chimère; et c'est ainsi qu'on perdait les

traces de Montesquieu et la possibilité du gouvernement représentatif.

Dans une esquisse historique de la philosophie,
il faut franchir, d'un saut impétueux, le gouffre
de la Révolution pour arriver à une renaissance
qui ne date réellement que du xixᵉ siècle. Il est
vrai que Bernardin de Saint-Pierre, avant ce terrible événement, avait tenté ce retour vers le
spiritualisme, et je ne crois pas qu'aucun des
écrivains modernes ait reproduit avec plus de pureté les couleurs de Platon ; mais il s'égara dans
des hypothèses physiques qui, combattues avec
succès par les savants, décrièrent son autorité et
le détournèrent du plus noble but. Il aurait
fallu que M. de Chateaubriand parût alors, c'est-
à-dire avant la Révolution, dans toute la puissance de son génie; mais il ne devait paraître
qu'après la plus terrible catastrophe. Je me garderai bien de rapporter à lui seul tout l'honneur
d'avoir ranimé le souffle religieux qui, sans doute,
par la loi de Dieu, par l'effet de notre nature, et
par la nécessité de la société, devait renaître de
lui-même quel qu'en fût le provocateur. Nous ne
sommes pas encore arrivés à la moitié du xixᵉ siècle,
et cependant nous pouvons juger avec certitude
que ce mouvement philosophique qui revient à

Dieu, sera le ressort dominant d'une époque où
nous pouvons profiter de toutes les autres. Aux
noms que j'ai cités il faut joindre ceux de M. Bal-
lanche, dont le style harmonieux est un pur et
continuel reflet d'une âme noble et tendre; de
madame Necker-Saussure, digne parente, digne
amie de madame de Staël, à qui j'ai entendu dire
sur elle ce mot d'une aimable exagération : « Ma
« cousine a toutes les qualités qu'on m'attribue
« sans aucun des défauts qu'on me reproche »;
de M. Rossi, qui joint les plus hautes vues de la
jurisprudence aux principes de la métaphysique
la plus élevée et de la morale la plus pure; de
M. Aimé-Martin, qui se montre aussi jaloux de
continuer l'œuvre de Bernardin de Saint-Pierre,
que de faire bénir sa mémoire. Ce nouveau mouvement est surtout présidé aujourd'hui par M. de
Lamartine, qui réunit le triple pouvoir d'un grand
poëte, d'un éloquent orateur, d'un philosophe
religieux, et qui prouvera que ces éminentes facultés dont l'accord est si rare n'ont rien d'incompatible, et peuvent servir d'appui aux pensées
les plus fermes de l'homme d'État.

J'entends dire que le partage du XIXᵉ siècle
sera d'être un siècle industriel. En vérité ce vœu
est trop modeste. Le mouvement industriel dont

je ne suis point le détracteur, et qui est sans doute un nouveau témoignage de la puissance humaine, me laisserait pourtant froid, inquiet, et même profondément consterné, s'il venait se substituer à toute direction philosophique, et surtout aux espérances religieuses. Il excite l'esprit d'invention, mais dans une sphère subordonnée aux plus hautes pensées de l'esprit, aux plus nobles mouvements du cœur. La cupidité lui sert trop souvent d'aiguillon ; elle s'empare de ses résultats pour les livrer à un jeu où la fraude est admise. En accroissant les délices des classes aisées, délices imparfaites qui ne vont point au cœur, elle multiplie une population misérable qui, vouée à l'accablante uniformité d'un travail mécanique toujours le même, s'appauvrit de pensées et se gonfle de passions ignobles et quelquefois furieuses. Il faut le secours de la foi, et celui d'une philosophie pratique à un siècle industriel. Il lui faut même une poésie qui réveille l'imagination perdue dans un labyrinthe de chiffres, ou consumée dans les creusets de la chimie. Quelle merveille n'accomplissez-vous pas, puissants continuateurs, ambitieux rivaux des Newton, des Franklin, des Lavoisier, des Priestley, des Gay-Lussac, des Papin, des What, des Fulton, des Jacquart, des Cook et des Bougainville! Eh bien, je vous le déclare, la religion, l'éloquence et la poésie s'élanceront toujours plus loin et planeront plus haut que vous. Vos plus belles inventions accroissent nos jouissances et les étendent quelque peu vers les classes condamnées à un travail rigoureux. La philosophie religieuse, l'éloquence et la poésie qui lui servent d'interprètes, savent créer et rajeunir des jouissances d'un ordre plus élevé, plus pur, plus intime, plus abordable à l'indigence, au malheur, et même au désespoir. Vous reproduisez, vous fixez avec art, vous multipliez à votre gré des images fugitives qui ont charmé nos yeux et qui ornent notre esprit. Mais Homère, Platon, Virgile, Le Tasse, Racine, et même des philosophes, des chrétiens austères, tels que Fénelon, Massillon et saint François de Sales, savent créer des images plus ravissantes, et dont l'empreinte est plus inaltérable. Que dis-je? Il est donné à chacun de nous d'embellir toutes les saisons de la vie, de parfumer tous les plus âpres climats par la puissance d'un cœur tendrement exalté. Riches, vous ornez vos longues et somptueuses galeries des tableaux des grands maîtres, et vous méritez bien de l'art en secondant le génie naissant des artistes.

Eh bien, ce jeune poëte qui parcourt, solitaire, ce parc où vous venez souvent rêver, possède, lui, dans son esprit, une galerie mobile de tableaux qu'il renouvelle à son gré, dont il accroît le lustre avec amour, et dont il va charmer ou sa mère ou ses sœurs, et surtout celle qu'il aime. Le tableau reste fixé sans qu'il emprunte l'art merveilleux de Daguerre, et brille de couleurs que cet art si puissant ne donne pas encore. Il va voler d'un hémisphère à l'autre, et peut-être lui sera-t-il donné de traverser une longue suite de siècles, d'être répété dans une foule de traductions, d'imitations, qui en seront des copies animées, et que la chaleur du sentiment pourra rendre originales.

Mais pourquoi viens-je de supposer que la richesse éteignait le feu de l'imagination, ou pouvait l'empêcher de créer des talents enchanteurs? Ces tableaux-là sont à la disposition des riches, et peuvent n'avoir rien de fantastique, comme le sont les rêves du poëte! Rien n'est plus doux au monde que de se mirer dans le bien qu'on fait autour de soi. Savez-vous ce qui en redouble le charme? c'est qu'aujourd'hui surtout la bienfaisance n'est plus seulement une inspiration d'un cœur tendre et religieux, une prodigalité qui jette au hasard des fruits précieux; c'est une étude, un puissant travail de la réflexion, qui se porte non-seulement sur l'avenir de celui qu'on soulage, mais sur l'avenir du pays et de la société. Eh bien, connaissez-vous rien de mieux pour ce que nous nommons la fertilité de l'esprit, qu'un travail vigoureux et habile qui se combine avec une noble impression du cœur. Dieu vous voit et vous suit, ainsi qu'il assiste le semeur dont il va faire prospérer les graines. Quelques-unes avorteront; qu'importe, si votre labeur n'est point avorté devant Dieu.

FIN DU TOME PREMIER.

TABLE

DES CHAPITRES CONTENUS DANS CE VOLUME.

CHAPITRE PREMIER

SERVANT DE PRÉFACE.

RETOUR A LA CAMPAGNE.

CHAPITRE II.

DE L'OPTIMISME RELIGIEUX.

L'optimisme religieux est la base de cet ouvrage, et doit lui donner unité de conception. — Ce mot est assez moderne, mais cette doctrine est ancienne; elle se confond avec le théisme; elle a inspiré tous les philosophes adorateurs de Dieu; c'est la base de toutes les religions qui ne s'abandonnent point à des dogmes sombres et fantastiques et à des pratiques sanguinaires. — Il y a un optimisme chrétien; c'est chez les mystiques qu'il se manifeste avec le plus de douceur et d'évidence. — Le matérialisme est incompatible avec cette doctrine. — La grande erreur de plusieurs philosophes du xviiie siècle, c'est d'avoir confiné sur la

CHAPITRE III.

MÉDITATION DU MATIN.

CHAPITRE IV.

MÉDITATION DU SOIR.

CHAPITRE V.

PREMIÈRE EXCURSION CONTRE LES MATÉRIALISTES.

la manière dont Diderot fait voyager, à travers l'espace, les organes, ou plutôt les parties d'organes, pour se joindre et former une organisation complète. — Examen d'une autre hypothèse des athées, c'est-à-dire des métamorphoses successives qui font passer tel madrépore, tel poisson, tel amphibie, tel singe à l'état d'homme. — Les matérialistes ont-ils raison de se prévaloir de la certitude de leurs connaissances physiques? — Réfutation de cette hypothèse par le système et les procédés de Cuvier pour la recomposition des animaux perdus. — Mêmes absurdités suivent le panthéisme. — Le dieu de Spinosa est tout aussi passif que les dieux d'Épicure; il est encore plus sourd et plus aveugle. — Il veut être tout et n'est rien. — Considérations morales sur les effets de l'athéisme........

CHAPITRE VI.

DEUXIÈME EXCURSION CONTRE LES MATÉRIALISTES.

Abus grossier que font du mot *sensation* les philosophes qui veulent réduire à elle seule toutes les facultés de l'âme. — Explication sur Locke et sur Condillac, qui paraissent avoir involontairement fourni au matérialisme son arme principale. — Réfutation de la maxime : « Penser c'est sentir. » — Les matérialistes, après avoir établi le chaos dans le monde, le transportent dans notre cerveau. — Étranges images qu'ils se forment de ce magasin de nos idées matérialisées. — L'Être pensant ne se distingue-t-il pas parfaitement des organes qui le servent? — Appel à la conscience de tous les hommes. — Systèmes divers enfantés par la physiologie matérialiste. — Leurs contradictions, leurs absurdités. — Examen critique de la phrénologie.........................

CHAPITRE VII.

COUP D'OEIL SUR LA PHILOSOPHIE ANCIENNE.

CHAPITRE VIII.

LETTRE DE MAXIME A PLINE LE JEUNE.

CHAPITRE IX.

LA CIVILISATION SOUS LES BARBARES.

CHAPITRE X.

LONG INTERRÈGNE DE LA PHILOSOPHIE.

CHAPITRE XI.

LA PHILOSOPHIE DANS LE GRAND SIÈCLE.

CHAPITRE XII.

OPTIMISME DE LEIBNITZ ET DE POPE.

CHAPITRE XIII.

PHILOSOPHIE DU XVIIIe SIÈCLE.

CHAPITRE XIV.

DE L'OPTIMISME AVANT LA RÉVOLUTION.

CHAPITRE XV.

COUP D'OEIL SUR LA PHILOSOPHIE AU XIXe SIÈCLE.

FIN DE LA TABLE.

Imprimé en France
FROC011859060720
24425FR00013B/568

9 782329 417301